中公文庫

陽炎の旗

続・武王の門

北方謙三

中央公論新社

陽炎の旗　続・武王の門　目次

陽炎の旗　続・武王の門

第一章　宿運

1

雲が空を覆《おお》い、風が立ち、草木の戦《そよ》ぐ音が大きく小さく、波の音のように聞えた。山の鳴る音も、海鳴りに似ていた。前方の空を、時折、稲妻が走る。

頼冬《よりふゆ》は、足を速めるでもなかった。降れば濡《ぬ》れる。濡れるのをいとうのは、当たり前の感情といってよかった。降られるまま濡れようという、投げやりな感情もまた人間にはある。

峠道を越えても、雨はまだ降らなかった。

降りはじめたのは、峠からさらに半里ほど下ってからだった。一旦《いったん》降りはじめると、雨脚は激しかった。山全体が煙立ったように見える。雷鳴も激しかった。頼冬は同じ歩調で歩き続け、しばらくして前方に小屋を見つけた。

先客があるらしい。馬が四頭、杉の木の下に繋《つな》がれていた。

「ごめん」

声をかけ、頼冬は板戸を開けた。

火を囲んで、四人の武士が腰を降ろしている。四人とも、濡れているようには見えない。頼冬は、雫《しずく》の滴《したた》る直垂《ひたたれ》を、板戸のところでちょっと搾《しぼ》ってから、中に入った。

「これは難儀なされたであろう。火のそばに寄られるがよい」

声をかけてきたのは、一番年嵩《としかさ》の武士で、鬢《びん》のあたりには白いものが混じっている。頼冬は一礼し、火に近づいた。若い武士が、腰を降ろしていた切株を、頼冬に譲った。

奇妙な四人だった。こちらがそう感じているのと同じように、むこうもそう感じているのかもしれない。

赤く潮灼《しおや》けした顔は、どう見ても水師のものだった。しかし身なりからは、水師らしさを隠そうとしているようだ。ひとり、精悍《せいかん》な面構《つらがま》えをした青年がいる。身なりは、ほかの三人よりさらに質素だが、佩《は》いている太刀《たち》は見事なものだった。恐らく、肥後、延寿国村《えんじゅくにむら》。太刀に対する眼は利《き》いた。

「このような場、名乗り合うこともなかろう。遠慮されず、食されよ」

焚火《たきび》のそばで、干魚が焼けてうまそうな匂《にお》いをたてている。海の魚だった。

若者が、枯枝を二本火に入れた。弾けながら燃えあがる、気持のいい音がした。差し出された干魚を、頼冬はちょっと頭を下げて受け取った。身が厚く、脂《あぶら》が乗っている。

外では、まだ雨脚が激しい。雷鳴に驚いた馬が嘶《いなな》きをあげているが、四人ともそれほど気にしたようではなかった。

「いずれへ参られる？」

年嵩の男だった。喋《しゃべ》っているのは、年嵩の男だけだ。

「東へ」

「ほう、われらと同じじゃ」

東といっても、京もあれば、堺《さかい》もある。そのさきに東海があり、関東もある。

「都へ、行かれたことは？」

若者だった。自分より、四つ五つ下だろうと頼冬は思った。

「二度ほど」

青年は、はじめてという感じだった。頼冬は、あえて訊《たず》ねはしなかった。干魚がうまい。濡れそぼった躰《からだ》が、暖まってくるようだった。

熾《おき》が崩れる音がした。豪雨と雷鳴の中で、それは妙にかなしげな音だった。

「よい太刀をお持ちですね。延寿国村と見ましたが」

「左様。肥後の名匠の手になるもの」

肥後から来たのか、とも頼冬は訊《き》かなかった。肥後には、菊池武朝《たけとも》がいる。祖父武光《たけみつ》存命のころの勢いとは較《くら》ぶべくもないが、九州南朝の中心的存在である。この四人は、もしかすると南朝方の武士かとも思ったが、頼冬にはもともと北も南もどうでもいいものだった。

一刻《いっとき》ほど経《た》って、ようやく雨脚は遠ざかった。濡れた頼冬の直垂も、ほぼ乾いている。

頼冬は、小屋の周りに気を配った。人が囲んでいる。青年と三人の従者も、仕草には出さないが気づいているようだ。この一刻の間に、青年とあとの三人が、主従の関係らしいと頼冬は見抜いていた。

「出ると、矢を射かけられるかも」

二人の若い従者が外へ出る態勢を示したので、頼冬は仕方なく言った。

「板戸をはずして楯《たて》代りに使います。それほどの危険はありますまい。ここで座していれば、馬を奪われるでありましょうし」

「なるほど」

青年には自分の命の心配など毛頭ないらしい。怯《おび》えてもいなかった。

「山賊と呼ばれる類《たぐ》いの者どもであろうか。美作《みまさか》まで山中を進んできて、はじめて出会い申した」

「山賊と言われると？」

「かつて、近江《おうみ》山中で、鎌倉へ逃亡中の六波羅探題《ろくはらたんだい》北条時益《ときます》の一行数百名を囲み、ことごとく自刃《じじん》させたという山の民」

「まさか。ただの野伏《のぶせ》りでござろう」

六波羅探題が囲まれたというのは、およそ五十年以上も昔の話だった。あれからこの国は大きく二つに分れ、激しい戦乱の中にあった。山の民が、吉野の朝廷の勢力の一翼を担《にな》ったという話は、頼冬も聞いている。

「そうか。ただの野伏りにすぎませんか」

相手が山の民でなくて、青年はむしろがっかりしたようだった。

この国の戦乱が、すでに終熄《しゅうそく》したというわけではない。幕府と吉野の朝廷とのぶつかり合いも、しばしば起きている。しかしそれよりも、幕府内で力をつけた守護同士の争いや、守護の幕府に対する叛逆《はんぎゃく》の方が多く、規模も大きかった。どこも守護の統制が強く、山の民はまた山中でひっそりと暮しはじめているのだ。

五十年以上も前の話をする青年が、頼冬にはいかにも奇妙な存在に思えた。

「行け。斬《き》る必要はない。馬を守っておれば、それでよい」

年嵩の男が下知《げじ》を出した。二人の若い武士が、素速く板戸をはずすと、外へ飛び出して行った。

「あまり殺生《せっしょう》はしたくないが、何人かは斬らねばなるまい。われらが野伏りを追い払うまで、あなたはここで待たれればよい」

青年が言った。どれほどの腕か見ていよう、という気に頼冬はなった。気負いだけではない自信と、血に対する馴《な》れのようなものが青年からは感じられる。従者の三名も、それぞれに手《て》練《だ》れのようだ。

青年はしかし、闇雲《やみくも》に外へ飛び出していく無謀は冒さなかった。板戸のない戸口に身を晒《さら》し、相手の矢を誘ったのである。ぱらぱらと飛んできた矢を、青年は身を伏せて難なくかわした。

それを怯懦《きょうだ》ととったのか、二十名ほどの野伏りが、思い思いの得物《えもの》を手に、濡れた草の中から姿を現わした。明らかに、数を恃《たの》んでいる。

まず年嵩の武士が飛び出し、先頭の薙刀《なぎなた》と斬り結んだ。あしらうという感じで、相手の隙《すき》を衝《つ》いて斬り倒そうとはしていない。誘われたように、さらに五、六人の野伏りが前に出て打ちかかった。その刹那《せつな》、年嵩の武士の太刀が横に払われた。見事な一撃だった。叫び声とともに血が飛び、野伏りたちの動きが束《つか》の間《ま》静止した。それから、血で狂ったようにそれぞれの得物を振りあげはじめる。

青年が駈《か》け出したのは、その時だった。最初の相手とぶつかった瞬間に、はじめて腰の延寿国村が白い光を放った。白い光は、ひらめきながら野伏りの間を駈け抜けた。そのあとには、野伏りの躰《からだ》が三つ転がっていた。

かろうじて、頼冬は青年の太刀筋を見極めていた。野伏りの誰ひとりとして、なぜ仲間が三人も倒れたのか、理解しなかっただろう。鮮やかすぎるほどの太刀捌《さば》きだ。野伏りたちは気を呑《の》まれ、しばらくすると叫び声をあげて逃げはじめた。

　青年は、それを追うでもなかった。

よほどの荒い修行を積んだのか。頼冬の眼には、天稟《てんぴん》と見えた。それが実戦によって鍛え抜かれている。青年が駈けはじめた時の、年嵩の武士や馬を守る二人の武士たちの動きも、無駄《むだ》のない、すぐさま次の攻撃に移れるものであった。

「われらは先を急ぎます。これにて」

　何事もなかったように、青年は言った。

　馬が曳《ひ》かれてきた。

　四頭が駈け去り、林のむこうに姿が消えた時、頼冬ははじめてまったく別の気配を背後に感じた。殺気はない。むしろ、こちらに存在を知らせようとする気配である。

「出てこい」

　気づくと、すぐ脇《わき》の草むらに、男がひとり片膝《かたひざ》をついていた。年齢は定かではない。小《こ》柄《がら》で、見あげてくる眼にも静かな落ち着きがあった。

「忍びか」

「左京と名乗っております」

「ことさら私に姿を見せたところをみると、なにか言いたいことがあるのであろう」

「来海《くるみ》頼冬様とお見受けいたします」

「私を知っているのだな」

「大内家を探ったこともございますれば」

頼冬が打った小柄《こづか》を、左京は左手で受けた。義手であることに、頼冬ははじめて気づいた。

「将軍家に雇われた忍びにしては、なかなか腕が立つな」

苦笑して、頼冬は言った。自分の小柄を事もなげに受けた相手に、はじめて出会った。

「足利《あしかが》将軍家の仕事をしている忍びではございません」

「ならば」

言いかけて、頼冬は口を噤《つぐ》んだ。

大内義弘《よしひろ》は、長門《ながと》、周防《すおう》を中心に、中国西部に大きな勢力を張っている。中国中部に強大な力を持つ山名家とは、あまり表面には出ないが、凌《しの》ぎ合いが続いているのである。山名家の所領の中で出会った忍び。複雑なものがある、と思わざるを得ない。

将軍家が大内家を探るとなれば、これは自分の存在についてしかないのだ。

「言いたいことを、聞こうか」

進み出て左京が差し出した小柄を受け取り、頼冬は言った。

「いまのことは、お忘れいただけませぬか」

「ほう。あの四名は、なにか曰《いわ》くのある武士たちであったか」

「それについては、来海頼冬様はすでにお気づきのことと思います」

「忘れぬ、と言ったら？」

「それがしも、来海様の御出自を忘れぬことにいたします」

「私は、大内家の家臣、来海康頼《やすより》の倅《せがれ》だ。それだけにすぎぬ。もっとも、主家も家も捨ててしまったが」

「来海康頼様は、御養父様でございましょう」

左京というこの忍びは、かなりのところまで知っているようだ。知られたことをなんとも思いはしないが、面倒なことは確かだった。

「私は、気ままに旅をしている。旅先で出会ったことで忘れるものもあろう。忘れ得ぬものもある。心のままだということだ」

「さきほどの四名については？」

「延寿国村を佩く、あの若い武士の太刀捌きだけは忘れられぬ」

左京の眼が、じっと見あげてくる。忍びとは思えぬ、ひたむきなものがあった。それは頼冬の心に、かすかな嫌悪《けんお》しか呼び起こさなかった。

「拗《す》ねた者でな、私は」

「残念でございます」

「なぜ、そのように気にいたす？」

「お二人が出会われることが、不幸でしかないとそれがしには思えるからでございます。老婆心《ろうばしん》ならばよいのですが」

「おまえがそう言うことで、私とあの武士の因縁《いんねん》は深まる、とは思わぬのか、左京」

「少なくとも、来海頼冬様のお心には、お留めおきいただきたく、あえて申しあげた次第です」

「あの武士には、なにも言っていない、ということか」

「なさねばならぬことが、あのお方にはございます」

「わかった。いつか、あの男と手合わせをする時まで、憶《おぼ》えておこう」

「お勝ちにはなれません」

「ほう、私が敗れると言うか」

「あのお方の剣には、大義がございます」

「そして私の剣は、ただの流れ者の剣か」

頼冬はちょっと口もとを歪《ゆが》めた。侮辱されたとは思わなかった。剣に大義などない。強いか弱いか。それがあるだけだ。この忍びは、人にも剣にも、なにか過大なものを求めている。

「もうよい。去《い》ね」

「またお目にかかる折りがある、という気がいたします、足利頼冬様」

言って、左京は草むらの中に消えた。

2

雪になった。

頼冬は、美作津山にほど近い、慶勝寺という山寺に逗留《とうりゅう》して五日目を迎えていた。どこへ行く当てがあるわけでもない。大内家を出奔したことになるが、その意識もあまり強くなかった。大内義弘は、頼冬の出奔をむしろ喜んでいるであろう。

なんとなく、東へむかった。それだけのことなのだ。九州へは、大内義弘はよく兵を出していた。九州探題、今川了俊《りょうしゅん》との関係が深く、しばしば援兵を求められたからである。今川を援《たす》けることによって、博多に人を送ることを認めさせ、明《みん》や高麗《こうらい》との交易で利をあげようという打算も、大内義弘にはあったであろう。九州にいて、養父と出会うようなことにはなりたくない、という思いが、東へむかわせた唯一《ゆいいつ》の理由と言ってよかった。出奔を勧めたのは、養父の康頼だった。それによって、家中での養父の立場は微妙なものになっただろう。

頼冬が元服したのは、十五年前、十三歳の時だった。それまで、養父を実の父と信じて疑っていなかった。烏帽子《えぼし》親が、主家の大内弘世《ひろよ》という、異例の元服だったのである。その折り、大内弘世の前で、養父は頼冬の血について語ったのだった。

「お躰が冷えきっておりましょう。このような日に、山に入られるとは」

山を駈け回って戻ってきた頼冬に、白い髭《ひげ》を蓄えた住持が言って、湯を差し出してきた。すでに腰も曲がっている。生死さえも逸脱したような住持の茫洋《ぼうよう》とした眼差《まなざ》しに魅《ひ》かれて、二日三日と頼冬は逗留してしまったのである。

「棒を振り、鳥や獣を追って駈け回っているのです。それほど冷えきってはおりません」

縁に腰を降ろし、頼冬は湯を口に運んだ。寒さよりも、のどの渇きの方が強かった。

剣を極めようと思ったのは、自《おの》が躰に流れる血を知った時だった。大内弘世は、頼冬が一介の武人であることをよしとした。数度の戦にも伴われたが、常に前線に出され、頼冬自身もそれが当然と考えようとした。戦のない時は、ただ剣を振っていた。ひとりきりで打ちこめるものが、ほかには見つからなかったのだ。

八年前、大内弘世が没し、義弘の代になった。義弘は、頼冬が戦に出ることすら好まず、時に出家さえ口に出した。それは耐えていられただろう。耐えられなかったのは、どこからか刺客が送られてくることだった。

吉野の朝廷の力はようやく弱まってきたとはいえ、守護の勢力が強大になり、関東には幕府に不満を抱く足利一族もいた。必ずしも幕府が盤石《ばんじゃく》ではない時、頼冬の存在が目障《めざわ》りになったり、逆に利用しようとする人間がいたりするのは、当然と言えば当然だった。

血そのものが持つ、宿命と言っていい。

ある日、刺客三人を斬り倒し、血に染って佇《たたず》んでいる頼冬を見て、養父は出奔を勧めたのだった。世の片隅《かたすみ》で、ひそやかに暮せ。それが別れの言葉だった。一年ほど前のことになる。

伯耆大山《ほうきだいせん》の麓《ふもと》と、淀江《よどえ》の水師のもとで、それぞれ五カ月ずつ過した。それから、旅という思いもなく、美作まで流れてきたのである。播磨《はりま》へ出れば、すでに京はすぐ近くだった。京へむかおうと思ったわけではない。伯耆にも刺客が現われて、いられなくなった。

「いつまで御逗留なされても、拙僧は構いませぬ。いま少し、あなた様の煩悩《ぼんのう》を見ていたくもあります」

ことさら住持がそう言うからには、この寺にも誰かが現われたのであろう。住持はそれ以上なにも言わず、ただ境内を白く染めた雪を眺《なが》めている。

庫裏《くり》で人の気配を感じたのは、その夜半だった。

「気の利かぬ者どもよ」

直垂で旅仕度を整えていた頼冬は、低く呟《つぶや》いた。夜明け前に、寺を発《た》とうと思っていたのである。

境内を、血で汚すことになるかもしれない。

頼冬は燈台《とうだい》の火を吹き消し、太刀を執って庫裏の縁に立った。

およそ六名。雪明りで、境内はほの暗い。静謐《せいひつ》であるべき場所に、殺伐とした気配が満ちていた。風もなく、雪はすでにやんでいる。

頼冬は、庫裏の縁から降り、さくさくと雪を踏んで、山門の方へ歩きはじめた。できることならば、境内での斬り合いは避けたい。気配は接近してきたが、頼冬は構わず歩き続け、山門を潜《くぐ》る時だけ、疾《はし》った。

山門を潜り抜けた頼冬の右手には、すでに太刀が握られていた。上から襲いかかってきたひとりが、血を滴《したた》らせながら数歩よろめき、膝を折って突っ伏した。

さらに気配が近づいてきた。山門の上から襲ったところをみると、武士ではないらしい。忍びであろう。頼冬は、太刀を右手にぶらさげたまま、歩き続けた。

両側から、短い槍《やり》のようなものが飛んでくるのと、頼冬の躰が前にむかって転がるように倒れるのが、同時だった。転がる勢いで立った頼冬は、そのまま太刀を下から上へ撥《は》ねあげた。手応《てごた》えはあった。それを感じた時、頼冬はすでに横に跳《と》んでいた。刃風。頰を打った。太刀を横に薙《な》ぐ。駈けた。駈けながら、追ってくる気配を数えた。四つ。いずれも手練《てだ》れである。足を止めた。次の瞬間、ふりむきざま、上段から太刀を振り降ろした。受けようとした太刀もろとも、相手を両断していた。三名とむかい合う。

乱れかかる息を、頼冬はこらえた。半数を倒されても、相手に怯《ひる》みは見えない。剣は正眼に構えたままだ。三名の構えは、みな低い。剣が低いだけでなく、腰が沈みこんでいる。

上段に構えをとりたい。その誘惑にも、頼冬は耐えていた。右端のひとりが、じりっと前進してきた。斬られる気だ。それはわかった。斬れば、その隙を衝いて他の二名が仕掛けてくる。犠牲になることを覚悟した、接近である。

はぐらかすように、頼冬はつっと後退し、身を翻《ひるがえ》した。駈ける。思ったほど、三名は散らばらなかった。再び、むき合った。同じ状態が続く。それは次第に負けへ押しやられていくことだ。三対一の体力の消耗《しょうもう》の差は出てくる。

右端のひとりが出てくる前に、頼冬はずいと一歩踏みこんだ。すでに、真中の相手との間合まであと一歩。三名の結束は、攻撃には力を発揮するが、守れば弱い。そう読んだのはとっさだった。読んだ時は、跳躍していた。真中の男。太刀を合わせて防ごうとしている。跳躍したまま、頼冬は剣を投げ、擦《す》れ違う刹那《せつな》、倒れかかる相手の胸から剣を引き抜いた。

またむかい合う。相手は二名に減っていた。

はじめて、頼冬は肩で大きく息をついた。相手の呼吸も乱れている。正眼に構えた剣に、頼冬は気を集めた。相手の気に応じる、自らの気がある。こちらから発し、こちらの気迫を高めるための気もある。

頼冬は、もはや相手を見ていなかった。むかい合っているのは、自分である。自《おの》が気を、自《おの》が剣で斬る。刺客との数度の斬り合いの中で、会得《えとく》したもののひとつだった。

踏みこんだ。擦れ違い、位置が入れ替り、またむかい合った。その時、ひとりが肩口から血を噴き出した。しばらくして、膝を折る。

残るひとり。頼冬の気が、すでに圧倒していた。絶望的な叫びをあげて斬りかかってきた相手の太刀をかわした。太刀だけが、飛んだ。いや、その太刀はしっかりと両手で握られていた。その手が、両方とも肘《ひじ》までしかなかった。

数度、頼冬は肩で息をし、雪で太刀の血を洗った。

「お見事でございます」

雪の中から、声が聞えた。頼冬は、太刀の血をきれいに洗い落とすと、鞘《さや》に収めた。

「ずっと見物か、左京」

「はじめて、見せていただきました。豪剣というようなものではありませぬな。妖《あや》しい力を持った剣です。最後の二人は、まるでその妖しい力に魅入られたようでございました」

「あの武士には、勝てぬかのう、これでも」

「無理でございましょう」

いつの間にか、左京は林の木の間から出てきていた。

「なぜ、無理と言いきれる？」

「それは、頼冬様がお斬りになれないからです。最後の最後で、あのお方をお斬りにはなれますまい」

「おまえの言うことが、わかるような気もする。しかし、私は斬るであろうな」

「出会われぬことを、祈っております」

「私が敗れると確信していて、なぜ出会わぬ方がいいのだ」

「頼冬様にも、死んでいただきたくはありません。そう思うようになりました」

「ほう」

「この国では、生きる場所さえないお方です。どう生きられるか、それがしには気になります」

「生きる場所さえないか」

「御同情申しあげるほかはございませんが」

「生きる場所さえないところで、どこまで生きていけるか。それを試してみるのも面白かろう。そう考えるような人間に、いつの間にかなってしまったようだ、私は」

「業《ごう》の深いお方です。それまでに、どれほどの命を手にかけられます？」

「宿運かな、それも」

「あのお方と、お会いなされませぬように」

　願をかけるような口調だった。

　頼冬はすでに歩きはじめていて、左京は五、六歩遅れて付いてきているようだ。

「会ったとしても、いきなり斬り合いになるはずもあるまい。なにも理由がないのだからな。むしろ、借りがひとつある。空腹の時、うまい干魚を振舞って貰《もら》った」

「どちらへ、むかわれます？」

「とりあえず、播磨へ」

「それから、京へ？」

「悪いか」

「襲いました六名の忍びは、将軍家のお抱えでございますぞ。地の果てまでも、頼冬様を追い、お命を断つ使命を帯びております」

「ならば、地の果てにいようが、京にいようが同じではないか」

なにゆえ、自分ごときにこだわるのだ、と考えることを、頼冬はもうやめていた。自分を利用しようとする人間がいる、と疑うかぎり、将軍家は自分の命にこだわるだろう。はじめから自分の問題ではなく、自分以外の人間の気持の問題だった。

「あのお方をお守りしなくてもよいのか、左京？」

しばらく歩いてから、頼冬は言った。

「いまは、手の者がお守りしております。それに、さし迫ったものはなにもございません」

「それで、私に付いて歩くか」

「頼冬様が背負われた宿運とやらに、なにやら心惹《ひ》かれます。あまり目立たぬようにいたしますゆえ」

「あのお方とやらに出会った時は、おまえが私の命を断とうというのか」

「何度も申しますが、頼冬様はあのお方に勝てはいたしません」

言って、左京の姿はいつの間にか消えた。

頼冬は、左京の言ったことを、ほとんど気にすることもなく忘れた。

半刻《はんとき》ほど歩き続けると、夜が明けてきた。空に雲はなく、雪の照り返しが眩《まぶ》しかった。

3

十二月十六日から、頼冬は播磨明石《あかし》の水師、藤江太郎次《たろうじ》の食客となった。

明石の泊《とまり》で、絡《から》んできた武士三名を、鞘のままの太刀で打ちすえたのである。藤江太郎次に雇われている武士と、見違えられてのことのようだった。

太郎次は、頼冬に平謝りに謝り、好きなだけ逗留するようにと勧めてくれたのだ。その実、用心棒にしようという魂胆は見えていたが、宿なしの頼冬にはありがたいことだった。

太郎次は、輸送船を何艘《なんそう》か持ち、内海の輸送を手広くやっているようだ。ただ、水軍は抱えていない。輸送中の護衛は、内海に根を張る水軍に依頼するのである。銭を払うかぎり、安全と言っていいらしい。水軍を抱えるより、その方が安くあがる。ただ荷を揚げてからの悶着《もんちゃく》は、しばしばらしい。赤松一族の領国内であるが、些細《ささい》なことで因縁をつけ、わずかな銭にしようという武士が少なからずいた。赤松家の下郎もいれば、どこの者かも知れぬ武士もいるらしい。

大輪田《おおわだ》や堺のように、領主の統制が行き届いた泊ではなかった。

「明石から、京への道があるとは知らなかった」

「堺にも、手前どもの倉はございます。いずれは、そちらが大きくなるかもしれません。ただ、京の戦乱は、すぐに堺や大輪田を巻きこみます。その時は、明石からの道が役に立つわけです。それに淡路島との海峡は、難所のひとつでございましてな」

太郎次は、抜け目のなさそうな眼の光以外は、温厚で腰の低い、五十年配の男だった。水師というより、商人といった方がよさそうだ。

夜になると、頼冬は櫓《ろ》を五尺ほどに切り、握りだけ細く削った木刀を、一刻《いっとき》ほど振り続けた。そして汗にまみれた躰に水を浴びせ、眠りにつくのである。昼間は、のんびりと泊に出入りする船を眺めているだけだ。

十日もすると、内海用の船と、外海用の船の見分けがつくようになったし、太郎次の仕事の内容もほぼ見当がついてきた。

四国や九州の物産を京へ運ぶ。それが主な仕事だが、外海用の船もしばしば入ってくる。その船はいつもひっそりとしていて、荷を揚げるのも積むのも、大抵は夜だ。その荷を収《しま》う倉にだけは、昼も夜も十人近い見張りがついている。

「明や高麗との交易船は、博多だけではなく、こんなところにも着くのか」

言うと、太郎次の表情が瞬間厳しいものになり、それから穏やかな笑みでそれをすぐに包み隠した。

「大した量ではございませんが、時折、参りますな。博多は、九州探題の今川様に押さえられ、利が薄いのでございましょう。御領主様の統制が厳しいところも、入港は難しゅうございましょう。明石のような泊が、日本に十もありましょうか」

「交易品は、京で捌《さば》くのがよかろう。ならば、明石は地の利を得ているということか」

「鋭うございますな、来海様も。ただ、手前どもは兵も持ちません。扱う量は高が知れております」

「別に、他意はない。思った通りのことを、訊いてみただけよ」

長門の泊にも、時折、交易船が入ってくることはあった。無論、内密にである。九州探題も、大内義弘を味方に付ける必要があるためか、ある程度の量は黙認しているようだった。

「外の国に、渡ったことがあるか、太郎次。海のむこうの国へ」

「それがしは、ございません。ただ、渡ったことのある水師の話は、よく聞きます」

「高麗は、それほど遠くないそうだな？」

「風のいい日ならば、博多から三日。ただ、高麗はいま、国が乱れ、疲れきっているそうでございます」

「高麗のさきは、明国か」

「これは大きゅうございます。ほかに琉球《りゅうきゅう》、安南《あんなん》、暹羅《しゃむ》、蘇門答剌《すまとら》などの国があるそうでございます。冬でも雪を見ることはなく、夏のように暑い日が続くそうです」

「海の外は、広いのだな」

「極めた者はないそうです。どこまでも、海は続くという話です」

言って、太郎次は声をあげて笑った。

「私が、海のむこうに関心を持って、おかしいか？」

「失礼いたしました。十日ばかりわが家におられる間に、なんとなく来海様を好きになりましてな。ほかの武士の方々とは、まるで違っておられます」

「どこが？」

「つまらぬものを、欲しがられません。たとえばわずかな銭であるとか」

「欲が欠けているのであろう。幼いころからそうであった」

「それでも、欲しがっておられるものはございましょう」

「たとえば、なにを？」

「海鳥の翼を。泊で海を眺めながら、鳥にだけは羨《うらやま》しそうな眼をむけておいでです。どこへなりと思うさま飛べる翼が、欲しいと思ってはおられませんか」

「かなわぬ望みだな、鳥になるとは」

「鳥になれぬまでも、海を渡ることは無理ではございませんぞ」

船に乗れ、と太郎次は勧めているのかもしれなかった。暢気《のんき》な話ではある。自分は、生死をかけた宿運と、むかい合っているのだ。夢に似た話になど、乗れるわけもなかった。

「まあ、明石にいる水師たちを、よく御覧になることです。どこか、鳥に似ておりますぞ。海に漂い出て行っては、いつかひょっこりと戻ってくる。それがしなどは、そんな生きざまが羨しく思えます」

太郎次が、また声をあげて笑った。

外海用のものらしい船が入ってくるのを見たのは、太郎次と話をした翌日だった。

荷は積んでいないらしい。それも、船の動きを見てわかるようになった。軽い船脚で櫓を使いながら巧みに船溜《ふなだま》りに入ってくると、錨《いかり》を入れた。その甲板に立っている男の姿を見て、頼冬は眼を凝《こら》した。あのお方、と一緒にいた、年嵩《としかさ》の武士である。

男は、艀《はしけ》に乗り移ると、岸に漕《こ》ぎ寄せ、身軽に舳先《へさき》から飛び降りた。そのすぐ前が太郎次の屋敷で、迷うことなく早足でそこへ入っていく。

あの男が来たということは、あのお方も来るということなのか。左京が心配していた因縁の糸が、やはりどこかで繋《つな》がっているようだ。

それでも頼冬は、いつものように夕方まで海を眺めていた。

戻ると、屋敷には夕餉《ゆうげ》の匂いが漂っていた。立ち働いている者の数も、いつもより多い。

「客人か？」

太郎次の娘の寿々《すず》を見つけ、頼冬は訊いた。

「大事なお客人ゆえに、粗相なきようと父に申しつけられております」

「ほう、何者だ？」

「都竹《つづき》様と、われらもお名前しか知りませぬ。父は、半年も前から、都竹様とお目にかかれるのを、愉《たの》しみにしておりました」

寿々は、日頃頼冬の身のまわりの世話をしていた。下女任せにせずに、太郎次が申しつけたものらしい。

「夕餉は、いつもの通りか？」

「はい、私が来海様のお部屋へいつものように」

夕餉のころになると、立ち働く者の数も少なくなった。

「寿々殿は、都竹様とやらに会ったのか？」

「それが、女子《おなご》などの会うようなお方ではないと、父が呼んでくれませぬ」

「四十ほどの、鬢《びん》に白いものがある武士じゃな」

「それは、お付きの平山忠利《ただとし》様でございましょう。都竹様は、来海様よりお若《わこ》うございます。屋敷に入られる時に、そっと覗《のぞ》いておりました」

寿々が、袖口《そでぐち》を口に当てて笑った。

その夜、屋敷はことさら静かだった。

頼冬は、いつものように櫓の木刀を持って庭に立ち、振りはじめた。すぐに汗が噴き出してくる。明石は、美作の山中よりずっと暖かかった。

気配に打たれて、頼冬はふりむいた。

あのお方、が縁に立ってじっと頼冬を見ている。

「見事なものです。そのような重い木剣を、一分の隙もなく振っておられる」

「奇遇ですかな。このようなところで、またお会いするとは」

「まこと、あの野伏りどもは、あなたにお任せするべきであった」

「いや、こちらこそ、見事な技を拝見いたした」

「都竹と申します」

「この家の食客で、来海頼冬」

都竹は、早足に縁を降りてくると、ちょっと頭を下げて手を差し出した。頼冬は、黙って櫓の木刀を渡した。

しばらく握りを確かめていた都竹が、いきなり唸《うな》りをたてて木刀を振った。五度、六度と庭の空気がふるえた。

「これを、どれほど振っておられる」

「およそ一刻ほど。それから、水を浴びて眠ることにしています」

「部屋にいても、気が私を打ってきました。何事ならんと思って、出てみたのです」

　都竹は、息を乱すでもなくそう言って、木刀を返してきた。

「あれから、どちらへ行かれたのです？」

「いろいろなところへ。都の風にも当たってきましたぞ」

「四人、御一緒で？」

「それぞれが、好きなところへ。田舎者ゆえ、行きたいと思っている場所も、それぞれに違いましてね。私は、河内《かわち》から都へ。それから堺も見てきました」

「都に、なにかありましたか？」

「きらびやかなものが。きらびやかさに隠された、人の醜さや野望が。私は、あそこに住みたいとは思いませんでした」

　都竹は、軽く一礼すると立ち去っていった。

　頼冬は、また木刀を振り続けた。ほとんど、なにも考えずに振り続ける。汗が、全身に噴き出し、寒気に当たって湯気になった。

　それからいつものように水を浴び、居室の茵《しとね》に横たわって眠った。

　翌朝眼醒《めざ》めた時、都竹の一行はすでに出立していた。

「お斬《き》りになれますまい」

また、左京の声だった。

「いまは、斬る理由がない」

「理由があったとしても」

「その場合は、斬る」

都竹が、頼冬の心に不思議にさわやかな風を残したことは確かだった。それはかつて経験したことがないものだったが、だからといって斬れない理由にはならなかった。

4

都竹の一行がまたやってきたのは、暮もおしつまった二十九日だった。

七人に増えていて、全員騎乗である。不意の来訪だったらしく、太郎次は慌《あわ》てていた。

それから翌朝まで、使者らしい人間が、頻《しき》りに出入りしていた。

「折り入って、来海様にお願いしたいことがございます」

頼冬の与えられた居室を訪《おとな》って、太郎次が言ったのは三十日の朝だった。

「改まって、何事かな？」

「明石のはずれに、要源寺という寺がございます。そこに、宇田義晴、義信という兄弟が逗留しております。その二人を、斬っていただきたい」

「なにゆえ？」

「この藤江太郎次に害をなす者、とお心得おきくだされ。本来ならば、それがしが出向いて立合うところでございますが、すっかり商人が身について、太刀の使い方も覚えておりません」

太郎次が斬れというからには、かなりの手練れであろう。

「いつだ？」

「お引受けいただけますか？」

「お主の頼みとあらば、引受けぬわけにはいくまい。こういう時のために、私を飼っていたのではないのか」

「飼うなどと、そのようなことを。腕の立つ方ゆえ、いていただくだけでよいと思っていたのですが」

「それで」

「今日、すぐにでも」

「気忙《きぜわ》しい話だ。斬ればよいのだな。しばらくしたら、要源寺に出向いてみよう」

「お願いいたします」

めずらしく、太郎次が縁に両手をついた。水師あがりの、ほとんど商人のようになってしまったこの男が、意外に胆力を持っていることを、なんとなく知っていた。武士と人足たちの争いを仲裁したりするのが役目で、人を斬れと頼まれることなど、多分あるまいと考えていたのだ。まして、自分のために斬ってくれなどとは、決して頼んだりはしない男だと思っていた。

　頼冬は、いつものように泊をぶらりと歩き回ると、その足で要源寺にむかった。

　山門のところに、武士が二人仁王立ちになっていた。

「宇田義晴、義信兄弟だな？」

「だったら、どうした？」

　顔半分に髭を蓄えた方が言った。もうひとりは痩《や》せていて、骨格も華奢《きやしや》だが、ぞっとするような殺気を持っていた。

「斬らねばならぬ。人に頼まれてな」

「なに、うぬが竜王丸《りゆうおうまる》の代りに参ったと言うのか？」

「竜王丸などは、知らぬ」

「ひとりで、われら兄弟を斬るか」

　髭の方が兄らしい。竜王丸という男を待っていた気配だ。自分に害をなす、と太郎次は言ったが、なにかからくりがあるのか。

　すでに来てしまっていた。

　身構えるでもなく、頼冬は二歩前へ出た。

　二人が、同時に太刀を抜き放つ。小柄《こがら》な弟の方は、恐しいほどの手練れだった。

「竜王丸の首を取る前に、血祭りにあげてくれるわ」

兄の方が喚《わめ》いた。弟は、じっと頼冬を見据《みす》えているだけだ。

頼冬は、すぐには太刀を抜かなかった。柄《つか》に手をかけるのもやめた。さらに一歩。あと二歩で、間合に入る。

兄弟には、かなりの腕の差があった。弟の方と、一対一でやりたい。

頼冬は、横へ跳び、それから走りはじめた。追ってくる。兄の方が速かった。兄が追いやすいように、横に跳んだのだ。

足を止め、振り返りざまの抜き撃ちを食らわした。わっ、と兄の方が叫んだ。片手が、だらりとぶらさがっている。落ちかかった腕を抱え、兄の方が転げ回った。二の太刀を食らわす余裕はなかった。弟の太刀を、払いのけた。太刀に勢いがあり、押されるように頼冬は倒れた。片膝《かたひざ》立ちで斬りあげるのと、横から薙いでくるのが、同時だった。お互いに、擦《かす》っただけだ。正眼に構え合い、横に走った。隙《すき》はなかった。相手も仕掛けてこない。山門のところまでそのまま駈《か》け続け、固着した。

相正眼のまま、じっとむかい合った。確かに手練れだが、剣先に凶悪なものがある。酷薄と言ってもいいのかもしれない。頼冬は、じっと心気を澄ませた。太刀の重さを、手がまったく感じなくなる。空気が張りつめた。すべてを弾き飛ばしてしまうほど、空気は張りつめている。

固い空気を破るように、相手の剣先が突き出されてきた。頼冬は退《さ》がった。動きはじめた空気の流れ。それがある。逆らわなかった。その流れの中で、自分の太刀の力を生かそうとした。

相手が跳んだ。動かず、頼冬は低い気合いとともに太刀を擦《す》りあげた。

むかい合う。相手の臑《すね》に、血が流れ落ちてきた。それはかなりの量で、足もとに血溜《ちだま》りができはじめている。頼冬も、肩に熱い疼《うず》きを感じていた。

どれほどの時が経《た》ったのか。

同時に踏み出した。頼冬の太刀の方が、わずかに力で勝っていた。ぶつかり合った刹那、相手は膝を崩しかけた。そのまま前へ出ようとする頼冬にむかって、相手は脇差《わきざし》を抜いてきた。横に薙ぐように走った脇差を避け、太刀を振り降ろした。

額が、二つに割れるのが見えた。

頼冬は太刀を鞘《さや》に収め、山門に背をむけて歩きはじめた。弟の方は死んだ。兄の方は、死なないまでも、片腕を失った。

太郎次の屋敷まで戻ってくると、庭に都竹と平山忠利が立っていた。構わず、頼冬は井戸のつるべを引いた。肩の血を洗い流す。

「手負われたか、来海殿」

都竹が歩み寄ってくる。かすかに、恥に似た思いが頼冬を襲った。そこへ太郎次が駈けてきた。

「竜王丸とは誰のことだ、太郎次殿？」

「それは」

明らかに、太郎次が狼狽《ろうばい》の色を見せた。

「竜王丸とは、私のことだが」

都竹が言った。頼冬は、都竹の方へやった眼を、太郎次にむけた。太郎次の狼狽の色は濃くなっている。

「都竹竜王丸殿？」

「左様」

「そうか。宇田義晴、義信兄弟は、竜王丸という男を待っていた」

「なに、宇田兄弟とな。来海殿は、宇田兄弟と斬り合われたのか？」

「弟は死に、兄は片腕を失ったでしょう」

「どういうことだ、太郎次？」

都竹の声が険しいものになった。

いきなり、太郎次が平伏した。都竹は、じっとそれを見下している。

「宇田兄弟が明石にいることを、おまえは知っていたのだな？」

「果し状が参りました」

「それで？」

「来海頼冬様に斬っていただこうと、お願い申しました」

「宇田兄弟がつけ狙っていたのは、私だ。果し状も、私宛《あて》になっていたのだな」

「はい。そしてそれを御覧になれば、竜王丸様はひとりで行かれかねない。そう思いましたゆえに、この太郎次が勝手に」

「正邪は別として、宇田兄弟には、私と斬り合う理由も資格もあった」

「竜王丸様のお命は、ひとり竜王丸様だけのものではございません。宇田兄弟といえば、名うての遣《つか》い手。万一のことがあれば、この太郎次ひとり腹を切ったぐらいでは」

「もうよい。とにかく、来海殿の傷の手当てを」

寿々が呼ばれた。

傷は深いものではなかった。肩に晒《さらし》を当て、しっかりと縛ると、もう出血は止まった。

「なにやら父は、都竹様にひどく叱《しか》られております」

「まるで主従であったな、あの口のききようは」

「実際に、そうでございましょう。いつも一緒にいる主従ではありませぬが」

傷を負ったのは、自分が未熟だったからだ、と頼冬は思った。相手が跳んだ時、動かずに受けた。あの瞬間だけ、空気の流れにわずかに逆《さか》らったのだ。

都竹が居室を訪ってきたのは、半刻《はんとき》ほど後だった。

「済まぬことをいたしました。宇田兄弟の父を、私は斬り捨てたのです。一年ほども前になりますか。女子供をも手にかけていたゆえに、斬ったことを後悔はしておりませんが、息子二人が遺恨を持つのは当然」

「私は、太郎次殿に頼まれて、斬りに行っただけです。都竹殿とは関わりないこと」

「頼まれれば、あなたは理由もなく人を斬るのですか？」

「頼まれた、という理由はある」

「それは理由にはならぬ、と私は思います。剣の腕を惜しむお気持はありませんのか」

「剣の腕を売って、生きている。頼まれれば、あなたを斬ることもあるでしょう」

都竹が、じっと頼冬を見つめてきた。真剣に、なにかを問いかけるような眼差しだった。いっそ憐《あわれ》みの眼差しであれば、頼冬も笑って済ますことができただろう。都竹の眼差しは、頼冬のなにかを救い、なにかを傷つけた。

「とにかく、太郎次はきつく叱りおきます」

「それはよしていただこう。太郎次殿と私との間のことで、都竹殿には関わりなきこと」

「そういうわけには参りません」

「どうしても関わりがあると言われるのなら、借りを返した、ということにしていただこうか。峠の小屋で、干魚を振舞っていただいた。あの借りを返しただけです」

ちょっと悲しげに、都竹が首を振った。

傷が痛みはじめている。頼冬は、目礼して眼を閉じた。

5

泊に繋《つな》がる浜で、十名ほどの武士に囲まれたのは、正月二日だった。刺客が現われるのが、考えてみれば遅かったぐらいだ。太郎次の屋敷というのが、相手にとっては盲点だったのかもしれない。

これまでに、二十名以上の刺客を斬り倒してきただろうか。今度は、人数が多かった。手負ってもいた。松の林を背にし、太刀を抜き払いながら、ここで果てるのも宿運か、と頼冬は思った。やはり、手練《てだ》れ揃《ぞろ》いである。将軍家には、尽きない人がいるらしい。

はじめの三名まではなんとかなる、と頼冬は思った。あとは、自分の持っている運次第ということになる。

なぜ、無用な斬り合いばかりを、という思いが一瞬頭をよぎった。とうに、考えるのをやめたことのはずだった。

その思いを打ち消す前に、最初のひとりが斬りこんできていた。

横に跳んでかわす。手負いが、思った以上に躰《からだ》の動きを鈍くしている。

太刀を、上段に構えた。

横から突っこんできたひとりを、身をかわしながら斬りつける。砂に足をとられた。肩に傷を負わせただけだった。上段は崩さなかった。多人数を相手の構えとしては、捨身と言ってもいい。

横へ、横へと移動した。正面の敵。一の太刀を横にはじき、袈裟懸《けさが》けに斬り降ろす。存分の手応《てごた》えがあった。すぐに上段に構えた。武士の身なりをしているが、忍びの一団だ。構え方を見て、それがわかった。上段にも中段にも構えていない。躰を丸め、太刀を引きつけている。

二人ひと組の攻撃、三人ひと組の攻撃を、仕掛けてくるころだ。胴は晒しておいた。仕掛けられるなら、早い方がいい。砂と肩の手負いが、体力を消耗させていく。

相手は、こちらの消耗を見越したように、なかなか仕掛けてこなかった。ひとりを斬り倒されてからは、待つ気になったようだ。指図しているのはどの男か。見極められなかった。それほど統制がとれ、みな同じように動いている。

汗が、顎《あご》のさきから滴《したた》り落ちていった。囲んでいる輪が、徐々にだがきつくなっていく。肌《はだ》が、微妙にそれを感じていた。

不意に、その輪が崩れた。

四人、五人と見る間に斬り倒されていく。その中に、都竹の姿があった。五人ほどで、浜に艀《はしけ》で乗りあげてきたようだ。頼冬は、太刀をぶらさげて、ぼんやりとそれを見ていた。全員が斬り倒されるのに、大して時はかからなかった。

艀がもう一艘やってきた。斬り倒された屍体《したい》が、素速くそれに積みこまれる。都竹も含めて五名。屍体の処理まで鮮やかだった。

「宇田兄弟についての借りを、これでお返しした」

そばへ来て言った都竹の呼吸は、弾んでさえいなかった。

「余計なことを」

「あなたが宇田兄弟を斬ったのは、干魚の借りを返したのだと言った。私も、勝手に借りを返させて貰った。それに、足利将軍家が抱える忍びが、どれほどのものか試すのに、いい機会であったし」

「死者を、どうされる？」

「海に消えて貰います」

「そういうものですか」

「浜の血は、すぐに消えます。十人の忍びも、消えてしまった方がいい。屍体が残っていれば、あなたの所在が新手に知れるであろうし。水師の墓は海。他者の死も、海に呑《の》みこませることは馴《な》れております」

「やはり水師か、都竹殿は」

「なぜ、生きようとなさらぬ、来海殿は？」

「いつも、生きようとしています。そのために斬り合いもする」

「あの構えは、生き延びようというものではなかった。三人か四人は、倒せたかもしれませんが。それがわかっていながら、上段の構えを崩さなかった」

「どうすればよかった、と言われるのか？」

「逃げる」

言って、都竹は白い歯を見せて笑った。

「その気になれば、逃げきることはできたはずです」

「逃げるか」

「関船《せきぶね》には、押し走りというのがあります。帆を全部張り、しかも全部の櫓《ろ》も使う。そうやって攻めることもあるが、むしろ逃げるためと言っていい」

「剣にも、逃げる剣がある？」

「どうでしょうね。生き延びる剣と言っておきましょうか」

また、都竹が笑った。その笑顔の中に、頼冬は思わず引きこまれそうな気がした。

「貸し借りは、これでなしということにしましょう。将軍家が抱えた忍びが、なぜあなたを襲ったのかは、訊《き》かないことにします」

都竹は、目礼をすると待っていた艀に駈け戻った。

太郎次の屋敷にむかって歩きはじめたのは、艀が沖に出て見えなくなってからだった。

「どうでございます」

声が聞えた。

「あのようなお方を、来海頼冬様はお斬りになれますか？」

「どんな人間でも、私は斬れる」

松林の間から、左京が姿を現わした。

「余計なことは、いたすな」

「はて、なにを？」

「私が襲われていることを、都竹殿に知らせたのは、おまえであろう」

「確かに、お知らせはいたしました。助勢すると決められたのは都竹様で、それがしはただお知らせしただけです」

つるりとした左京の顔は、表情すらも変らない。もしかすると、ひどく老いた男なのかもしれない、と頼冬は思った。

「私と都竹殿を、おまえはなぜ結びつけようとする」

「縁《えにし》というものを、それがしが感じてしまっているからでしょう。宇田兄弟に斬られてしまわれれば、それまでのものと思ったでありましょうが」

「さきほどの十名に、斬られてしまっても、それまでのものではないか」

「もはや、それまでのものとは思えなくなってしまい申した」

「おまえが言う縁とは、一体なんなのだ？」

「都竹様というのは、仮の名です」

「ほう。水軍の長《おさ》として聞き馴れぬ名だと思っていたが」

「水軍の長たちは、特に外海に出ている水軍の長は、あのお方の前ではひれ伏します」

「知らぬな。そのような存在が、水軍にはあるのか。まことの名は、なんと言われる？」

「それは、来海頼冬様が御存知《ごぞんじ》です」

「竜王丸？」

左京が頷《うなず》いた。

泊の船の、帆柱のさきが見えてきた。小さな岬《みさき》を越えると、泊である。風と海流を考えて、船溜《ふなだま》りは作られるものらしい。

「お父上は、月王丸《つきおうまる》様と申されます」

「姓は？」

「ございません。高貴なる方でありますゆえ」

「高貴だと、姓もないのか」

頼冬はちょっと笑みを浮かべた。

「月王丸様のお父上は、親王と呼ばれる方でございました」

「ほう、竜王丸殿は、親王の孫に当たられるか」

左京の話を、頼冬は信じていなかった。親王といえば、それほどの数はいないのだ。

「征西《せいせい》将軍宮」

「なんと」

「頼冬様と、因縁がないわけではございますまい」

「偽りを申すまいぞ、左京」

　足を止め、頼冬は言った。

「偽りとは、思っておられますまい」

　現征西将軍宮は、良成《りょうせい》親王という。いままだ、小さいながら九州に勢力を持っていた。

しかし、前征西将軍宮懐良《かねよし》親王は、菊池武光とともに、九州を統一したのである。征西府が九州全土を支配した期間は、十年にも及んだ。強大な水軍を擁していて、十年間は誰も手出しができなかった。

「私に、そのようなことを語ってよいのか？」

「頼冬様なればこそ、それがしも語っているのでございます」

　征西将軍宮が水軍に持っていた力は、いままだ生き続けているのか。その孫が、都竹と名乗る竜王丸だというのか。

「竜王丸様は、大きな使命を帯びて、渡海してこられました」

「渡海というと？」

「日本にはおられません。月王丸様の館《やかた》は、富山浦《ふさんぽ》や安南や暹羅《しゃむ》など、およそ七、八カ所にございます。竜王丸様はいま、富山浦の館を預かっておられまして」

「竜王丸殿の使命とは？」

「それは、いつか竜王丸様が語られましょう。それがしには、そう思えます」

「そうか」

「征西将軍宮が、最後に抱かれた夢、と申しあげてもよいでしょう」

「確か、数年前に病没されたとか」

「日本にはおられませんでした。六年ほど前、富山浦で亡《な》くなられました。最後に抱かれた夢を、月王丸様はなんとかかなえようとなさっておられるのです」

三代にわたって受け継がれた夢。そう思うと、頼冬の心には痛いものがあった。夢を抱くことを、禁じられて生きてきたのだ。

「竜王丸か」

「それがしの父も母も、前征西将軍宮のもとで、忍びとして働いて参りました。いまこうして、竜王丸様のもとで働けるのは、本望でございます」

「私のことを、竜王丸殿には？」

「なにひとつ、申しあげてありません。足利将軍家が抱える忍びに、斬られるかもしれないとさきほどお知らせしただけで」

「高麗か」

「爪哇《じゃわ》がお好きだそうです、竜王丸様は。いずれ、そこに御自分の館を造られましょう。交易の広さも量も、日本の商人の比ではございませんぞ」

左京が自分になにを吹きこもうとしているのか、漠然《ばくぜん》とだがわかった。はじめから、そのつもりだったのかもしれない。

「小さい、とは思えませぬか、自《おの》が宿運と闘って生きるとは。海の外は、かぎりなく広うございますぞ」

「人の心の中も、かぎりないものよ。いや、人の心の中こそが、まことかぎりない。私の宿運は、その人の心の中にあるのだ」

「ならば」

言いかけて、左京が口を噤《つぐ》んだ。

泊の方から、女がひとり駈けてくる。寿々だった。

「いずれまた。お目障りではございましょうが、時々現われますぞ」

言って左京は頭を下げ、立ち去って行った。

頼冬は歩きはじめた。

血で汚れた砂を、寿々に見られなくても済むところまで来ている。それが、なんとなく自分をほっとさせていることに、頼冬は驚いていた。

「どちらへ行かれておりましたのか、頼冬様は。父が心配しております。お怪《け》我《が》の躰で出歩くなどもってのほかだと」

「潮の混じった風は傷によい。そんな気がいたしてな」

「あと何日か辛抱なされば、傷はきれいに塞《ふさ》がります。それまでは、寒い中を出歩かれたりしてはなりませぬ」

直垂《ひたたれ》の裾《すそ》に、わずかに血のしみが付いていた。頼冬は、それを掌《てのひら》で隠した。

「寿々殿は、海に出られたことがおありか？」

「はい、淡路島まで」

「眼と鼻の先ではないか」

「それでも、海を渡ったという気がいたしました。なにやら、とてもすべてが美しく感じられて」

「そんなものか」

頼冬は歩きながら、ほとんど陸続きのように間近に見える淡路島の方に眼をやった。

砂に足をとられたのか、寿々が小さな声をあげた。

第二章　血

1

淡路福良《ふくら》の泊《とまり》に船が入ると、今川仲秋《なかあき》はすぐに馬を命じた。洲本《すもと》城にいる細川頼元《よりもと》のところへは、船よりも馬で駈《か》けた方が早い。従者は六名のみという、身軽な旅だった。

馬はすぐに揃《そろ》って、泊の番屋にいた仲秋を安富直久《やすとみなおひさ》が呼びにきた。番屋には、ほかに旅仕度の若い男女がひと組いる。別段急いでいるふうもなく、火のそばでくつろいでいるが、若い武士の身のこなしに隙《すき》がないのが、仲秋のなにかに触れてきた。

「これより、阿波《あわ》へでも旅立たれるのでござるかな？」

問いかけると、若い武士の視線がちょっと動いた。

「なんの、われらも明石《あかし》より船旅で参った者でございまする」

女が、ものおじせずに答えた。市女笠《いちめがさ》がそばに置かれている。語り合う言葉から、夫婦者ではないとわかったが、どういう間柄《あいだがら》か仲秋には読めなかった。

二人とも、さしたる身分ではないと思えるが、若い武士が佩《は》いている太刀《たち》は、備前物の見事なものだった。太刀そのものが、気を放ってくるのさえ感じる。

「明石ならば、わざわざ福良まで来られずとも、淡路島は眼と鼻の先でござろう」

「歩かねばなりませぬ。福良ならば、それほど歩かなくても済むのでございます。ほどなく、迎えの者も参りましょう」

「ほう、どちらへ？」

「本庄でございまする。この泊からは一里ほどとか」

「なるほど。それならば、岩屋あたりから歩かれるより、はるかに近《ちこ》うござるな」

仲秋も、淡路島の地形に詳しいわけではなかった。京や山陽道の方が詳しい。淡路島へ来たのは、細川頼之《よりゆき》の弟、頼元が京から戻り洲本に滞留しているからである。

急ぎの談合だった。兄からは、特になにも命じられてはいない。将軍の側近にいる頼元と事態を話合い、取るべきいくつかの策を決めるだけである。

「殿、馬の用意が」

安富直久がまた言った。ようやく、仲秋は火のそばから腰をあげた。若い武士はひと言も喋《しゃべ》らず、腰をあげた仲秋に表情も変えずに目礼しただけである。

一瞬、仲秋は若い武士に殺気を送った。返ってきたのは、冷笑に近いものだった。戦塵《せんじん》の中で生き抜いてきた、という自負が仲秋にはある。九州探題今川了俊《りょうしゅん》の弟として、征西将軍宮や菊池武光《たけみつ》と闘い、九州の守護や豪族と闘い、いままた、菊池武朝《たけとも》と闘っている。二十年近く、血で血を洗う戦の中で生き抜いてきた自分が放った殺気を、若い武士は冷笑で返してきただけだ。

いやな感じではなかった。戦場で手強《てごわ》い敵と出会った時とも、違う感じだった。束《つか》の間《ま》、仲秋は殺気を放った自分を恥じた。

「参ろうか」

ことさら明るく言い、仲秋は番屋を出た。

晴れた日だった。二名が先導していく。仲秋は、直久と轡《くつわ》を並べて駈けた。福良から洲本まで、平地の道である。暖かい島だった。海流のせいなのだろうか。

「本庄といえば、波木《なみき》殿がおられるところではなかったかな、直久」

「はい、そのように聞いておりますが。本庄の波木様にもお会いになりますか？」

「それは、頼元殿との話次第だな」

波木というのは、並木からきている。さらにその並木は楠木《くすのき》からきていて、本庄の楠木とは楠木正儀《まさのり》のことであった。

楠木正成《まさしげ》の三男であり、南朝に与《くみ》する武士の主柱と言っていい存在だった。戦歴にも輝かしいものがある。しかし、二十年ほど前、時の管領《かんれい》細川頼之を通して、足利《あしかが》幕府に降《くだ》ったのである。その後、細川頼之が管領を解かれ、四国の領地に逼塞《ひっそく》することになった時、再び南朝に帰順したのであった。

正成以来の南朝への忠節を誇りとする楠木一族からは、ただひとりの変節者として扱われ、楠木の姓も使わず、並木と称したのである。

楠木正儀が幕府に降ったのは、兄了俊が九州探題に補任される、前年のことだった。あの行為がなんだったのか、仲秋にはいまだにわからない。細川頼之とは非常に近かったらしく、南朝に帰順したあとも、なにかの繋《つな》がりがあったのだろう。波木と称して、細川一門の領地である淡路島にいることを知ったのは、二年半ほど前のことだった。病を得た楠木正儀に、細川頼之が手を差しのべたのだという。

「さすが細川の領地だけあって、よく治まっておるな」

「まこと、この十年、領国経営に心血を注がれただけのことはあります」

管領を解かれた細川頼之は、失意の中でも領国経営の情熱を失わず、それはいまも続いていた。

前方に、五十名ほどの武士が姿を現わした。

直久がひとり、駈け出していく。

「今川仲秋の一行である。福良に着到して、洲本城へむかう。その旨《むね》、細川頼元殿にお伝え下さるように」

　武士が二つに割れた。頼元が寄越した迎えの軍勢のようだ。

　仰々しいことが、仲秋は好きではなかった。できることなら、供回りなどもいらない。戦場でないところは、ひとりで駈ければいいのだ。

　洲本城に入ったのは、夕刻だった。

　早速、客殿で細川頼元と対座した。

「頼之様は、御健勝であられますか？」

「兄も、老いた。京での仕事は、儂《わし》に任せっきりよ。といって、隠居したわけではない。儂をはじめ弟どもは、会うたびに尻《しり》を叩《たた》かれておる」

　頼元は、四人いる頼之の弟たちの中で、一番温厚で思慮が深い、と仲秋は思っていた。ただ、決断は遅い。頼之を補佐する時が長かったからだろう。

「話の具合によっては、頼之様にもお目にかからねばなりません」

「話の具合でなくとも、会っていけばよい。せっかく淡路島まで来たのだ。仲秋殿の顔を見れば、兄も喜ぼう」

「急がなければならぬと思いますので、できれば淡路島からそのまま九州に帰ろうと思っております」

「探題殿が淡路島と言われたのは、波木殿のこともあってかな」

「さあ、兄はあまり多くを語りません。まして、状況もわからぬのですから」

「九州は、どうなのだ。やはり、菊池武朝と会うのであろうか？」

「菊池武朝とは、すでに会っているでしょう。ただ、菊池軍に特別な動きがあるわけではありません。噂《うわさ》も流れておらず、しかし」

「どこかに、不穏な動きが？」

「海上でござる。対馬《つしま》近辺に、関船《せきぶね》の姿がしきり、と宗からの使者が何度も」

対馬の宗家では、経茂《つねしげ》の死後、後継の争いが続いているが、さすがに外敵に対してはひとつになっているようだ。

その宗氏が脅威を感じるほどの水軍が、対馬近辺に集まっているという。対馬に対する、直接の攻撃はまだない。

「どれほどの規模なのであろう」

「関船、およそ七、八百艘《そう》は集まっておろうかと」

「兵数にして、五万以上か」

「にわかには、信じ難いのですが」

「六日前に、福良に十二名の武士が上陸した。十二名は、本庄の波木殿のもとにひと晩いただけで、引き揚げた。その十二名が上陸している間、島の東西に、およそ三百ほどの関船が集まっておった。いつでも上陸できるという構えでな」

「十二名がいなくなると、関船も消えたのですね」

「日本の水軍の、かなりの部分が動いている、としか考えられぬ。儂は、城に籠《こも》ったままであったよ。あれだけの水軍ならば、淡路島はひと揉《も》みであったろう」

　頼元が大きく息をついた。

「まず、なんのためか、ということですな」

「菊池武朝に会い、どうやら中国を歩いた気配もあり、あるいは京へも行ったかもしれぬ。そしてここじゃ。現われては、消える。背後にどれほどの軍勢がいるかはわからぬが、動く時はいつも小人数だ。それも、大胆すぎるほど大胆にな」

「まだ若いという話ですが」

「若さゆえの無謀、とは儂には思えぬ。なにかを信じ、死すらも覚悟して動いている。そう見えてならんのだ、仲秋殿？」

「その、なにか、がわかりませんな」

「この国に、害を及ぼそうとしているようには、思えぬな。あれほどの血をひく人物、九州で菊池武朝と兵を募れば、万余の軍勢は集まろう。加えて、あの水軍の力じゃ。ようやく弱まってきた吉野の朝廷の力が、盛り返すことは眼に見えておる。なれど、そのような動きは一切ない」

「九州におれば、水軍の力はいっそう強いものに感じられます。前征西将軍宮が書いたといわれる八幡大菩薩《はちまんだいぼさつ》の旗は、玄界灘《げんかいなだ》の番人である宗の関船も、避けて通ります。探題でも、海賊どもをいくらか捕えておりますが、あの旗の威力に乗じただけの悪党どもです。あの旗の下にある水軍は、見事なほど統制がとれておりますな」

「すでに、一国の軍勢のようだと聞くが」

「阿只抜都《あきばると》と呼ばれ、高麗《こうらい》で恐れられた水軍の大将が、九年ほど前に死んでおります。見るもあでやかな若武者だったと申しますが、松浦《まつら》党の有力な部分が、これに従っておりました。死後、いささか統制が乱れ、渡海して女子供まで殺《あや》める輩《やから》が出て参りました。一年ほど前、その首魁《しゅかい》であった宇田義澄なる者が、月王丸《つきおうまる》の命により斬《き》り捨てられております。そのように、月王丸の力は松浦党にまで及んでいるわけで」

　月王丸という名を仲秋が出したので、頼元はいささかほっとしたという表情をした。いま、名も出さずに語られている人物は、月王丸の息子の竜王丸のことである。そして、月王丸は、前征西将軍宮の息子に当たる。

「阿只抜都と高麗で呼ばれた、水軍の大将のことは、儂も耳にしたことがある」

「松浦党、波多《はた》氏の出だと言われています。そして月王丸の母親も、そこの出だということです」

「海を駈けめぐる民の国が、ひとつあると思えばよいのか」

「それは、略奪をなすばかりの海賊とは、まるで違います。交易をなして巨利をあげ、高麗とも明《みん》とも、われらの知らぬ南の国ともうまくやっております。博多にもたらされる交易の富など、そのわずかな一部分に過ぎますまい」

「その月王丸の息子、竜王丸が、単身同様でなぜ日本を駈け回っておるかだ」

「月王丸の意志でもあるのでしょう。それは間違いありますまい」

　外が暗くなりはじめ、家人《けにん》が燈台《とうだい》に火を入れにきた。

　仲秋は、質素な造りの中庭に眼をやった。

　九州で勢威を張っていた、前征西将軍宮と菊池武光の征西府を潰滅《かいめつ》させ、さらに根を張る守護と闘い、すでに二十年近い。それでも九州は、ひとつにまとまっていなかった。叩いても叩いても、守護たちは頭をもたげてくる。中国に根を張る大内義弘《よしひろ》も、今川と縁続きであるという理由で、援兵と称する軍勢をしばしば出してきた。大内義弘の正室は、仲秋の娘なのである。

　争いの大きな原因に、博多からあがる交易の利があることは、兄の了俊にも仲秋にもわかっていた。みんなが、それを欲しがっているのだ。それでも、月王丸があげている利とは、較《くら》べものにならぬほど小さなものだろう。

　そしていま、なにかが波のようにひたひたと押し寄せてきている。それがいつ、大きな波になり、九州全土を襲うかもしれぬ、という危惧《きぐ》は強くある。この談合に、了俊が仲秋を立てたのも、探題が自ら九州を離れることはできぬ、という思いが強かったからだ。

「闇《やみ》から闇へ、葬《ほうむ》ることはできまいな」

「小人数とはいえ、蔭《かげ》で守っている者どももおりましょう。闇から闇とは、とてもいきますまいな」

「それに、理由もない。幕府に不利な動きをしているわけでもない」

「捕えて、追い立てるというのも、難しゅうございますな。水軍と事を構える覚悟が必要です」

「見守るしかないのか。なにを思い、なにをしようとしているか。将軍家には、内々で報告しなければなるまいが」

「やはり、波木殿には会った方がよろしいようですね」

「波木殿には、なにかを語ったかもしれぬしな」

しかし、なぜ楠木一族でも、ただひとりの変節者といわれる楠木正儀とわざわざ会ったのか。南朝一途《いちず》の武士は、まだ多くいた。吉野の後亀山《ごかめやま》天皇のもとへ、伺候した気配もない。

「いま、どこにおりますかな？」

「わからぬ。あの水軍を見れば、忍びを付けておこうという気も起きなかったわ」

「それがしが、一度会ってみるのも方法だとは思います」

「そこで、祖父の仇《かたき》と言われたら？」

「それならば、刺し違えましょう。筋は立ちます。しかし、それならば別の動きをするはず。いまの動きは、どう見ても不可解」

「やはり、波木殿かな」

頼元が、白いものが混じった髭《ひげ》を撫《な》でた。

外はもう、すっかり暗くなっている。仲秋は、ちょっと首を動かした。昔から、待つのは苦手だった。戦場に飛びこんでいく。そういう人生しか送ってこなかったのだ。

「将軍家は、山名、大内の両家を、なんとかなさろうと考えておられよう。いまのままでは、中国が重すぎる」

「ここで、水軍の悩みまで抱えられるとしたら」

「仲秋殿は、やはり兄にも会ってくだされい。そうして貰《もら》わねばならぬ」

足利三代将軍義満《よしみつ》を、幼少から補佐してきたのが、頼元の兄、細川頼之だった。守護たちの力が強くなる中で、なんとしても将軍の権威を高めねばならぬ立場にいたのだ。ついには、守護たちの反撥《はんぱつ》の中で、管領の職を解かれることになった。それでも、将軍家がいまの権威を保っていられるのは、頼之の功と言っていい。

九州で前征西将軍宮の勢威が盛んな時、了俊を探題に起用したのも、頼之だった。それまで探題を命じられた足利一門の武将たちは、ことごとく惨《みじ》めに追い払われていたのである。

「仲秋殿、酒肴《しゅこう》の仕度も整ったようでござる。久しぶりに、酌《く》み交わそうではないか」

頼元が、腰をあげた。

さすがに冷えこみはじめている。酒はありがたかった。

2

網代垣《あじろがき》のめぐらされた、小さな屋敷だった。

草葺《くさぶき》の門をくぐり、仲秋は訪《おとな》いを入れた。人気《ひとけ》もあまりない。従者二人に、下女がひとり。それがこの屋敷の総勢だということは、細川頼元から聞かされていた。

女が出てきた。下女ではなかった。

きのう、福良の泊の番小屋で出会った、旅の女だ。確か、明石から来たと言っていた。

「今川仲秋と申す。波木殿にお取次いいただきたい」

「これは、今川様でございましたか。存知《ぞんじ》あげず、昨日は失礼いたしました」

「波木殿は、御在宅でござるか？」

「はい。ただいま、申し伝えて参ります」

仲秋は、きのう女と一緒だった若い武士の姿を捜した。あれが波木の家人ならば、さすがに楠木というところはある。

「病を得ておりますゆえ、衣服など改められず、見苦しいかと存じますが」

女が戻ってきて言った。

導かれるまま、仲秋は奥の板敷へ入っていった。質素だが、惨めではなかった。どこか、凜《りん》とした気配も漂っている。

茵《しとね》に腰を降ろし、仲秋はしばらく待った。

直垂《ひたたれ》に侍烏帽子《えぼし》、背筋を真直ぐにした老人が入ってきた。頬がこけて、病の色はやはり隠せない。むき合った。

「久しい邂逅《かいこう》よのう、仲秋殿」

「およそ、二十年ぶりかと」

楠木正儀が幕府に降った時、仲秋は侍所にいた。それで、一度だけ言葉を交わす機会があったのである。

「兄上は、御息災でござるか？」

「いまも、九州で忙しくしております」

「この老骨は、もはや世の役には立ち申さぬ。それを無念と思うほどの生臭さも、なくなってしまった」

眼が合った。気力の衰えは見えない。ただ、病はひどそうだった。

「頼元殿が洲本におられます間に、急ぎ談合せよ、と兄から言われまして、来島した次第です」

「儂のことを、忘れずにいてくだされたか。今川仲秋殿と聞いて、まさかと思ったのだが」

女が、湯を運んできた。

椀《わん》に手をのばそうとした波木が、不意に咳《せ》きこんだ。鮮やかに赤い血が、波木の掌を染めている。慌《あわ》てたのは、女の方だった。

「御無理をさせてしまったようです。床に就かれた方がよろしかろう」

「なんの。いつものことでござるよ。今川仲秋殿と、二十年ぶりにお目にかかるのに、伏せていたくはない」

女が持ってきた晒《さらし》の布で、波木は掌と口を拭《ぬぐ》った。

「無調法をいたしました。無理に湯はお勧めいたしますまい」

「いや、頂戴《ちょうだい》いたします」

仲秋は、椀を手にとって湯を啜《すす》った。

「この地は温暖で、労咳《ろうがい》にはよい、と細川頼之殿が招いてくださったのだが」

「病を得ておられる、とは聞き及んでおりました」

「河内におると、なにかとありましてな」

波木が笑った。肝心な話を、仲秋は切り出せずにいた。九州の情勢などを、訥々《とつとつ》と喋ってみただけだ。

「海のむこうから、あるお方が来た。仲秋殿の話は、それかな」

波木の方が、さきに切りこんできた。仲秋は、ただ頷《うなず》いた。

「なにを、気遣《きづか》っておられる？」

「どういう人物で、なにをなそうというのかと思いまして」

「心配はいらぬわ。あのお方はただ日本を見物されたいのであろうと思います」

「しかし、水軍が集まっております。水軍が動けば、九州は変ります。もともと波木殿は南朝のお方。九州が変ることを望んでおられるかもしれませんが」

「こうなれば、南朝も足利もござらぬ。現に、いまは細川頼之殿のお世話になっております」

「しかし、南朝に帰順された」

「それがしにも、守ってやらねばならぬ家人どもがおりました。ま、そう怖い眼をなさらず、落ち着いて考えてみられよ」

「落ち着いているつもりです。そして、自《おの》がなすことはなにか、を考えております」

「九州を統治されればよい。了俊殿とともに。いままでも、そうしてこられたではありませんか」

「その九州が、動くかもしれぬのです」

「杞憂《きゆう》というものじゃ、それは。もはや、この国が大きく動くことはござるまい。動かしてもならぬ。動けば、武士は死ねばいい。しかし民は、苦しむだけではござらぬか」

「ほんとうに、動かそうというおつもりはお持ちでありませんか？」

「この老骨に、なにができると言われる？」

「わかりません。それをわかろうと思って、無礼も顧みずお訪ねしたところもあります」

「変らぬのう、仲秋殿は」

波木が、また額の皺《しわ》を深くして笑った。眼は、仲秋を見つめたままだ。その澄んだ眼を見つめ返しながら、仲秋は理由のない戸惑いに襲われた。自分は、まるで関係のないところで、いたずらに動き回っているだけではないのか。しかし、九州を守ろうとすることに、意味がないはずはない。

「征西府を潰滅《かいめつ》させたあと、仲秋殿は水島で少《しょう》弐《に》冬資《ふゆすけ》を斬り殺されましたな。そのために、少弐との間を仲介した島津まで離反してしまった」

「あれが間違いであった、とは思っておりません。少弐冬資は、博多を狙《ねら》い続けておりました。あそこで斬らなければ、九州は大きな禍根を残したでありましょう」

「そこでござるよ。了俊殿は、それがわかっていても、少弐冬資を斬れはしなかった。斬らねばならぬと判断して、実際に斬ってしまったのは、仲秋殿だ。あれがまずかった、と申しあげているのではありませんぞ。了俊殿は、武将であると同時に、文人でもある。文人には斬れはしなかったでしょう」

「もはや、ただの武将はいらぬ時代だ、と申されているのですか」

「少なくとも、水島での仲秋殿は、九州に必要であった。しかし、いまはどうなのであろうか」

「それがしが、あのお方を斬る、と思っておいでか？」

「似たことを、考えておられるのではないかな」

　言って、波木はようやく仲秋から眼をそらした。

　確かに、場合によっては、竜王丸を斬ろうと思っている。それは、細川頼元にも伝えた。九州が乱されるのであれば、斬るのは自分の役目だ。

「斬ってみられるがよい」

「九州が水軍に押し潰《つぶ》される。そう言われているのですね」

「いや、斬れはせぬだろう、と申しあげておる」

「それほどの腕ですか、この仲秋にも斬れぬほどの」

「斬ろうという気が、起きないだろうということです。むかい合ってみれば、わかります。無邪気な青年にすぎぬ」

「しかし明らかに軍勢を、水軍を擁しておりますぞ」

「それがしにも、あのお方がほんとうになにをなされようとしているのか、わかりません。ただ、眼に邪気はなかった。それだけしか申しあげられぬが、仲秋殿には、斬れますまい。

これは、仲秋殿の人を見る眼を信じて、それがしが思うことです」

波木が、軽い咳をした。女が、気遣わしそうに覗《のぞ》きにきた。血を吐きはしなかったようだ。

「しかし、なにをしに、ここへ来たのです？」

「やはり、見物でござるよ」

「見物？」

「この老骨と、細川頼之殿をちゃんと見てくるように、と祖父《じい》さまが言われたそうです。だから見せてくれ、と言っておられた」

「祖父さまというと、前征西将軍宮でござろう。亡《な》くなられたはずですが」

「御存命のころ、そう言われたのでしょうな。前征西将軍宮は、高麗に渡られたとそれがしは思っております。あのお方は、前征西将軍宮の御遺志を受けておられるのではありますまいか」

「前征西将軍宮の遺志といえば、九州統一ではありませんのか？」

「それは、菊池武光殿とともに、果されたであろう」

「しかしまた、僥倖《ぎょうこう》に支えられたとはいえ、われらが破りましたぞ」

「そして、高麗へ渡られた。いつまでも、九州統一の夢だけを追い続けられたと、それがしは思いません。夢は、歳月とともに変るものです。濁りを帯びてくることもあれば、澄み渡ることもある」

また、波木が咳をした。女が、縁に膝《ひざ》をついた。

「お疲れでございましょう、波木様」

「お気遣いは無用じゃ、寿々《すず》殿。仲秋殿とは、もう二度とお目にかかれぬ、という気がする。心ゆくまで、話したいのじゃ」

女が頷き、退《さ》がっていった。

もう、話がそれほどあるわけではなかった。波木と話すことによって、竜王丸がなにをしようとしているのか、わかるとは思えなかったのだ。それでも仲秋は、すぐには辞去できなかった。

自分には、この老人がやったことが、結局は納得できなかった。南朝の柱石でありながら、幕府に降り、細川頼之が管領の職を解かれると、すぐにまた南朝に帰順した。そしていま、また細川の領地内で、病の身を養っている。

しかしそれは、納得できなかったのではなく、理解できなかったのではないのか。この老人にしろ、細川頼之にしろ、自分などには想像もできない、途方もないことをやろうと考えていたのではないのか。そんな気がしてくる。

波木が、了俊の歌のことを訊《き》いてきた。仲秋は、知っていることだけを答えた。兄には何度も勧められたが、仲秋は歌を詠《よ》んだことがない。

話題は、歌から吉田兼好のことに移った。

命松丸《めいしょうまる》という兄の従者が、兼好の弟子で、師の書いたものを熱心に整理していた。それがどうすれば読めるのかと訊かれても、仲秋には答える術《すべ》がなかった。命松丸がそれをやっていたのは、征西府軍との決戦を前にしたころで、余計なことをしているとしか、仲秋には思えなかったのだ。

波木が、二度目の血を吐いた時、さすがに仲秋は暇《いとま》を告げた。

「これ以上、見苦しいところを、お見せすべきではありますまいな」

「会ってみたいと思います」

「あのお方にですか」

「そして、波木殿が言われたことが、まことかどうか確かめてみたい。斬れるか斬れないかをです」

「簡単なことですよ」

波木が、蒼白《そうはく》な顔をあげた。

「明石の、藤江太郎次殿のところにおられるはずです」

「ほう、あの輸送船だけを扱う水師ですな」

博多に船が入った時は、探題館に挨拶《あいさつ》に来るので、仲秋も見知っていた。

「御存知でしたか。寿々殿は、太郎次殿の娘御でござるよ」

「そうでしたか」

波木は、立つのも大儀そうだった。寿々と二人で両脇《りょうわき》から支え、寝所に運んでから、仲秋は波木の屋敷を辞去した。

若い武士に出会ったのは、門を出たところだった。

仲秋は、まだ馬に乗っていなかった。目礼して、道をあけるような仕草をした武士のそばに、仲秋は歩み寄った。

「今川仲秋と申す」

「来海《くるみ》頼冬《よりふゆ》です」

「波木殿の知り人とは思わなかった。きのうは失礼いたした」

「こちらこそ」

「来海殿は、波木殿の御家中というわけではありませんな」

「明石の、藤江太郎次殿の食客です。淡路島へは、寿々殿という娘御の警固で参りました」

「ほう、食客とな。それにしても、見事な太刀を佩いておられる」

「父から、伝えられたものです」

来海頼冬は、伏眼がちで、仲秋とまともに視線を合わせようとはしなかった。そのくせ、躰《からだ》のどこにも隙はない。こちらが隙を見せれば、そのまま抜き撃ちに両断されそうな鋭さを、慎しい仕草の中に隠していた。

「血も吸っておりますな。それも、ひとりや二人の血ではなく」

「食客の身、なにをしているかは、お察しくだされい」

「どこぞで、一度お目にかかったような気がしますな」

「昨日、福良の泊で」

言って、頼冬は口もとだけで笑った。

「その前でござる。五年も、十年も昔に」

「さあ」

「いや、どこかで会ったと思う」

「十年前といえば、私はまだある家中の若党です。なにかの思い違いでございましょう」

頭を下げ、頼冬は門の中に入っていった。

仲秋は馬に乗った。安富直久が轡を並べてくる。

「なにやら、暗い御仁でございましたな。声を聞いても、ぞっとするような暗さでございました」

「そう感じたか、おまえも」

「それにしても、殿の知り人とほんとうに似ているのですか？」

似ていた。ただ、もっと明るかった。そういう気がする。

思い出そうとしても、それが誰なのか、仲秋にはどうしても思い出せなかった。

3

阿波へ渡り、徳島の城へ入った。

仲秋は、細川頼之とは若いころから会っていたが、徳島を訪ねるのははじめてだった。三年前に会ったのは、頼之が博多を訪ねた時だ。

「頼元では埒《らち》があかず、儂《わし》のところへ来たか、仲秋」

「はい」

「なぜ、埒があかぬ」

頼之は、弟の頼元と較《くら》べると、ふっくらとした顔をしていた。眼もとだけがなんとなく似ていて、それが時々おかしく思えたものだった。

「斬《き》ろう、という決断をしてくださいません」

「儂に、その決断をせよ、と迫りに来たのか、おまえは？」

「斬るべきではないでしょうか、やはり。九州にあれだけの水軍の勢力があるというのは、穏当ではありません」

「半分以上は、高麗から来ているのではないのか？」

「わかりません」

幼いころから、可愛《かわい》がられた。兄の了俊が気に入られていたので、ついでに可愛がられたのかもしれない。可愛がられた分、仲秋にも遠慮がなかった。頼元と接する時とは、だいぶ違う。

「すぐ斬りたいと言い出すのは、おまえの悪い癖だ、仲秋」

「波木殿には、絶対に斬れぬだろう、と言われました」

「そうか」

「頼之様と波木殿は、二人でなにかをなさろうとされたのですか？」

「いきなりじゃのう。なぜだ？」

「ふと、そんな気がしました。なにかをやろうとしながら、それは潰《つい》えた。そう思わせるものが、波木殿にはありましたぞ」

「なにもせぬ」

「なにも、ですか？」

「儂に、なにをさせたいのだ、おまえは」

「波木殿は、幕府に降ったというより、頼之様と組んだ。いまならば、そう思えます。だから、頼之様が管領《かんれい》を辞められて四国に戻られると、波木殿も南朝に帰順された」

「そうなるのう、見方によれば」

「そしていま、領内で波木殿を抱えこんでおられる。その友情の持続を見れば」

「波木殿がわが領内にいることを、知っている者は多い。儂も、それを隠したりはせぬ」

頼之が手を打った。

従者がひとり、即座に縁に現われた。さすがに、かつては幕府の頂点に立っていた頼之の家人だ。従者ひとりにいたるまで、隙《すき》のない身のこなしをしていた。

「連れてこい」

従者が頭を下げ、駈《か》け去った。

「儂に、竜王丸に会え、と言いにきた男がおってな。儂の寝所に忍び入った大胆な男であった。竜王丸は、儂を見に来るそうだ」

「その者を、捕えられましたか」

「違う。その者は、正月に城内で捕えた忍びを、連れ戻しに来たのだそうだ。もうしばらく預けておく、と儂に言い捨てて消えおった。儂は、竜王丸を斬ろうとも捕えようとも会おうとも思っておらぬ。時がどう流れるのか、見失うまいとしているだけじゃ」

縄《なわ》をかけられた小柄《こがら》な男が、縁の前に連れてこられた。男と見えたが、面貌《めんぼう》は童《わらべ》のものだった。

「捕えた忍びは、斬るにしくはない。しかし童であった。斬らずに、牢《ろう》に入れておいた」

「なるほど」

「供回りも少ないそうだな、仲秋」

「六名でございます」

「ちょうどよい。この童を、おまえに預けよう。童といっても、城中に忍び入るほどの手《て》練《だ》れの忍びぞ。油断をすると、逃げられる。それを、九州への帰りの船の泊まで、何事もなく連れていければ、斬ってよい」

「どちらを？」

「二人ともだ。この童と、竜王丸」

「逃げられるということは、件《くだん》の忍びに助け出されることも入っておりますな」

「当然だ」

「船は、明石の泊から乗ります。明石で、二人を斬れるかもしれません」

「逃げられたら、諦《あきら》めよ」

「なるほど。賭《か》けのようなものでございますな。それがしは、承知でござる。しかし、頼之様ほどのお方が、そのように他愛《たわい》ない賭けで、大事を決めてしまってもよろしいのでございますか」

「儂は波木殿を信じているが、波木殿の言うことすべてを信じようとも思わぬ。波木殿は波木殿だ、という部分があるのが人。今度のことは、儂には判断がつきかねる。そういう時、人の運に託する術《すべ》も、いつの間にか身につけた。竜王丸が、まこと波木殿が言われるような男なら、これをしのぐほどの運は持っていよう。今川仲秋ほどの男が相手だ。なまなかな運では、しのぎきれまいが」

「竜王丸のみならず、九州全土の運、あるいは足利幕府の運さえも左右しかねない、大きな賭けになりますぞ」

「おまえも、大役じゃな」

「童を逃がせば、腹を切るだけでよろしいのでございますか？」

「なにを言う。おまえに腹を切らせて、何になるというのだ。負けたら、眼をつぶるだけでよい」

「なにに、でございます？」

「竜王丸の動きに。それから、九州の水軍の動きに」

これは、腹を切るよりも苦しいことになるかもしれない、と仲秋は思った。特に、九州の水軍の動きに眼をつぶれとは。

「よいな。それが儂の決定じゃ」

頼之は、頼元が言うように老いてはいなかった。むしろ明晰《めいせき》で、果断ですらある。人の運になにかを託することが、どれほど難しいかは、戦場で生きてきた仲秋にはよくわかる。自分の手から離れたところで、なにかを決定したいと考える人間は、戦場にはいない。

「承知いたしました」

頼之が、笑って頷いた。

「二、三日、逗留《とうりゅう》していくがよいぞ、仲秋。積もる話もある」

「いえ、このまま出立いたします。頼之様との賭けが成り立ったのは、いまでございます。とすると、いまが一番の機会」

「相手に時を与えぬか。どこまでも、戦場で生きた男よのう」

「これによって、件《くだん》の忍びが敗れれば、その忍びの運が、ひいては竜王丸の運がなかったということでございます」

「好きにいたせ。また会う折りもあろう」

仲秋は、平伏すると、大声で安富直久を呼び、出立を命じた。

童のいましめを、自ら締め直した。どうあがいても、脱《ぬ》けようはないはずだ。

「徳島の泊まで駈けるぞ。ひとり先駈けさせ、関船がすぐに出られるようにしておけ」

ひとりが、駈け出していった。

徳島の泊から明石までは、細川家の関船を使う。逃げられるとしたら、まず泊までの短い間であろう。そこさえ守り抜けば、あとは船上である。

「馬は？」

「はい、すでに」

「これは戦だと思え。止めようとする者は、斬り捨ててよい。前に三名、後ろに二人。儂は童の馬と並ぶ。童の躰《からだ》は鞍《くら》にくくりつけ、前の者がひとり手綱《たづな》を引くのだ」

徳島城の、城門を出る時から、駈けていた。泊は吉野川の河口にあり、城から一里足らずである。神経を張りつめていた。こういうことこそが、自分に合っている、と仲秋は思う。誰かが、城を奪《と》れと命じてくれる。軍勢を潰せと命じてくれる。そういう時こそ、渾《こん》身《しん》の力が出せる。

城下の人も、悲鳴をあげて道端に跳《と》びのいた。仲秋は、周囲に注意を払いながら、馬の背にくくられた童からも、眼をそらさなかった。

泊の船の、帆柱が見えてきた。仲秋は気を抜かなかった。童の馬の手綱を自ら取り、そのまま、馬で船に突っこんだ。渡り板を、蹄《ひづめ》が蹴《け》る音。甲板で、馬は大きな息をついた。

「童を鞍ごとはずせ。馬は降ろしてよい」

六人の動きは、機敏だった。馬を降ろすと、すぐに渡り板をはずす。舫《もや》いを解く。すべての櫓《ろ》は出され、押し走りの準備は整っていた。

「船は、どうやって選んだ？」

先駈けをした従者に訊いた。

「はっ、六艘《そう》の船が並んでおりましたので、それがしが勝手に右端から二つ目と決めました。それがしが乗ってより、乗船した者はおりません」

「よし、直久は儂と童のそばにいよ。あとの者は、船頭に確かめて、船の人数と合わせてみろ。それが終ったら、船内をくまなく調べるのだ」

童は、鞍にくくりつけられたまま、無表情に空を仰いでいた。表情からは、なにひとつ読みとれない。

帆があげられた。

航路は、鳴門海峡を通り、淡路島の西側を真直ぐ明石へむかう、と船頭に伝えてある。風に、総櫓を加えた押し走りで、船足は軽快だった。この押し走りというのも、戦の時以外はほとんど使わない。

船上の人数は、船頭が言った数と合った、と報告が来た。船内にも誰もいない、という報告もきた。すでに、淡路島が右手に見える播磨灘《はりまなだ》に入っていた。

「船縁《ふなべり》に立て。小舟で近づくことなどできぬと、高をくくるのではないぞ。夜襲に備える時ほどに、眼を凝らせ」

仲秋は下知《げじ》を出した。それぞれが、無駄《むだ》のない配置についた。日頃から、従者の訓練は怠っていない。

仲秋は、心気を凝らしていた。いまのところ、なんの気配もない。このまま明石に着き、自分は竜王丸を斬ることになるのだろうか。時々、そういう思いがよぎる。

それも運。細川頼之は、竜王丸の運に任せるしかない、と判断したのだ。

一刻《いっとき》足らずで、明石の泊が見えてきた。風に恵まれたこともあるが、やはり押し走りはびっくりするほど速い。

「殿、着きましたぞ」

「まだだ。この童を、船から降ろした時に、勝負が決する。それまでは、気を抜くでない」

童は、やはり無表情に空を見ていた。それでも、どこかに不敵さが漂いはじめている。自らの死が近いことを知り、それにたちむかおうとしているのか。

帆が降ろされた。櫓についていた者たちの躰からは、湯気がたちのぼっている。

「舫いをとれ」

船頭の大声が聞えた。

仲秋は、岸に眼をやった。次に一番危険なのは、渡り板を降りる時だ。狙う気なら、そこだろう。渡り板を降りたところで、仲秋は間髪を入れず、童を斬って捨てるつもりだった。

渡り板がかけられた。

自分のそばで、片膝をついている男の姿に、仲秋は不意に気づいた。全身に汗が噴き出してきた。まったく、気配を感じなかったのだ。いや、渡り板の方に気を取られているのを、うまく衝《つ》かれたのか。

「それがしの勝ちでございます、今川仲秋様」

「ほう、これから儂と斬り合うか？」

「忍びは、武士のような戦はいたしません。もう勝っております」

つるりとした表情の男だった。空にむかって顔をあげる。釣られたように、仲秋も視線をあげ、低く声を出した。縛りあげておいたはずの童が、帆柱の頂にいるのだ。笑って手を振っている。

「これはっ」

　鞍には、童が縛りつけられたままだ。しかし、顔を伏せている。慌《あわ》てて引き起こした。着ているものこそ同じだが、間のびした童の泣きっ面《つら》があった。

「いつ、どこで？」

「忍びは、このような戦をいたします。今川仲秋様と、まともなぶつかり合いで、勝てようはずもありませぬゆえ」

「まだ、帆柱の上だ」

　仲秋は唇《くちびる》を噛《か》んだ。

「御存分になされませ、帆柱を切り倒すなりなんなりと」

　男は鞍に近づき、済まなかったな、と謝りの言葉を並べながら、綱を切った。帆柱の上の童が、飛んだ。それは鳥のような飛び方で、艫《とも》を越え、海中に落ちた。

　仲秋は、追って飛びこもうとした。その時、渡り板を降りていく二人の背中が見えた。

「待て」

叫んだが遅かった。二人は、渡り板の下で並んで片膝をついていた。童は、もとの顔に戻っている。

「いかなる手妻《てづま》を使った？」

「なにも」

「そんなはずはない」

「今川仲秋様のお心を、しばしかき乱しただけでございます。この童は、肩口に顎《あご》を押しつけてはずすことができます。顎をはずした人間の顔は、まるで別人に見えるもの。まして泣いていれば」

「なるほど」

仲秋は息をついた。抜刀して立っている従者たちを退《さ》がらせる。海に飛びこんだ童も、雫《しずく》を滴《したた》らせながらあがってきた。

これが戦ならば、本陣の大将の首を取られたのと同じことだ。

「負けた」

「もとよりそれがしは、勝ち負けを気にしてはおりませんでした。竜王丸様と今川様を、争わせたくなかっただけでございます」

「竜王丸殿とやらに、使われている忍びか？」

「誰にも、使われておりません」

「見事な手並みであった」

「忍びの技は、武士の技から見ると、卑怯《ひきょう》とも思えましょう。それしか闘う術を知りません。なにとぞお許しを」

「運にこだわりすぎたようだな、儂は。なにかにこだわりすぎると、無心ではなくなる。心をかき乱されてうろたえたのも、当たり前のことか」

「ここしか、隙はございませんでした」

「おまえの名を、訊いておこうか」

「下賤《げせん》の忍び、名乗る名など」

「いや、儂をこれほどの目に遭《あ》わせたのだ。儂は、おまえの名を知ってもいいのだと思うが」

「左京、と呼ばれております」

「憶《おぼ》えておこう」

「これにて。すぐにまた、お目にかかるやもしれませんが」

仲秋は、眼を閉じた。

これでよかったのかもしれない。頼之の賭けは、確かにひとつの道を作った。

「これは、今川仲秋様ではございませんか」

藤江太郎次が、慌てた様子で迎えに出てきた。

「宿をとりたい。そこもとのところではない、水師の屋敷がよいな。そこもとの屋敷には、大事な客人がおられよう」

「すぐに、用意させます。それまで、わが家にて御休息を」

「それもよいか」

すぐに、竜王丸に会うかもしれなかった。自分は、祖父の敵ということになる。祖父が抱いた遠大な夢を、僥倖に助けられて打ち砕いた男だ。

斬りかかってきたら、黙って斬られているしかなかった。

4

寿々が戻っていて、挨拶に出てきた。

朝方早い船で、福良の泊を発《た》ったようだ。あの若い武士も一緒なのだろう。

「この家が、波木殿の面倒を看《み》ておられるのか？」

「私は、波木様とお目にかかったのは、はじめてでございます。父が、時々病によいものを送っているのを、知ってはおりましたが」

「波木様と、ずいぶんとお話しなされたそうで」

「病にこたえたかもしれぬと、いまになって気になっておる」

「御自分の命は、すでに達観しておいでです。そうなると、われらの見えぬものも見えるのでございましょう。それがしも、いろいろとお教えいただきました」

波木も、細川頼之も、自分には見えないものを見ているのだろうか、と仲秋は思った。

下女が、湯を運んできた。口に入れたが、苦い湯だった。噛みしめるように、仲秋はそれを飲んだ。兄が竜王丸を斬ると言い出したら、どうすればいいのだ。それを考えはじめた。自分が代りに斬られることが、約束を守ることになるのか。

馬蹄《ばてい》の響きが聞えた。

太郎次が、腰をあげかけ、仲秋を見て座り直した。四、五騎の足音で、屋敷の門前まで来たようだ。

「夜になるかと思っていたが、意外に早いお帰りじゃ」

誰にともなく、太郎次が言った。

ほとんど無意識に、仲秋は腰をあげていた。すがるように、太郎次が仲秋の袴《はかま》に手をかけた。

「心配いたすな。太刀は抜かぬと、決められてしまっている」

「しかし」

太郎次の手を振りきり、客殿の縁に出た。

五人の武士が、中庭に入ってくるところだった。一番若く見える武士を、仲秋はじっと見つめた。その武士が竜王丸だと、なぜか仲秋にははっきりとわかった。

眼が合った。

「竜王丸殿ですな」

仲秋が言うと、二人の武士が庇《かば》うようにつっと前へ出てきた。

「それがし、九州探題今川了俊の弟、仲秋と申します」

「おう、今川仲秋殿か。名前は聞いています。私の祖父と闘われた人ですね」

敵意はない。むしろ懐《なつか》しげな眼差《まなざ》しが、仲秋にむけられてきた。

「はじめてお目にかかる、という気がしませんね。祖父さまは、何度も探題軍との戦の話をしてくれました。運がなかった、と残念がっておられた。それでよかったのだ、とも言われた。勝っていれば、この国の争乱はもっと長いものになったであろうと」

「争乱が長いものになる、と前征西将軍宮は言われたのですか？」

「ただでさえ、五十年以上の争乱を続けているのでしょう、この国は。武士はそれでよくとも、民は滅びます」

確かに、この国の争乱は五十年にわたっていた。しかしその意味を考えたことが、仲秋にはなかった。一戦一戦を、勝ち抜くのに精一杯だったのである。

「十里の道を駈《か》け続けて参りました。御一緒に、湯などいかがですか、今川仲秋殿」

「それは」

断ろう、と思いながら、仲秋は頷《うなず》いていた。

さきほどの客殿である。新しい湯が運ばれてきた。

とりたてて、難しい話をしたわけではなかった。竜王丸は、南の暑い島々の国について語り、仲秋は兄了俊のことなどを語った。

竜王丸が、いきなり眼に怒りの色を浮かべ、この国の戦乱について語りはじめた。喋《しゃべ》りはじめると思いは募るらしく、国内の戦も止められぬ武士は、みんな腹を切って死ねばいいとまで、言い放った。反論しようとした仲秋に、なんのための武士なのだ、とさらに重ねてきた。

なんのための武士なのか、武士である仲秋は考えたことがなかった。

竜王丸は、思ったことははっきり言う性格のようだった。黒いものは黒いと、明確にさせなければ気が済まない、幼さのようなものも持っていた。

なにを考え、なにをしに来たのか、訊《き》こうとしながら仲秋は訊けずにいた。訊けないでいる自分が、自分でないような気がする。

客殿を辞去したあと、仲秋の心に残っていたのは、自分が失ってしまった若さに対する、懐しさに似た感情だった。敵意は消えていた。斬ろうかどうしようか、とばかり考えていた自分が、不思議に思えてくるほどだった。

その夜、眼醒《めざ》めたのは、寝所の隅《すみ》のかすかな気配でだった。

「左京ではないのか」

「思った以上に、早くお目にかかることになってしまいました。この先の浜まで、御足労をお願いできませぬでありましょうか」

「理由は、訊くな、か？」

「はい」

「儂《わし》ひとりでよいのだな」

「太刀を、しっかりと佩《は》かれますように」

　なにか、感じるものがあった。素速く直垂《ひたたれ》を着、従者たちを起こさないように気配を殺して、外へ出た。

　月が出ていて、しんしんと冷えこんでいた。自分が砂を踏む音しか聞えないのが、奇妙だった。ひとりで歩いているような気分になってくる。

　松の林の中で、左京は立ち止まった。

「誰が来るのだ、左京？」

「多分、竜王丸様が。もうひとりは、来海頼冬というお方です」

「決闘か」

「竜王丸様は、用事で呼び出された、と思っておられましょう」

「来海頼冬は、並みの手練れではない。竜王丸殿も、劣らぬ腕かもしれぬ。二人が太刀を抜いて渡り合っているところへ、儂を入れて止めさせようとしても、無理だぞ」

「忍びの手に負えることではない、と思ってお願いしたのですが、やはり無理でございますか」

「ひとつだけ、方法がある。儂がどちらかを斬ってしまうことだ。どちらを斬ればいい、左京？」

「それは」

どちらも死なせたくない。それで自分を呼んだのだ、ということが仲秋にはわかっていた。

「大事な話とはなんでござるか、頼冬殿？」

竜王丸の声が聞えた。仲秋は、気配を殺した。左京は、石のようになっている。

「ここで、それがしと立ち合っていただきたいのだ」

「なんのために？」

「そうしたいからだ」

「私は、したくない」

「しかし、来てしまっている。立ち合うしかないのだ、竜王丸殿」

「なぜ、そんな馬鹿《ばか》げたことをするのです。あなたほどの手練れが、腕試しとも思えませんが」

「もうよい、抜かれよ、その延寿国村を」

　空気が、絹糸を張ったように引きしまった。

「名乗らせていただこう。足利頼冬と申す。いざ」

「名が、なんだというのです。名は、ただ名だ。足利と言われたが、なぜ血にこだわるのです。血など、忘れてしまえば血ではなくなる。人間が血に縛られる愚かさを、あなたは考えたことがないのか」

　喋りすぎている。仲秋はそう思った。頼冬の腰から、白い光が鞘走《さやばし》った。ひと呼吸遅れて、竜王丸もゆっくりと太刀を抜いた。

　空気が凍りついた。白く月の光を照り返す太刀は、微動だにしていない。

　頼冬の太刀は、覇気《はき》に満ちていた。あの暗く沈んだ男が、はじめて生き生きとしているのを見る、と仲秋は思った。

　それに較べて、竜王丸の太刀は、いかにも静かだった。ただ静かだ。攻撃の気配は、どこにも感じられない。

　背中に一度、つんと冷気が走るのを、仲秋は感じた。

　頼冬の方が押している。そう見えた。しかしわからない。竜王丸の方は、まったく押し返そうとしないのだ。

　どれほどの時が過ぎたのか。頼冬の太刀が、あるかなきかの動きを見せた。竜王丸の全身から、見る間に覇気が溢《あふ》れ出してきた。どちらも、誘ってはいない。相正眼の太刀が、当然帰着する潮合いだった。

　肚《はら》の底から、仲秋は渾身《こんしん》の気合いを放った。それに打たれたように、二人の距離が開いていた。固着したままの姿勢が、竜王丸の方から崩れた。太刀を鞘に収める。頼冬がいくら殺気を放っても、竜王丸は受け流すだけだった。

「斬れぬのか、私は竜王丸殿を」

「なんの理由も、ありません」

「斬れぬのか。斬れぬのだな」

　竜王丸が、踵《きびす》を返した。仲秋がいる方にむかって一礼し、歩み去っていく。

　頼冬は、立ち尽したまま、じっと太刀に見入っていた。斬れぬのか、という呟《つぶや》きが聞えてくる。それが、三度続いた。

　それから頼冬は、太刀を鞘に収め、蹌踉《そうろう》として砂浜を歩いていった。

　月の光の中でも頼冬の姿が見えなくなるまで、仲秋も左京も動かなかった。

　大きく息をついたのは、仲秋の方だ。

「助けていただきました、今川様。それがしが、二人の間に飛びこもうとする刹那《せつな》でございました」

　飛びこんでいれば、どちらかの太刀が左京を両断していただろう。

「いまになって、汗が噴き出しております」

「儂もだ」

「どちらの勝ちでございますか？」

「わからぬ。あのままだと、剣の技とは別のものが、勝敗を分けたような気もする」

「頼冬様は、やはりお斬りにはなれなかった。竜王丸様を斬れる人間は、おりません」

「剣の技では、斬れるであろうが」

「剣の技が、人のすべてではございますまい」

おまえにも斬れない、と波木に言われたことを、仲秋は思い出していた。波木は、太刀も合わせず、それを見定めたということか。

「儂にも、斬れなかったかな」

「そうでございましょう」

「竜王丸殿と立ち合うのが、ただの手練れの野盗などであったら」

「斬れますか？」

「竜王丸殿の剣は、鏡のようなものだ。相手は、対峙《たいじ》している自分を見てしまう。殺したければ、金品を欲しいだけの野盗にやらせることだ」

「お戯《たわむ》れを」

「剣で自分を見つめようと思う者に、いまの竜王丸殿はなかなか斬れまい」

「それにしても、よろしゅうございました。お二人とも、無傷でありました」

「来海頼冬の方は、無傷というわけには参るまい。己が剣で、己が心を斬ったようだ」

「そうでございますか」

仲秋は、ようやく浜を歩きはじめた。全身が、まだ強張《こわば》っている。

「来海頼冬は、足利頼冬と名乗っていたが」

「あのお方は、足利直冬《ただふゆ》様の血を受けておいでです」

「まことか」

「ゆえに、ことさら名乗られたのでありましょう」

足利直冬とは、足利尊氏が若きころに身分賤《いや》しき女に産ませた子である。母は白拍子《しらびょうし》といわれている。

終生、実父の尊氏に忌《い》み嫌《きら》われ、尊氏の弟直義《ただよし》が、憐《あわれ》んで養子にしている。直冬は九州探題だったこともあり、一時は勢威をふるった。養父直義が、実父尊氏に毒殺されるに及んで、急速に九州での力を失った。それでも、足利嫡流《ちゃくりゅう》の血を捨てきれず、中国にあってたえず京を窺《うかが》っていたという。

「そういう血か」

「それがしは、頼冬様に、己が血を忘れていただきとうございます。なれど、将軍家からはたびたび刺客が送られ、己が血を思わずにはいられないのでございます」

将軍義満にとっては、幕府の創始者である同じ祖父を戴《いただ》いていることになる。禍根を絶とうと考えているのだろう。山名、大内などの有力守護が、いつ担《かつ》ぐかも知れぬという危《き》惧《ぐ》は抱いているはずだ。

「おまえも、変った忍びだな、左京」

「この度のことは、忘れませぬ。いずれ、どこかで」

借りを返すというのか。そんなものはいらぬ、と仲秋が言う前に、左京は姿を消していた。

翌日、午《ひる》を回ったころに、仲秋の宿舎を寿々が訪《おとな》ってきた。さりげなく、頼冬を捜しているのだということが、仲秋にはよくわかった。

ここに、安住できる地があるかもしれぬというのに。思ったが、口には出さなかった。頼冬が戻ってはこないだろうということも、言わなかった。

第三章　猛《たけ》き時

1

河原に踏みこむと、どこから出てきたのか、六名の男たちが頼冬《よりふゆ》を囲んだ。烏帽子《えぼし》を被《かぶ》っている者はひとりもおらず、童《わらべ》姿と総髪を後ろで束ねた者が三人ずつである。童姿は、ほんとうの童ではなく、いくらか若いというだけだった。

すぐに襲いかかってくる気配ではないが、頼冬がこれ以上踏みこむと、どう出てくるかわからない。

「道をあけた方がよいな。おまえたちに、私を止める力はなさそうだ」

どんな得物《えもの》を出そうと、頼冬は斬《き》って捨てるつもりだった。まともな得物が出てくるとは思えない。それを面白いと思う心の動きも、頼冬には確かにあった。

礫《つぶて》が飛んできた。礫は遠くからで、退《さ》がらず前に踏み出して、頼冬はそれをよけた。男たちのひとりが、得物を投げつけてくる。薙刀《なぎなた》を短くしたようなものだった。それは真直ぐに飛んでくるのではなく、大きく弧を描き、回りながら飛んできた。身を低くした刹那《せつな》、別のひとりが同じ得物で斬りつけてくる。抜き撃ちに、その男を下から斬りあげた。意外な素速さで男は身をかわしたが、それでも胸から肩にかけて血を噴き出し、倒れて転がった。ほんとうなら、胸を両断できたはずだ。

　男たちが、怯《ひる》むのがわかった。太刀《たち》捌《さば》きの鮮やかさに呑《の》まれたのか、立ち尽して動こうとしない。

　不意に、どこからか唄声《うたごえ》が流れてきた。待つ間もなくそれは近づき、頼冬を囲んだ男たちの中に割って入る恰好《かっこう》になった。河原の小屋に住む、傀儡女《くぐつめ》たちらしい。抜いた太刀を怖《おそ》れるでもなく、頼冬にまとわりつきながら唄い踊る。

　なにか音が聞えた。笛のような、しかしどこか鈍くやわらかい音である。

　頼冬を囲んでいた者たちが、敵意を収《しま》いこんで退きはじめる。斬り倒した男も、仲間に支えられて退いていった。

　太刀を右手に持ったまま、頼冬は小屋のひとつに近づいていった。頼冬が追ってきた男は、その小屋に駈けこんだのである。

　戸口の筵《むしろ》をはねあげると、中には見知った顔が腰を降ろしていた。

「またか」

「今度ばかりは、それがしがいるところへ、頼冬様の方から踏みこんでこられました。知っていれば、若い者を死なせることもいたしませんでしたのに」

「死んではおらぬ。血で驚くような者ではあるまい」

左京の顔には、相変らず表情らしいものはなかった。

頼冬は太刀を鞘《さや》に収め、左京とむき合って腰を降ろした。左京が、土で作ったらしい小さな笛を懐《ふところ》から出し、二度鳴らした。遠くにまでは届かせないために、低い音にしてあるらしい。小屋を遠巻きにしていた人の気配が、消えていくのが頼冬にもわかった。

「応正寺におられますか、頼冬様は」

「ひどいところに、という言い方に聞えるな」

「まさしく。ここの河原人たちと、二年越しの揉《も》め事を抱えておりましてな。非は応正寺の方にありますが、そう見ない者が多うございまして」

堺《さかい》に入ったのは、三日前だった。明石《あかし》の藤江太郎次の屋敷を出て、四日目になる。つまり明石から堺まで一日で歩き、宿を応正寺に求めたのである。

「おかしな寺ではございませんか？」

「癩者《らいしゃ》を集めて、施しをしているようだ」

「ですからあそこへ盗みに入ると、人の謗《そし》りを受けます。うまく癩者たちを使っているということで」

癩者たちがいるのは、境内の隅《すみ》の建物の周囲で、そこに近づく者はいないようだ。寺の僧が二人、一日に一度の施しの粥《かゆ》を運んでいく。癩者たちは、昼間は堺の往来に出、夜は建物の周囲に戻ってくる。雨をしのいだり、火を燃やしたりする場所はあるようだ。

「癩者が囲む建物の中に、いろいろとありましてな。交易品でございます。寺の宛名《あてな》のついた交易品は、堺でも運びこみやすいのでございますよ」

寺社が交易をする、という話を聞いたことがないわけではなかった。ただ、それについて深く考えたことはない。

「ここの河原人たちは、交易のための鹿《しか》の皮を大量に応正寺に運びこみました。それも、癩者に施しをしているという思いがあったからでございます。しかし、その代価が払われることはありませんでした。いま、しばしば起きている盗みは、その代価を払わせているだけなのです」

「私は、盗《ぬす》っ人《と》を追ってここへ来ただけだ」

「応正寺は、京の有力な御家人と通じております。時には代官の手勢が、河原に踏みこんできて、小屋を打ちこわすこともあります。河原人が訴え出ても、取りあげられることはなく」

「もういい、左京。盗っ人は取り逃したようだ」

頼冬が言うと、左京が小さく頷《うなず》いた。

「それにしても、京の近くまで来てしまわれましたな、頼冬様は」

「歩いていて、京にむかっていることに気づいた。なんの思いもなく、ただ京にむかっているとな。それで、途中から行先を堺に変えた」

「どこかで、京に惹《ひ》かれておられます」

「果てるならば京で、と思っておるのかもしれぬな」

頼冬は腰をあげ、小屋を出た。左京は付いてくる。河原人の童が数人、石の上に敷いた皮を踏んでいる姿があるだけだった。

「傀儡女たちの舞が、懐《なつか》しくはございませんでしたか」

左京がどういう意味で言ったのか、頼冬にはすぐに理解はできなかった。傀儡女と遊んだこともない。父が、白拍子《しらびょうし》が産んだ子だった。血の中に、傀儡に似たものがある、と左京は言ったのだろうか。

「応正寺へお戻りになりますか？」

「私がいるぞ。盗っ人は容赦なく斬る。河原人たちには、そう教えておけ」

「しばらく、盗みは慎ませましょう。応正寺には時々武士がいるのですが、大した腕ではありませんでした。頼冬様のことも、それらの武士と同じように見たのでございましょう」

「おまえは、河原人や傀儡を束ねておるのか、左京？」

「すべてではありませんが、あることについては、それがしに従ってくれます。ここだけでなく、西国にいる河原人や傀儡のほとんどは。それがしの血がどこにあるのかは、知ろうとしたことはありませんが」

「おまえが私に関《かか》わろうとするのは、私が足利尊氏《あしかがたかうじ》の孫だからではなく、白拍子を祖母に持つからなのか？」

「わかりません。なぜか惹かれる、としか申しあげようがありません」

左京が一礼し、踵《きびす》を返して小屋へ戻っていった。忍びの歩き方ではない。

応正寺に戻ると、頼冬は庫裏《くり》の縁に坐《すわ》りこんだ。風のない日で、陽溜《ひだま》りは暖かかった。

癩者たちがいる場所は、境内でも林ひとつ隔てているが、いまはみんな物乞《ものご》いに出て、残っているのは動けない者たちだけだろう。

堺の泊《とまり》からほぼ一里。周囲は畠《はたけ》の、ありふれた寺だ。ただ、人の多い場所へ物乞いに出るには、適当な場所だろう。そして、交易品を運びこむにも、適当なのかもしれない。深夜本堂に運びこまれたものが、朝方、癩者たちが物乞いに出たあと、林のむこうの建物に移されるのを、頼冬は一度見ていた。

境内に二十名ほどの武士が集まってきたのは、その日の夜だった。

自分を襲うために集まったのではない、と見定めると、それ以上頼冬は注意を払わなかった。馬蹄《ばてい》も響き、境内はひと時、戦《いくさ》の本陣という趣きがあった。

　二十名が、二百名ほどになったのは深更だった。篝《かがり》が燃え、頼冬が与えられた居室の外も、昼のように明るくなった。さすがに茵《しとね》に横たわってはいられず、頼冬は板戸を開けて縁に出た。

　罪人が捕われて引き立てられた。そうとしか思えなかった。罪人の数に較《くら》べ、武士の数が異様に多い。戦のような感じがするのは、そのためらしい。山門の外にも、数百の兵がいるようだ。

　引揚げは、整然と行われた。境内には静寂が残っただけである。

　再び茵に就こうとした頼冬は、闇《やみ》の中にかすかな気配を感じとった。

「頼冬様、左京でございます」

「わかっておる。見物にでも現われたのか。交易品が運ばれたようではなかったぞ」

「軍勢は、幕府管領《かんれい》斯波義将《しばよしまさ》の手の者でございます。竜王丸様が、捕えられました」

　罪人と見えたのは、竜王丸だったのか。闇に紛《まぎ》れて定かではないが、縄《なわ》も打たれていたようだ。明石の浜で立ち合ってから、数日しか経《た》っていない。

「油断をしたわけではございません。十名ほどの忍びと闘い、それがしの手下は二人命を落としました。その間に、たった五名の竜王丸様の御一行を、五百の軍勢で押し包んだのでございます」

「それで」

「竜王丸様を、助け出さなければなりません。お力をお貸しいただけませんか？」

「無駄《むだ》なことよ」

「しかし、このままでは」

「五百もの軍勢が近づくのを、事前に察知できなかった、おまえが悪いのではないのか、左京」

　低い声で、頼冬は笑った。左京がどんな表情をしているのか、いつものようにまったく表情を動かしていないのか、闇の中では見えなかった。

「堺にある斯波義将の屋敷には、とても近づけないのです。いま手下を集めておりますが、京に移されると、それこそ手の出しようもなく」

「移送の途中で襲う気か。好きにするがよかろう」

「幕府の忍びに襲われた頼冬様を、竜王丸様は助けられましたぞ」

「頼んだことではない」

「斯波では、明日にでも移送の構え」

「去《い》ね、左京。私は自分が、人のために命をかける男だとは思いたくないのだ」

　沈黙が続いた。気づくと、いつの間にか左京は消えていた。

　竜王丸は動き回りすぎた。なんのためにそうしていたのか、知ろうという気も起きないが、斯波義将に眼をつけられても当然だったのだ。自らの力を過信していたのか。それとも、見通しが甘かったのか。

いつの間にか眠り、眼醒《めざ》めたのは朝だった。

癩者たちが、いつものように物乞いに出かけていく。境内は、何事もなかったように静かだった。ただ、空に雲が増えているだけだ。

頼冬は、諸肌《もろはだ》を脱いで木刀を振りはじめた。境内の欅《けやき》の太い梢《こずえ》を切り落とし、握りだけを太刀の柄《つか》と同じ太さに削ったものだった。どこかに逗留《とうりゅう》する時、頼冬は必ずその地の木で木刀を作る。

肩口の傷の痛みは、とうに消えている。回復する力は、いまいましいほど強かった。

息が乱れてきた。それでも、頼冬は木刀を振り続けた。むかい合っているものは、なんなのか。振りながら、そういう思いに時として襲われる。おのが宿命に対して、木刀を振り降ろしているのか。それとも、虚空《こくう》におのが姿を見ているのか。別のものを、見ているのか。

汗が噴き出し、躰《からだ》からは湯気が立ちのぼっている。それも消え、汗さえも出なくなる。木刀がどうしようもなく重くなり、正眼に構えるのも難しくなる。そこから、頼冬はさらにひとしきり木刀を振るのだった。無心になれる。血も宿運も、遠いものとして感じられる。

市女笠《いちめがさ》の女が、寺僧に案内されてきたのは、水を浴び、ぼんやりと縁に坐りこんでいる時だった。

「堺の館《やかた》に参っております。頼冬様がこの寺におられると、教えてくれた者がおりました」

寿々《すず》は、市女笠を取ると、縁に腰を降ろして笑顔をむけてきた。

「それを、いつ聞かれた？」

「きのう。奇妙な男でございました。半信半疑だったのですが、思い切って訪《おとな》ってよかったと思っております。別れも告げずに去んでしまわれるとは、武士らしゅうございませぬ、頼冬様」

「館は、静かですか？」

「明石の屋敷と同じでございます。そこに移られませ。それをお勧めに参りました」

竜王丸が捕えられたことを、左京はどこにも知らせていないのだろうか。それとも、捕縛も救出も、闇の底のようなところで行われているのか。

どうでもよい。呟《つぶや》いた。なに、というふうに、寿々が覗《のぞ》きこんでくる。

「寿々殿は、私を好いているのか？」

「そんな。女子が申しあげるようなことではございませぬ」

「私を好こうとするなら、生半可なことでは済まぬ。私と一緒に、宿運を背負う気があるかどうかだ」

「頼冬様は、御自分を語ろうとなさいませぬ。なれど、なにも聞かずとも、女子には覚悟を決められる時がございます」

恥じらったように、寿々が頬を染めながら言った。

頼冬が感じたのは、ある疎《うと》ましさと、それに相反するようなかすかな情欲だった。

「歩こうか、寿々殿」

寿々が頷いた。頼冬は、ゆっくりと境内を歩いていった。昨夜、数百の兵が集まっていた境内には、踏み荒らされた跡が無数に残っていた。それは多すぎて、すでに荒れたという感じさえなくなっている。

林の中を通った。

建物の前に出た時、頼冬は寿々の肩に手をかけた。眼を閉じ、うつむいた寿々の躰を、頼冬はいきなり抱えあげた。それでも、寿々は声をあげなかった。

女というのは、みんなこんなふうに浅ましいものだ。そういう思いが、頼冬の気持を覆《おお》い尽した。建物の裏にある粗末な小屋に、寿々の躰を運びこんだ。筵だけの小屋で、中も土にそのまま筵が敷いてあるだけだ。

のしかかった時、寿々ははじめてかすかに抗《あらが》う気配を示した。それもわずかなものだった。すぐに従順になった。わけのわからない憎悪《ぞうお》のようなものが、波のようにくり返し頼冬の心を襲ってきた。

寿々が躰を開く。かすかな声をあげる。頼冬はそれも、遠いものとして聞いていた。

「館に参りましょう、頼冬様。父も、明日か明後日には、堺に参ります」

身づくろいを終え、寿々は頼冬の眼を見つめて言った。

「その前に、考えられた方がよい。寿々殿と私は、同じひとつの宿運を背負うことになった」

「なにも、申されずとも」

「いや、申しあげぬわけにはいくまい。この小屋は、癩者たちが暮しているところでござる。昼は往来に出、夜はここで寝ている。死んだ者も多い。寿々殿と私は、いつ癩者になるかも知れぬという、同じ宿運を背負ったことになる」

寿々が、小屋の中を見回した。それから、頼冬を見つめてくる。

「なにゆえ」

「宿運とは、このようなものよ。なにも知らずとも、受け入れられると言われたな」

「私がなぜ、頼冬様に憎まれなければなりませぬのか？」

「憎んではおらぬ。あるいは、いとおしいと思っているかもしれぬ。だから、私も同じ宿運を負った。これが、私という人間の生き方だと思って貰《もら》おう」

見つめてくる寿々の眼をふり払うように、頼冬は腰をあげ、小屋を出た。

雨が降りはじめている。

2

十名ほどの賊だった。

癩者たちが出払った、昼間を狙《ねら》ってきた。僧がひとり、頼冬の居室に駈《か》けこんできて、助けを求めた。頼冬は、握りだけ太刀の柄と同じくらいに細くした、丸太の木刀を持って出ていった。

すでに建物の扉《とびら》は毀《こわ》され、葛籠《つづら》が二つ持ち出されている。僧が六名ほど、賊と渡り合っていた。薙刀を持った者が二人、太刀を構えたものが四人。僧とは思えぬほど、口汚なく罵《ののし》り続けている。それに対して、賊の六人が薙刀を短くしたような得物を構えていた。残りの四人は、奪った葛籠を守る役目だろう。

頼冬を見知っている者がいて、声をあげた。葛籠に取りついていた四人も、叫びながら得物を構えた。僧たちに勢いがついた。人数が多いにもかかわらず、賊の方が明らかに怯《ひる》みはじめている。

絶叫をあげて打ちかかってきたひとりを、頼冬は木刀で打ち据《す》えた。得物を捨て、全身をふるわせながらうずくまる。

「退《ひ》けっ」

頭《かしら》らしい男が指示を出した。二つの葛籠は放《ほう》り出したまま、五人ずつに分れて退いていく。頼冬は、ことさら追おうとはしなかった。

「来海《くるみ》様、なにをしておられる。追って斬り捨ててくだされい」

「斬れ、と言われるのか、御坊？」

「いや、捕えてください。盗みをなす者どもは、懲《こ》らしめなければならぬ」

「葛籠は置いていった。もうよいではありませんか」

「銭の袋を、懐《ふところ》に入れた者がいるのです。それは取り戻さねばなりません」

「わかった。私が河原へ出向いて、取り戻してこよう。御坊らも、その出《い》で立《た》ちで来られるか」

僧たちがためらった。興奮が収まり、僧らしい態度を取り戻しはじめている。

「必ず、銭の袋を取り戻してくだされい。あの銭で、癩者がどれほど救われるかも知れぬ」

一日一度の癩者たちへの粥は、実に粗末なものだった。それを運ぶ二人の僧も、把手《とって》に棒を通して運んだ鍋《なべ》を、地面に置くだけである。その間、癩者たちが近づくことすら禁じていた。それでも、わずかな粥に癩者たちは手を合わせている。

頼冬は、木刀をぶらさげたまま山門を出て、畠の中を歩いていった。河原まで、それほど遠くはない。

頼冬が河原へ降りていくと、十数人の河原人が遠巻きにしてきた。

「応正寺の倉から盗んだものを、返してはくれぬか？」

「盗みはしておらぬ。鹿の皮の代金を貰っただけよ」

ひとりが、前へ出てきて言った。

「左京殿の友人だからといって、容赦はせぬぞ。ここにいるみなが、一斉《いっせい》に礫を放ったら、どうやってかわす。いくら剣の腕があろうと、数十、数百の礫を一度にかわせはせぬぞ」

「だろうな」

「それならなぜ、この河原に入ってくる？」

「応正寺の食客だ。そして、盗まれたものを取り返すように頼まれた」

「ええい、なにも盗んではおらぬわ。われらが礫を、受けてみよ」

まだ合図が下されていないのか、礫はひとつも飛んできてはいない。それでも、殺気が大きな塊になって自分を包みこむのを、頼冬は感じた。

傀儡女《くぐつめ》たちはどうしたのだ。ふと思った。それから、なぜこんなところにまた来てしまったのか、と考えた。なにか、自分を惹きつけるものが、この河原にあるのか。

「もう一度だけ言おう。帰れ。ここは、おまえのような武士が来るところではないわ」

答える代りに、頼冬はぶらさげた木刀を上段に構えた。空気が張りつめた。礫を、いくつかわせるだろうか。試すような気持が起きてくる。どうかわしても、いずれは打たれる。礫に打たれながら、河原で果てるのも悪くないかもしれない。

遠巻きにしていた人の輪から、不意に殺気が消えた。中央にある小屋から、ひとり出てくるのが見えた。傀儡女ではない。四十そこそこの男だ。総髪を後ろで束ね、狩衣《かりぎぬ》に似たものをまとっている。太刀は佩《は》かず、脇差《わきざし》を差しているだけだ。

「みな、仕事に戻れ」

低いが、よく透る声だった。

頼冬は、振りあげた木刀を降ろした。男は、じっと頼冬を見つめてきた。

「湯でも、振舞いましょうか」

この男が、河原人の頭なのか。隙はなかった。遠巻きにした人の輪は、いつの間にか散っていた。

「私は、盗まれたものを、返して貰いにきた」

「盗んだのではない、とみな申し立てております。私も、そう思う。応正寺の僧たちは、斬り殺されなかっただけ、ましだと思うべきでしょうな」

「事情など、どうでもよい。どんな人間にも、言い分というものはあるだろう、と私は思う。そんなものを、ひとつずつ聞いてはおれぬ」

「死にたがっている、と左京が申しておりましたが、まことのようですな」

「いま、ここで、あなたと立ち合うことができるか？」

「お望みならば、いつでも」

男が笑った。陽に焼けた顔の中で、白い歯が眩《まぶ》しいものに感じられた。

一度降ろした木刀を、頼冬はゆっくりと正眼に構えた。男から、殺気は放たれてはこない。眼には、穏やかとさえ思える光が湛《たた》えられている。そのくせ、どこにも隙はないのだ。かっと、全身に血が走りはじめた。額から汗が噴き出している。なにより、男が構えさえとっていないのが、頼冬の心のどこかを刺激した。

踏みこむ。男は動かなかった。得物がなんなのかさえ、頼冬には読めなかった。一度打ちこめば、得物を出さざるを得ないだろう。そういう思いと、自分を引き止めようという思いが交錯する。なにか危険がある。片方ではそう囁《ささや》くものがあるのだ。

もう一歩、頼冬は踏みこんだ。男が、また白い歯を見せて笑った。渾身《こんしん》の気合をこめて、頼冬は打ちこんだ。なにかで、首筋を打たれた。ふっと気が遠くなりかけ、なんとか立ち直った。その時、木刀は男の手に移っていた。抜き撃ちざまに太刀を払おうとした時、また首筋を打たれた。

気づいたのは小屋の中だった。

若い女が、自分を覗きこんでいる。傀儡女のようだ。

「死んではいないのか、私は」

「死ぬなんて。気持よさそうに、お休みだったくせに」

女が転がるような笑い声をあげた。

「気づかれたか」

頭の方から声がした。あの男だった。頼冬は上体を起こした。筵の上にある太刀に、とっさに手をのばした。

「なぜ、殺さなかった？」

「殺してもよかったのか？」

「負けたのだ。殺されて当然であろう」

「なぜ負けたのかも知らぬままだと、死んでも死にきれまい、と思ってな。どうやら、剣というものにすべてを賭《か》けているようではあるし」

男が、白い歯を見せて笑った。この笑顔だ、と頼冬は思った。この笑顔を見た瞬間に、自分が抑えきれなくなり、打ちこんだのだ。

「私は、得物も持たぬ相手に、打ち倒されたのか」

「童同然の剣を相手に、得物などを持てると思うのか？」

「童？」

「ひとりだけの剣だ。そこもとは、私と立ち合ったのではない。自分ひとりで、勝手に木刀を振り回しただけよ」

なにも、言い返せはしなかった。負けたのだ。これほど見事に、負けるなどということがあるのだろうか。

「白丁《はくちょう》、湯でも振舞ってくれぬか」

若い女が、頭を下げて出ていった。頼冬は、太刀を抱いた恰好で、じっとうつむいていた。負けたという屈辱は、それほど強くはなかった。屈辱も覚えぬほど、見事に負けたのかもしれない。

「女子で遊んでみたりすればよい。勝ちか負けか、そればかりを考えて張りつめていても、剣はきわめきれぬわ。よい傀儡女は、そこもとが思っている以上に、生きることの愉《たの》しさを教えてくれる。白丁など、そのために生まれてきたような女子だ」

「それほど、弱いのか、私は」

「弱くはない。お互いに太刀を執って立ち合えば、私とそこもとの勝負は、きわどいものになったであろう。私は、そこもとと同じ場に立たなかった。それがわからぬゆえに、童と言ったのだ」

「気がなかった。気が私を打ってくれば、私はかわすことも、打ち返すこともできた」

「房中術というものがある。漢の後宮には三千の宮女がいて、帝王はそれを御さなければならなかった。それが房中術だ。同じく、女たちには媚術《びじゅつ》というものがあった。三千の宮女の中で、いかに同輩に勝ち、帝王の寵《ちょう》を得るかという技だ」

男が、なんの話をはじめたのか、頼冬にはよく理解できなかった。

「高麗《こうらい》で、私にそれを語ってくれた者がいる。遊び女を束ねていた族長であった。私はそこで、自分を解き放つことを覚えた。若いころは、勝ち負けにもこだわったものだが、それからも解き放たれた。すべて、遊び女が教えてくれたものだな」

「埒《らち》もない」

「そういう私が、そこもとを素手で打ち負かしたのだ。媚術を軽く見てはならん。痩身《そうしん》の女体を好む帝王が現われると、後宮では餓死するものが続出したという。それほどの激しさの中で、練りあげられた技なのだ。私は、気を殺しきることを、遊び女に教えられた」

「そんなものか」

　白丁と呼ばれた傀儡女が、碗《わん》の湯を運んできた。湯を差し出す仕草に、頼冬は思わず引きこまれそうになった。眼や口もとの動き、首の動き、指の動き。すべての挙止がひとつになって、ふわりと頼冬の全身を包みこんでくる。

「私はもう、行かねばならぬ。白丁とでも、しばらく遊んでみるとよい。この傀儡女は、それこそ媚術を教え抜かれた女子だ」

　男が立ちあがった。名を、と言い出すことも、頼冬は忘れていた。出ていく男の後姿を、ぼんやりと見送っただけである。

「折角の湯が、冷めまする」

「白丁というのか、おまえは？」

「はい。あのお方が、三年前につけてくだされた名です。朝鮮に、白丁族という流浪《るろう》の民がいるそうです。男は猟をなし、女は遊芸をなすそうです。傀儡は、朝鮮から渡ってきた白丁族の末だ、とおっしゃいました」

白丁が笑い、碗を口もとに運んできた。少しだけ、頼冬は湯を口に含んだ。

「あの男が、この河原の頭か？」

「いいえ。三年前に一度お目にかかっただけで、きのうまた来られました。よい傀儡女になった、と褒《ほ》めていただきました」

「何者なのだ？」

「私は、知りませぬ。大人たちはみな、ひれ伏しております」

頼冬は、白丁の手から奪うように碗をとって、ひと息で口に流しこんだ。

「私は、どんなふうに負けたのだ、白丁？」

「存じませぬ。私が来た時は、お休みになられておりました」

「そうか」

自分が負けた姿を、この女に見られてはいない。それが、なんとなく頼冬をほっとさせた。

唄《うた》が流れてきた。傀儡女たちが、小屋を出てうたっているようだ。白丁の唇《くちびる》も、それに合わせてかすかに動いている。

「あの男は、ここでおまえを抱いただけか？」

「お父上様が、かもしかの皮を集めて、売られたそうです。だから、皮づくりの者たちの仕事を、愉しそうに見ておられました」

何者なのか、ということが頼冬にはまったくわからなかった。武士だとか、水師だとか、商人だとかもわからない。ただここにいて、気づくと消えていた。負けたという意識すら、それほど強く残ってはいない。

「頼冬様、舞はお嫌《きら》いですか？」

「なぜ、私の名を知っている？」

「あのお方が、教えてくださいました」

「いつか、見せて貰おう。舞を見たいと思ったことはなかった」

祖母が白拍子だった。そう口から出そうになるのを、頼冬はかろうじて抑えた。立烏帽《たてえぼ》子《し》を被《かぶ》り、男装をして舞うという白拍子も、見たことはない。

3

堺の泊で、騒ぎが起きた。

入ってくるはずの船が、一艘《そう》も入ってこないのだ。騒ぎは、河原にまで波及してきて、半里ばかり南に二千の軍勢が置かれた。いつでも、河原に突っこめる布陣だという。

なぜ船が入らず、なぜ河原まで騒がしくなっているのか、誰も知らなかった。河原に集まった者たちでさえ、知らないのだ。

一度、物見と称して、百名ほどの軍勢が河原に近づいてきた。河原に集まった者たちは、その軍勢を礫《つぶて》で追い払った。そういう反抗があれば、二千の軍勢が突っこんでくるに違いないと思えたが、いつまでも動く気配はなく、物見がくり返されることもなかった。

頼冬は、河原の小屋にいた。そこにいれば白丁が食事を運んできたし、夜は添寝をしてくるのだった。

河原人の中に紛れこんで、すでに四日が経つ。頼冬が小屋にいることに、誰も文句はつけなかった。挨拶《あいさつ》もしない。まるで、そこにはいない人間のようにしか、扱われないのだ。直垂《ひたたれ》に侍烏帽子という身なりは、河原では頼冬ひとりだったが、それを咎《とが》めだてする者もいない。

物見の軍勢と小競《こぜ》り合いがあった直後に、左京が戻ってきた。

竜王丸が捕縛されてから、八日が過ぎている。左京は忙しいらしく、河原から消えてはまた現われるということをくり返していた。

左京に声をかけられたのは、戻った日の深夜になってからだった。

「竜王丸様は、もう京の斯波の館に移送されました。途中を襲ってみましたが、まともなぶつかり合いでは、忍びは勝てません」

竜王丸がどうなろうと、頼冬に関《かか》わりのあることではなかった。捕縛されたまま首を刎《は》ねられることになれば、立ち合いの決着がつけられないというだけだった。

「斯波の館から、救い出すこともできんのか、左京？」

「面目ございません。われらに倍する忍びが、斯波の館を固めております。まして京となれば、ふだんでも動きにくいのです。斯波だけでなく、将軍家に抱えられた忍びもかなりの数がおりますので」

「見殺しか」

「そうせよ、と命じられております」

「誰に？」

「あるお方に」

「ほう。おまえには主《あるじ》がいなかったのではなかったのか？」

「主はおりません」

「では、その命じているという人間は？」

「主と呼べる方ではございませんで。その方に命じられれば、もし主がいたとしても、その主でさえも殺すでしょう」

「最後のところで、運がないのかな、竜王丸殿には」

左京の顔が、闇《やみ》の中で歪《ゆが》んだような気がした。竜王丸を蔭《かげ》で警固していたのが、左京だったと言ってもいいのだろう。それが、みすみす幕府管領に捕縛を許した。

「忍びとは、どんなところにも入っていけるのだと、私は思っていた」

「たとえば、頼冬様が入ることができない場所に、入ることはできましょう。しかし、こちらができることは、大抵あちらの忍びにもできるわけです」

「数の勝負になるな」

「頼冬様は、竜王丸様がどうなろうと構わぬと言われますか？」

「おまえが助け出したいと思っているほどに、助け出したいとは思っておらぬな。おまえがなにもしなければ、擦《す》れ違っただけの縁だったかもしれぬし」

「そういうことばかりに気を使いました。竜王丸様が日本に来られたということで、いささか興奮していたのでありましょう」

左京も、泊や河原の騒ぎが、ほんとうはなんであるのか、正確には摑んでいないようだった。多少摑んだものはあるのだろうが、それは喋《しゃべ》らない方がいい、と判断したのかもしれない。

見えてはこないところに大きな力があり、そこに河原人たちは全部組み入れられているのかもしれない。泊に船が入ってこないのも、その力がどこかで働いているからだ、とは言えないのか。そして幕府側は、その力を警戒して竜王丸を捕縛し、いままた、堺に軍勢を集めている。

幕府がそれほど警戒するということは、南朝方の力だということか。竜王丸が、前征西将軍宮の血を引く人間だとすれば、一番最初に考えられることだ。

「堺以外のところで、騒ぎは起きていないのか、左京？」

「南朝方の蜂起《ほうき》という意味でございますか？」

「蜂起しても、不思議はあるまい」

「わかりませぬ。堺への船が止まったのはきのうのことでございますし、軍勢が出てきたのは今朝です」

「平和は、程遠いのかな」

「なぜでございます？」

「将軍家はいま、いくつかの大大名によって支えられている。山名、大内などが、蜂起した南朝勢力と結べば、日本はまた二分された状態になろう」

「喜んでおられるのですか、それを？」

「人は愚かだ、と思うだけだ」

「頼冬様も、担《かつ》がれるかもしれませぬぞ、そうなれば。武士は集まりやすいでありましょうし。天下が、覗いて見えませぬか」

「見えぬ。見ようという気もない」

　頼冬は、川の流れのそばまで歩いた。月明りが、水面に照り返している。水の流れる音もかすかに聞えた。河口近くで、流れは強くない。

「この河原が軍勢に襲われることになれば、頼冬様のお力もお借りできますか？」

「ひとりで、なにができる。河原は、河原人たちが守ればよい」

「では、どうなさいます」

「逃げる。私が襲われたのであれば、闘うであろうが、河原が襲われたのであれば、逃げるだけだ」

「白丁がおりますぞ」

「所詮《しょせん》、傀儡女《くぐつめ》だ。どこに行っても、同じような女子はおろう」

「白丁は、特別でございましょう。傀儡の頭も、特別な客しか取らせようとしなかった女です」

「女は、女だ」

実際、頼冬にはそうとしか思えないのだった。男の喜ばせ方は、いままで知ったほかの女より、確かにうまい。陶然としている瞬間が、ないとは言えないのだ。それでも、女は女だと思うしかなかった。過ぎれば消えていくものに、なにかを求めようという気はない。

「ところで頼冬様は、寿々様とお会いになりましたか？」

「会った。応正寺を訪ってきた」

「女子の方から来たのに、なぜ拒まれましたか？」

「拒みはせぬ」

「寿々様は、淡路島の波木殿のもとへ行かれましたぞ。不意に思い立たれ、波木殿の看護をする気になられたようです」

寿々がどう生きようと、それは寿々の生き方というものだ。

「刺客が頼冬様を襲うということは、明石の浜以来ありませんか？」

「ないな」

頼冬は口もとだけで笑った。左京には見えなかったかもしれない。

「それでも、わかったことがある。自分が、大した手《て》練《だ》れではない、ということだ。剣をきわめるのは程遠い」

「そうでございますか」

しばらく沈黙が続いた。

頼冬は、水の流れる音に耳を傾けていた。左京もそうしているようだ。遠くで、低い土笛の音がした。それに応じるように、左京も土笛を一度鳴らした。

「それがしは、竜王丸様に大きな期待を抱きすぎていたのかもしれません。いま思えば、確かに動きすぎておられました。すべてのことができるお方だと、心のどこかで思っていたのでありましょう。どこかでお止めするべきでありました。京へ三度も入られました。これで、幕府が気づかぬわけはありません」

「私は、人に期待をしたことがない。だから、おまえの興奮や落胆もわからぬ」

　竜王丸が捕縛されたいまこそが、忍びの働きどころと言っていいのではないのか。それを落胆したように言うのは、武士であれば寝返りのようなものだろう。

「習い性か」

「なにがでございます？」

「銭を貰《もら》い、貰った分だけ働く。忍びとは、そうしたものであろう。それが身についてしまったゆえに、殉ずるということは知らぬ」

「忍びにも、弱い人の心はございますぞ」

「自らそれを認めるのか、左京」

「闘いはやめません。死を怖《おそ》れてもおりません。ただ、夢が潰《つい》えていきます」

「夢とは？」

「語れません。言葉にはできないのです。それがしは、学問をして育ったわけではありませんので。せいぜい、字が読める程度であります。それでも、父や母から受け継いだ夢を、血の中に持っていると思うことがあります」

「おまえがいま、なにをなすべきか言ってやろう。京の斯波の館の警固がどれほど厳しくても、竜王丸殿を助け出そうとすることだ。それで果てることだ」

「竜王丸様が、まだ生きておられるのかどうかさえ、定かではありません」

「生きているから、堺に入る船は止まり、河原は軍勢に狙われている、とは思えぬのか。

そう思えれば、ここへ戻ってきたりはすまいな」

　左京が、水際《みずぎわ》にしゃがみこんだ。

　竜王丸が捕えられた時から、心の支えを失ったようになったのかもしれない。思いがけない、忍びの弱さだった。

「おまえがなにをしようと、私はただ見ていよう。ここに足利頼冬がいると幕府に知らせて、銭を貰うのもよいぞ」

「お戯《たわむ》れを」

「私は、自分に正直に生きてきたつもりだ。それがどういうことか、おまえにはわかるまい。おまえは、他人の生を、おのが生と思いこもうとしてきただけだ」

「言われれば、そうかもしれません」

「行くがいい。河原人は、河原人の力で、ここを守るであろう。おまえの力など、誰も当てにしてはいまい」

「頼冬様は、剣に長じておられます。それでもいつまた刺客に襲われ、それがいつ果てるとも知れません。死ぬのが怕《こわ》いと、思われることはありませんか？」

「行け、と申したであろう」

　頼冬は踵《きびす》を返した。

　白丁は、粗末な茵《しとね》に身を包んで眠っていた。眠っている顔には、眼醒《めざ》めている時の媚態《びたい》はない。月明りのせいでそう見えるのかと、頼冬は間近から覗きこんだ。吐息でもかかったのか、白丁はかすかに身動《みじろ》ぎをした。

低い土笛が、連続して聞えてきて、頼冬は眼を開いた。方々の小屋から、人が出てくる気配もある。夜明けだった。軍勢が動きはじめたようだ。

「怕い」

不意に、白丁が頼冬の腕にしがみついてきた。躰が、かすかにふるえている。

「頼冬様、私は怕い」

「まだ遠い。逃げれば済むことであろう」

「女たちは逃げろ、という笛です」

「男たちは、ここに留《とど》まるのか？」

「はい。何十人かが、見せしめに殺されます。頼冬様は、早く逃げてください。こんなところにお侍がいれば、怪しんで必ず殺されます」

「ほかの男たちは、なぜ留まるのだ？」

「ここに住み、暮してきたからです。みな連れていかれますが、見せしめに殺された者以外は、また戻ってきます」

「おまえは、どうする？」

「私の心配は、いりません。お命が危険なのは、頼冬様です」

それでも、白丁の躰はまだふるえ続けていた。ようやく、軍勢の気配が近づいてきた。

「おまえも逃げなければ、殺されるぞ」

「女は、殺されません」

「そういうことか」

「早く」

軍勢は、下手と上手の二方向から近づいてきているようだった。男たちは、逃げたところで烏帽子もない身なりでは、すぐに捕まる。逃げて捕まれば、斬《き》られるだろう。ここに留まり、大人しく捕縛されていけば、見せしめの数十人が殺されるだけで済むということか。何度も、こういう目に遭《あ》った知恵が、そう教えているのか。

「男たちは、闘いはせぬのだな？」

「礫は打ちます。ここで暮している、ということを声高には言わず、礫を打って示します。それだけです」

「そんなものか」

「早く、お逃げください」

白丁の躰のふるえが大きくなった。

「付いてこい」

「私は、頼冬様の足手まといになります。捕まった女は、すぐにではなくても、ここへ帰ってくることが多いのです。お案じくださいますな」

「付いてこい。でなければ、担いで行くぞ」

白丁の腕をとって立たせ、頼冬は小屋の外へ出た。

川を渡る。それが方法としては一番よさそうだった。男たちが礫を打ちはじめたのか、喚声と馬蹄《ばてい》の響きが入り混じった。

「どうも、二千どころの軍勢ではないな、これは」

「河原にいる男たちは、二千にも満ちませぬ」

「寒いが、しばし耐えよ」

頼冬は、川に踏みこんで行った。腰ほどの深さが続き、いきなり深くなった。白丁を肩につかまらせて、泳ぎはじめる。流れはゆったりしているが、それでも躰は押される。間近の岸は目指さず、流れに任せた。

かなりの距離を流されながら泳ぎ、ようやく岸辺の葦《あし》の一本を掴んだ。

「逃げきったようだな」

岸へあがり、しばらく走った。

馬蹄の響きを感じ、頼冬は草の中に身を伏せた。百ほどの軍勢が、水際を駈《か》け回っている。対岸を警戒する軍勢も置かれていたようだ。

「流されたのが幸いした」

「みんなが」

白丁が指した方向には、ひと塊の人々が軍勢に囲まれているのが見えた。ずっと上流の方だが、女たちも逃げきれなかったようだ。女の着物を見分けることはできた。

這《は》うようにして、頼冬は川から遠ざかった。歩きはじめたのは、林の中に姿が紛れるようになってからである。

「誰か？」

騎馬武者に率いられた、十名の軍勢だった。頼冬はとうに気づいていたが、進むのをやめなかったのだ。思った以上に、対岸に兵を多く配置している。ひとりも逃がさない、という構えをとっていた。

軍勢とむき合う恰好《かっこう》になった。ただ、頼冬は武士の身なりだ。騎馬武者は、ちょっと戸惑ったような表情をした。

「大内家、家臣である。戦があるとは聞いておらぬ。この騒ぎはなんだ？」

「大内の家臣だと」

騎馬武者が鞍上《あんじょう》から身を乗り出した刹那《せつな》、頼冬は地を蹴《け》った。騎馬武者を斬り落とし、ほとんど同時に、徒《かち》を二人倒した。叫び声をあげた、三人目の徒の首を斬り飛ばす。足もとに転がった首を見て、残った徒の兵はたじろいだ。

「乗れ、白丁」

馬に跨《また》がり、頼冬は白丁に手を出した。白丁の躰を抱えるようにして、馬を駈けさせる。追ってくる者はいなかった。

「頼冬様、佐野の泊へ。私の知り人の船が、そこにおります。頼めば、しばらくは匿《かくま》ってもくれます」

およそ五里というところか。堺の泊と較《くら》べものにならないほど、小さな泊だ。

頼冬は馬を停《と》め、白丁の躰をしっかりと膝《ひざ》に抱き直した。

「駈けるぞ、よいな」

白丁の腕が、頼冬の胴に回されてくる。弱々しいようで、それにはしっかりと力がこめられていた。

4

佐野の泊が見えてきた。

漁師の村だが、関船《せきぶね》らしい船が二艘、沖に錨《いかり》を入れている。

艀《はしけ》が待っていた。まるで頼冬を待っていたように、乗りこむとすぐに沖に漕《こ》ぎ出していく。櫓《ろ》を握っているのは、十五、六歳の童《わらべ》だった。

「われらを待っていたのか？」

童は答えなかった。櫓の扱いは巧みで、驚くほどの速さで艀は進んでいく。

「あの船は、誰のものだ？」

「言葉がわからないのです、頼冬様。そうではないでしょうか」

「言葉がわからぬとは？」

「高麗の水師だろうと思います」

沖にいるのは、高麗の関船だというのか。考えている間に、艀は関船に着いていた。

竹籠《たけかご》と綱が、船縁《ふなべり》から降ろされてきた。白丁が、迷わず躰を竹籠に潜りこませた。頼冬も、綱を摑んだ。

甲板に立って頼冬が見たのは、笑っているあの男だった。

「よう参られたな、足利頼冬殿」

言って、男は艀の童になにか言葉をかけた。高麗の言葉のようだ。童が白い歯を見せて笑い、艀を艫《とも》に繋《つな》ぐと、身軽に甲板に這いあがってきた。

「これは？」

「驚かれるのも無理はないな。名乗っておこう。都竹《つづき》月王丸《つきおうまる》と申す」

「というと、竜王丸殿の」

「竜王も、つまらぬことで手間をかけさせる。若いのだな、まだ」

「斯波義将に捕えられたというのは、御存知《ごぞんじ》なのですな？」

「若さに任せて、どこが危険かの見分けもつかなくなった。日本に入って、ほぼひと月半。

そろそろこうなるだろう、とは思っておったわ」

月王丸は、頼冬に甲板の床几《しょうぎ》を勧めた。白丁は、月王丸のそばに立っている。

「どうだったかな、傀儡女の媚術《びじゅつ》は？」

「それは」

「頼冬殿が想像しているようなことを、訊《き》いたのではない。白丁を連れて逃げなければ、と思われたであろう。そう思わせたのも、白丁の媚術」

「女ひとりで、あそこを逃れられはしなかった。それで、私を使われたのか？」

「誤解はされるな。白丁は、ひとりでも逃れられたであろう。軍勢が、今朝攻めこむであろうことも、見当がついていた」

白丁が、つっと前に出てきた。次の瞬間、頼冬の脇差《わきざし》は抜き取られていた。抜いた脇差を逆手に持って、白丁が構えをとる。かなりの腕だということは、それを見ただけでわかった。

「あえて白丁に媚術とやらを使わせたのは、それがしをこの船に連れてくるためでござったのか？」

「斯波義将は、なかなか手強《てごわ》い男と見た。そなたがいてくれることで、義将にもうひと押しかけることができる」

「ほう」

「もっとも、いまではござらぬ。いずれ、ひと押しに加わっていただきたいのだ。いまは、竜王を取り戻すだけのこと。われらの戦を、よく御覧になるといい」

　月王丸が、なにをやろうとしているのか、わかりはしなかった。乗るかどうかは、その時に決めればいい。

「軍勢は、五千近くいたのではないのか、白丁？」

「はい。月王様が申された通り、およそ五千ほどで、対岸の警戒も厳しいものでございました」

「まずは、見せしめに五十人というところか」

「女たちも、捕えられております」

「これだけの軍勢を集めたのだ。蟻《あり》一匹逃がすまいとしたであろうよ」

「女たちも、殺されるでしょうか？」

「仕方あるまい。戦だ」

　頼冬は、喋っている白丁をじっと見ていた。傀儡女として接してくる時とは、まるで別人だ。つまり、これも女なのか。

「あの河原が、五千の軍勢に襲われると、月王丸殿ははじめから読んでおられたのか？」

「そのために、私も、ほかの者も出入りした。斯波義将は、あの河原しかないと思ったはずだ。それで、京にいる手勢をすべてあそこに集めた。そうして貰わないと、こちらの犠牲が大きくなる」

「よく呑《の》みこめませんが」

「竜王の代りを、京で捕えたということでござるよ。京から、どこぞの海まで運ばなければならなかった。そのためには、斯波の手勢が邪魔になる」

「なるほど」

　竜王丸の代りが誰なのか、いずれ見せてやろうということなのか。

「河原人の犠牲が五十。これは私が計算したうちで、一番小さな犠牲で済むことだった。それで、あの河原の頭から、命を五十買ったのだ」

「金を払われたか？」

「買えるものは買う。戦で大事なのはそれだな」

　わかるような気がした。信義だの面目だのと並べるより、わかりやすいことは確かだ。

　月王丸が、片手でなにか合図をした。

　錨が巻きあげられていく。二十人の兵が、櫓についた。全部の櫓を使うと、四十挺《ちょう》にはなるだろう。櫓と帆の二つを合わせたものを押し走りと言い、信じ難いほど速いのだと藤江太郎次が言っていた。

　しかし帆は張られず、櫓だけで進んでいくようだった。舳先《へさき》は、堺の方にむいている。ひとしきり走ったところで、どこからともなく関船が現われはじめ、いつの間にか十数艘の船団になっていた。

「月王丸殿は、左京という忍びを御存知ですな。あの忍びも、この戦に関わっているのですか？」

「関わらせてはおらぬ。人の気持の奥を読みすぎる忍びでな。まことの忍びの仕事は、できはすまいよ」

「竜王丸殿の警固は？」

「竜王に、忍びの警固などは付けぬ。そう言うと、勝手に手の者を使って警固しはじめたのだ。忍びで警固させようと、相手が本気になれば捕えられる。竜王の警固は、全部合わせても二十名にも満たぬのだ」

「これでもう、関わってくることはないと？」

「わからぬ。頼冬殿のことも好きらしい。私に関わってこようとはせぬだろうが、そなたには付きまとうかもしれぬな」

「それに、竜王丸殿にも」

「まったく、人の好きな忍びよのう。父母が、私の父のもとで働いていたというのだが。おそらく、夢なるものを、父母から吹きこまれたのであろう。夢は、それを見る者と、見る者に賭《か》ける者とがいる。誰かの夢に賭けようと思ったら、人を好きになることからはじめなければならぬのだろうと思う」

「月王丸殿に、夢は？」

「ある。が、人には語らぬ。たとえ相手が竜王であろうとな」

「そうですか」

「左京も、私の夢がなんだか探ろうと、しきりに近づいてきたが、これで私には幻滅するであろう。だが、まだまだだな。何度も幻滅して、ようやくまことの忍びになれる」

船団は、整然と進んでいた。舳先に立った水師が、声をかけて櫓の調子をとっている。ほかの船も同じなのだろう。

頼冬は、月王丸と並んで船べりに立った。冷たい風が、逆に心地よい。ちょっと後ろに、白丁も立っていた。

「竜王に女子を教えるためにとっておいたのだが、頼冬殿に差しあげることになってしまったな」

「私は、なにも」

「房中術と媚術。ともに優れていて、男と女よ。なに、いやになれば、どこぞへ売ればよい」

事もなげに、月王丸が言った。白丁の表情は動かない。

「竜王も、これからだ。不思議に、剣の天稟《てんぴん》があった。知るかぎり、最高の師につけて、それを磨《みが》かせた。英明でもあった。しかし、なにかが足りぬ。はじめての屈辱であろう。

それでなにかを得てくれるとよいのだが」

「一度、立ち合いました」

「それで？」

「わかりませんな。いまならば、私は勝てるかもしれぬ。房中術と媚術が、ほんとうはなにかを見きわめられたらですが」

「では、まだまだ勝負はできまい。二人ともだ」

月王丸が笑った。

舳先に、白地に黒文字の旗があげられた。八幡大菩薩《はちまんだいぼさつ》。堺の泊が近づいてきている。夕刻までには、まだ間があった。

「連れてこい」

月王丸の声が、不意に厳しさを帯びた。

船艙《せんそう》の方から、男がひとり甲板に吊《つ》りあげられた。烏帽子《えぼし》を落としたその顔は、まだ童に近い。顔は恐怖で強張っていた。

「斯波義将殿の御子息でな。すでに元服して、義教《よしのり》と名乗っておられる」

「なるほどな」

「忍びは、警固のためではない。なにかを探らせるためにいる。斯波義教を捕え得たのも、私が放った忍びの力があったからだ」

「少しずつ、月王丸殿がわかって参りましたぞ」

「いいのかな、そう簡単にわかっても」

「その時、その時で、わかっていこうと思います。いずれ、私を利用しようというお積りのようだし」

「生きているのも、捨てたものではあるまい、足利頼冬殿」

頼冬はかすかに笑ったが、月王丸は笑っていなかった。

「やれ」

月王丸の下知《げじ》が飛ぶ。堺の泊はさらに近づき、そこにいる兵の姿もよく見えた。

斯波義教の躰が担《かつ》ぎあげられ、舳先に運ばれた。悲鳴が起きる。童の悲鳴だった。

頼冬が声をあげたのは、義教の躰が外に放《ほう》り出された時だった。綱で縛られていることに、しばらくして気づいた。

ひとりが、その綱を伝って舳先から降りていった。艀の櫓を使っていた若い男だ。

また、悲鳴が起き、断ち切ったように途中で消えた。なにかを打ちつけるような音がする。

「舳先に、斯波義教を打ちつけているのでござるよ」

頼冬の顔を見て、月王丸が言った。

舳先から身を乗り出して下を覗き、頼冬は低い声をあげた。義教の掌《てのひら》に、太い釘《くぎ》が打ちこまれていた。すぐに綱が解かれ、義教の躰は、釘だけで舳先にぶらさがった。気を失っているのか、声は聞えない。

釘を打った若い男が、義教の頬を軽く叩《たた》いた。首をあげた義教が、高い叫びのような泣き声をあげはじめる。

泊にいる兵たちの顔が、見きわめられるほどの近さで、船は錨を入れた。

耐えきれなくなったのか、兵が数人矢を射はじめ、すぐにほかの者に制止された。矢は、充分に届く距離だ。

「さて、倅《せがれ》が死ぬ前に斯波義将がこれを見てくれればいいが」

月王丸が呟《つぶや》いた。

顔には、戦をする者の表情しかなかった。白丁も、ほかの者も、黙って陸上に眼を注いでいる。

頼冬は、空に眼を移した。ようやく傾きかけてはいるが、陽は明るすぎるほど明るい。

5

泊に集まっていた兵が、水際《みずぎわ》からほとんど退いていった。

残っているのは、十数名のみである。中央の床几に腰を降ろしている大将格の武士は、じっとこちらを見据《みす》えて動かない。全身から発してくる気は、船上の頼冬にもはっきり感じられるほどだった。

「大野武峰《たけみね》か。さすがに肚《はら》を据えたか、堂々としたものだ」

月王丸が呟《つぶや》くように言った。その名を、頼冬は耳にしたことがあった。斯波義将の家臣である。まだ若いが、すでに義将麾下《きか》の第一の侍大将とも言われている。

ついさきほど、艀が一艘、この船にむかって漕ぎ寄せてきた。明らかに談合のための艀だったが、月王丸は矢を射かけさせて追い返したのだった。兵が退いたのは、その後のことだ。

斯波義教を舳先に打ちつけてから、月王丸もまったく動こうとしない。談合など無駄《むだ》で、互いに息子を死なせるか、それとも交換か、と斯波義将に問いかけているのだろう。義教がなにかで死ねば、竜王丸も生きてはいないということになる。

陽が傾いている。頼冬は、大野武峰の姿に、じっと眼を注いでいた。斜めからの光が顔に差し、眼がそれを照り返しているようだった。

対峙《たいじ》の息苦しさを、頼冬は耐え難いものに感じはじめていた。月王丸の問いかけに、斯波義将が答えるのかどうか。すべてはそのひとつだ。戦も剣も、ひとつの潮時を待つことからはじまるのかもしれない、となんとなく頼冬は考えた。それならば、いまは戦の最中ということになる。

大野武峰の息苦しさは、自分よりはるかに大きなものだろう。眼前の船の舳先に打ちつけられているのは、主君の子なのである。

まだ暗くなる前に、篝《かがり》が焚《た》かれはじめた。船上でも、すでに篝の用意がしてある。なにを見たのか、月王丸が甲板をふり返り、高麗の言葉でなにかを命じた。若者が二人、舳先へ降り、しばらくして斯波義教の躰を抱えあげてきた。

「篝を燃やせ。それから、義教殿の傷の手当てを。それが終ったら、私を呼べ」

甲板に降ろされた斯波義教は、ぐったりとしてひとりで立てないほどだった。傷が痛むのか、低い呻《うめ》きをあげている。そのまま、両脇《りょうわき》から抱えられて船底に運ばれた。

篝が焚かれると、薄闇《うすやみ》が不意に濃くなったような気がした。頼冬は、息苦しさに耐えて、大野武峰を見つめていた。義教がどう扱われようと、武峰は見事に微動だにしなかった。風がやみ、波も静まっている。夕凪《ゆうなぎ》の時刻なのだろう。

大野武峰の背後で、慌《あわただ》しい動きがあった。それでも武峰は動かない。武峰のまわりだけ、空気も光も、すべてが静止してしまったようだ。

月王丸が呼ばれた。船底に降りていく月王丸の顔には、どんな表情も浮かんでいなかった。入れ替るように、船底にいた男たちが出てくる。二人きりで義教に会って、月王丸はなにを語るつもりなのか。

泊の水際に人影が立ったのは、もうすっかり暗くなってからだった。篝がふやされた。立っているのは、蓬髪《ほうはつ》の男だ。竜王丸だった。髪に隠れてはっきりと表情は見えないが、眼を閉じているようだ。躰には、まるで生きたもののように縄《なわ》が巻きついている。

頼冬は、ふっと息を吐いた。交換の時がきたということなのだろう。

月王丸が、船底から出てきた。二人が入れ替りに降りていって、斯波義教を引き出してくる。義教の顔を見て、頼冬はちょっと首を傾《かし》げた。衣服は改められている。手に巻かれた晒《さらし》には、血さえ滲《にじ》んでいない。それでも義教の表情は、死者のそれのようだった。舳先にむかって歩く時も、足取りはうつろだった。篝が、義教の姿を照らし出す。

竜王丸が、艀に乗せられるのが見えた。艀の上にも、篝が焚かれている。

「義教殿を艀に」

月王丸が低く命じた。艀を操るのは、佐野の泊で、頼冬と白丁を拾った高麗のあの若い水師だった。斯波義教に付き添って、白丁が艀に乗りこんだ。むこうの艀にも、櫓手《ろしゅ》がひとりと女が乗りこんでいる。

二艘の艀が徐々に近づき、船縁を合わせた。交換される直前に、竜王丸の躰に巻きつけられた縄がようやく切られたようだ。

それぞれの艀は、行く時とはまるで違う速さで戻ってきた。

錨《いかり》が引きあげられ、竜王丸が甲板に立った時、船はすでに櫓の音を軋《きし》ませながら動き出していた。

「父上」

言って、竜王丸は月王丸の前に立った。斯波義教と較べると、さすがに眼の光に力があった。

「大事ないか？」

「はい。日本の牢《ろう》がどういうものか、よく見て参りました。それにしても、たやすく捕えられて、面目もございません。いざとなれば、舌を嚙《か》み切るしかないと思い定めてはおりましたが」

「疲れたであろう。休むがよいぞ」

平山忠利が、気遣《きづか》わしげに竜王丸の背後に控えている。一礼し、頼冬にちょっと眼をくれ、竜王丸は船底に降りていった。

堺の泊の火は、もう小さくなっていた。陸上でも、同じような父子の対面があったのだろうか。月王丸は、闇の中をゆっくりと進む船の舳先に、腕を組んで立っている。

「斯波義教はどうしたのですか。船底からあがってきた時は、まるで別人のようでしたが」

「躰を殺すことはできぬゆえに、魂を殺させて貰った。殺しきることができたかどうかは、わからぬが」

「魂を？」

「生きながらの死というものもあろう、頼冬殿」

「船底で斯波義教と二人きりになられた時、それをされたのですか？」

想像できないほどの恐怖を与えたのであろう、ということだけが頼冬にはわかった。心を殺す恐怖とは、どれほどのものなのか。すでに篝は消され、闇の中で月王丸の表情は読みとれなかった。

「斯波義教と較べて、竜王丸殿はさすがに気力を失っていなかった。二人には、大きな違いがありましたぞ」

「そうかな。斯波義将がそれほど甘い男だとは、私には思えないのだが」

櫓の音。波を切る音。風がいくらか出てきている。

頼冬は、最後まで床几から動かなかった、大野武峰の姿を思い浮かべていた。斯波義将が堺の泊まで来たのかどうかは、わからない。来なかったとしても、武峰の姿が、すなわち義将の姿だろう。

月王丸の姿が船底に消えても、頼冬はしばらく、闇とむかい合うように舳先に立ち尽していた。すべてを呑みこんでしまいそうな闇である。この闇の中に、人の思いや、怨念《おんねん》や諦念《ていねん》や、失われたものへの哀惜や、見果てぬ夢がある。船が浮かぶ海があるように、人の心の海がある。そういう気がしてくる。そして闇は、どこまでも際限なく、ただ深いのだった。

甲板に積まれた艀のかげで、頼冬が眼を開いたのは払暁《ふつぎょう》だった。

異様な叫び声が、船底から聞えてくる。船はすでに、小さな湾の中に投錨《とうびょう》し、櫓の音もなく波に揺られているだけだった。五十人ほどの兵は、艫《とも》にひとかたまりになってうずくまり、叫び声に顔をあげようとする者もいなかった。

月王丸が、若者二人を侍らせて、舳先の床几で握り飯を食っていた。その間も、竜王丸のものらしい叫び声は続いている。

「頼冬殿も、ひとついかがでござるか」

「頂戴《ちょうだい》いたそう」

頼冬が近づいていくと、床几がもうひとつ置かれた。まだ温かい握り飯だった。

「気にされずとも、竜王には平山忠利と白丁が付いておる。あれにやられた者の姿を見るのが、私は嫌いでな」

月王丸が言ったあれが、なんであるのか頼冬にはおよその見当がついた。飲めば、ひたすら恍惚《こうこつ》の思いが続く媚薬《びやく》に似た薬草があるという。ただし、続ければやめることができなくなり、やめようとすれば、死ぬほどの苦しみが待っている。竜王丸は、牢の中でそれを飲まされ続けていたのかもしれない。

「まず二日。それでもあの叫び声がやまなければ、竜王は死ぬであろう」

斯波義将は甘い男ではなかったということか、と頼冬は思った。つまりは、月王丸と斯波義将の戦だったのだ。どちらが勝ったとも言えない。

握り飯を二つ腹に押しこむと、頼冬は船底へ降りて行った。

薄暗い船底のひと隅《すみ》を区切り、その中に竜王丸と平山忠利と白丁がいた。牢のような太い格子《こうし》の区切りで、竜王丸は四這《よつば》いになり、茵《しとね》を摑《つか》んで唸《うな》っていた。ひとしきり低い唸りが続くと、突然転げ回りはじめる。立ちあがる。頭を格子に叩きつける。

区切りの外にある二つの燈台《とうだい》の明りが、汗で光り、どす黒くなった竜王丸の顔を照らし出していた。衣服も裂けていて、上半身は裸体に近かった。竜王丸が暴れるたびに、腕や腹や胸の筋肉が、まるで別の生きもののように現われては消えた。

竜王丸の意識がどうなっているのか、頼冬にはわからなかった。眼には、狂気に似た光があるだけだ。このまま暴れ続け、自分が死ぬという自覚すらないまま、死んでいくこともあるのか。

平山忠利は、暴れる竜王丸が、格子に頭を打ちつけたりと危険なことをするたびに、その力をほかへむけさせようとしている。それだけで、押さえつけることは難しいようだ。白丁は、竜王丸がうずくまった時だけ、背中に掌を当てている。まるで、掌を通してなにかが竜王丸の躰に注ぎこまれる、とでもいった感じだ。平山忠利は沈痛な面持《おもも》ちだが、白丁は終始無表情だった。

糞尿《ふんにょう》の臭《にお》いが漂う格子のそばに、頼冬はかがみこんだ。渾身《こんしん》の気を送る。竜王丸がそれに反応すれば、気を返そうとするだろう。それで、暴れる力がいくらか削《そ》がれるかもしれない。

「無駄でございます。頼冬様の気は、そばにいるわれらを、疲れさせるだけでございます」

　白丁が静かに言った。

　苦笑して、頼冬は腰をあげた。柄《がら》にもないことをした。自分にできるのは、苦しまずに死なせてやることぐらいだろう。

　甲板に出ると、兵たちが船縁《ふなべり》から外を見ていた。艀が、十人ほどの女を運んでくるところだった。兵たちがあげる声が、竜王丸の叫びを消しかけている。

「頼冬殿も、気に入った女子を選ばれるがよい。遊び女としてはそこそこの女たちばかりだが、それはそれで風情《ふぜい》というものもあろう。それとも、別なものを選ばれるか」

　月王丸が、そばへ来て言った。女たちがひとりずつ、甲板に引きあげられている。

「別のもの、とは？」

「私のまわりには、高麗の若い者が何人かおる。その者どもをいつくしまれてもよい」

「それは、月王丸殿が」

「左様、強い男に抱かれれば、若い者も強くなる。自分の中のなにかを解き放てば、悪いものではないぞ」

　頼冬は、かすかに首を振った。

船底でどれほど息子が苦しもうと、なにかできるわけではない。それにしても、月王丸には頓着《とんちゃく》がなさすぎる気はした。

頼冬の気持を見透したように、月王丸が言った。

「祈りなどというものがどれほど無力か、戦を重ねていけばわかる」

「ところで、ほかの船はどこへ？」

「堺の泊を出たところで、別れた。ほかにやることもあるのでな」

「斯波義将との戦は、まだ終っておりませんか？」

「はじまったばかりだ」

月王丸がなにをやるつもりで息子を日本に送ったのか、頼冬は訊こうとは思わなかった。ただ、放たれた刺客を相手にしているだけとは違う、もっと大きなところでの足利幕府とのぶつかり合いがある、と思える。

「船を降りて、どこぞへ行かれるか、頼冬殿？」

「いずれ。いまは白丁が竜王丸殿に付いておりますので」

「なるほど。白丁を待たれるか。それもよいかもしれぬ」

船上には、女の嬌声《きょうせい》が飛び交いはじめている。頼冬は、再び船底へ降り、竜王丸の格子のそばに腰を降ろした。なにか竜王丸に対する心情がある、というのではない。ことさら苦しむ姿を見たいというのでもない。そこだけが、ある意味では船上で静かなところだった。頼冬が、あまり遠いとは感じない孤独があった。

竜王丸が叫びはじめる。声だけでなく、肉体が叫ぶという感じで、暴れはじめる。それから気を失ったような束《つか》の間《ま》の静寂があり、再び唸り声からはじまり、叫びに至る。波の音のようだ、と思えるまで、頼冬はじっと眼を閉じていた。

6

今川仲秋《なかあき》は、堺の林屋重久の屋敷で、騒ぎを知った。泊に二千ほどの斯波義将の軍勢が集まってきたのである。その数日前から、泊の船はすべて出てしまい、逆に入ってくる船は一艘《そう》もいなくなっていた。

林屋重久は、それについては風待ちの船が多いのだという説明をした。そうでないことは、仲秋にはわかっていたし、わかっているのが当然だという重久の口調でもあった。軍勢が来た時もそうだった。幕府管領《かんれい》の軍勢であれば、幕府の軍勢と同じだと言っていい。その軍勢が、泊から人を遠ざけはじめた時、はじめてただごとではない、と感じた。

指揮をしているのが、大野武峰だとわかった時は、重久と顔を見合わせた。二十四歳とまだ若いが、その名はほかのどの武将よりも高かった。仲秋も、細川頼元《よりもと》邸で一度会ったことがある。物腰は静かだったが、こちらを圧倒してくるような気迫を、その静かさは孕《はら》んでいた。斯波義将と細川頼之《よりゆき》は宿年の政敵であり、頼元は四国にいる兄の代理という役割を演じている。敵の屋敷という思いが、大野武峰を気負わせているのかとも見えたが、もともと持っているものが隠しようもなく出ているという気もした。

その武峰が泊にいっさいの人を近づけないようにしたのである。林屋重久自身も、泊の船小屋へ行くことさえ拒まれた。重久はもとは武士で、十五年ほど前からは堺と博多を往復する輸送船を束ねるようになり、いまでは堺で最も大きな商人のひとりに数えられていた。

戦という気配ではなかった。兵たちの動きは統制がとれているが、戦の陣立てではないのである。夕刻、京方面からさらに一千五百ほどの軍勢が到着したが、京への街道を固めただけであった。そして夜半前に、三千五百の軍勢は、消えるように静かに堺から退いたのだった。

翌日の午《ひる》ごろから、堺の泊には船が入りはじめた。なにがあったのか、水師たちが口にすることもなく、日頃の堺になった。

堺で軍勢が三千五百も動くというのは、戦に備えたとしか思えないところがある。その前に、明石で五千ほどの軍勢が動いたともいう。ともに、斯波義将の軍勢である。幕府管領が、他の大名に命ずることもせず、自らの軍勢をひそやかに出した。探れば、斯波義将のなにかが出てくるかもしれない。

ただ仲秋は、斯波義将と細川頼之の政争に加担するために、堺や京へ来ているのではない。あくまで、兄了俊の命で九州探題の戦費のために動いているのである。九州は、守護大名が割拠して、いまだひとつにまとまりきれているとは言えなかった。

「これからは、しばしばお目にかからなければならぬ、と思っております」

居室に戻った時に、声だけが聞えた。

「なにが起きているのか、知っているのだな、左京」

燈台の火がじりじりと音をたてて燃えている。影のように、左京の姿が居室の隅に現われた。

「斯波義将の軍勢に、竜王丸様が捕えられました。十日ほど前のことになります」

そのころ、仲秋はまだ博多にいた。五日前に、海路堺へ入ったのである。堺か京にいろと、兄了俊ははっきりとは言わなかった。ただなにか感じていて、九州各地に置いてある兵の半数は、博多へ戻しはじめていた。

自分が京の近くにいた方がいいというのは、仲秋の判断だった。前征西将軍宮の孫に当たる若者が日本に潜入した、というだけではない大きな動きが、いずれ起きてくるような気がする。そしてそれは、当然京を巻きこむものだろう。

「竜王丸殿は、まだ生きておられるのか？」

「斯波義教が月王丸様に捕えられ、竜王丸様との交換が行われたようでございます」

月王丸も、日本に来ている。考えれば、ありそうなことだった。息子だけを日本に潜入させるというのは、無理が大きすぎるのだ。北九州の水師を中心にして、月王丸は絶対の力を持っている。摑みきれはしないが、日本全土の水師に対しても、相当大きな力を持っていると考えた方がよかった。それなら、堺への船が数日とまったことも、合点が行く。

「交換は？」

「うまく運んだのでしょう。戦が起きるということもありませんでしたので」

「おまえは、はっきりとそれを摑んではいないのか？」

「竜王丸様を救出するために手下を動かしておりましたが、忍びの力ではどうしようもございませんでした」

月王丸は、正面から斯波義将と対峙《たいじ》しようとしたのだろう。義将がまともに受ければ、かなりの混乱が起きたはずだ。自分の軍勢だけを動かすことで、義将は混乱がほかへ波及することを避けた。義将も、月王丸の真意がなにか、摑みかねているのだろう。

九州の南朝勢力の動きが、活発になったということはない。とすると、月王丸の狙《ねら》いがなんであれ、見据えているのは京なのか。

「いらぬと言われたか、左京。月王丸殿は、おまえのような忍びを、いらぬと言われたのであろう」

「むざむざ、竜王丸様を捕えさせてしまいました。それに御立腹なのかもしれません。いらぬとは言われませせぬが、それがしに仕事をさせようともなさいませせぬ」

「儂《わし》の仕事をしてみぬか、左京？」

「しかし、今川仲秋様は」

「必ずしも、おまえの敵方でもあるまい。月王丸殿と斯波義将殿が対立すれば、おまえと儂は同じところに立つこともある」

　斯波義将は、月王丸の動きを、九州探題と関連づけてとらえるかもしれない。そうすると、なにか政治的な動きも出てくる。とにかく事態をいつも正確に摑んでいることが、その動きに対して身を守りやすいことにはなる。

「仲秋様は、忍びをお使いではございませんのか？」

「おまえのような手練《てだ》れは、おらぬ。儂が使っているのは、細川殿の手の者だ」

「なにをせよ、と言われます」

「できるだけ早く、竜王丸殿の動きを知りたい。儂は、頼之様との賭けに敗れたゆえに、竜王丸殿を斬《き》ることはできぬ。儂の狙いは、むしろ斯波義将殿の動きにあるのだが、それは竜王丸殿の動きとも、関《かか》わってくると思えるのだ」

「難しゅうございます」

「竜王丸殿が、どこにおられるかだけを、知らせてくれればよい」

「それぐらいなら」

「決めたぞ、左京」

銭の袋をひとつ、仲秋は板敷きに置いた。

それに手をのばし、左京は静かに消えていった。

竜王丸が日本に潜入した時、左京の心は躍ったのだろう。しかし、望むほどに使って貰《もら》えなかったという気配がある。手練れの忍びでありながら、多分余計なことを考えすぎるのだ。

うまく使えるかもしれない。少なくとも、竜王丸との繋《つな》がりを、いくらかでも手もとに持っていられる、ということになるかもしれない。無用になれば斬り捨てればいいことだ。自分を利用しようという気配が見えた時も、斬り捨てればいい。

翌朝、仲秋は京へ馬を飛ばした。十騎ほどの供回りである。

京には今川家の屋敷があるが、そこへは入らず、直接細川頼元邸へ行った。

「仲秋殿も、九州からまたすぐに京か」

気軽な直垂《ひたたれ》姿で現われた頼元は、仲秋を見て顔を綻《ほころ》ばせた。

「弟というのは、いつの世も酷使されるものらしい」

「頼元殿には、いつも京にいていただかなくては、われらも不安でなりません。幕府を動かしているのは、斯波義将殿の息のかかった武士ばかりですからな」

「山名、大内などの大大名は、斯波の専横に対して不満を募らせてはいるが」

斯波義将の挑発《ちょうはつ》に乗っている、という見方もできた。そして義将は、将軍家の意を受けている。将軍家としては、広大な領地を持つ大大名が目障《めざわ》りには違いないのだ。幕府が二つに割れて争うということは、まずないだろう。細川頼之がその気にならなければだ。大内も山名も、連合して幕府にむかうことはなく、やがては家の中から切り崩され、少しずつ力を削がれていくに違いなかった。そういう手腕こそが、斯波義将の最も得意とするところなのだ。

「ところで、堺の騒ぎを御存知《ごぞんじ》ですか？」

「斯波の軍勢が、かなりの数動いたということは知っておる。なんのためだったかと、京でも憶測しきりじゃ」

「なんのためだった、と思われます？」

「やはり、あれかのう」

　頼元も、およその見当はつけていたようだ。仲秋は、わかっていることを簡単に説明した。頼元の表情が、月王丸という名を出した時に大きく動いた。

「息子の方だけでないとすると」

「やはり、幕府と対峙する気かもしれません。それも、斯波義将殿が管領を務められる幕府と」

「どうすればいいかのう」

　月王丸と細川が結ぶ、という発想はどこからも出てきそうもない。頼之であろうと、そこまでの決断はしないだろう。そういう発想をするとすれば、九州探題として博多を押さえている兄の了俊だけだ。つまり、月王丸の力を、いやでも感じざるを得ないところに長くいた。

「いっそ、吉野の朝廷に肩入れでもしてくれれば、扱いやすいのだが」

「南朝勢力を見限っている。月王丸の動きとしては、そうとしか思えないところもあるのですが」

「しかし、まさかと思うではないか。第一、南朝の存在なくして、あの人物が日本に関わってくる理由はなにもない」

言われれば、そうだった。ただ、南朝の武士に、銭であれ武具であれ、支援したという気配はいまのところない。

「ここ当分は、斯波義将殿と月王丸のぶつかり合い、というかたちで推移すると思います」

「傍観しているのが、よいかもしれぬな。思わぬ漁夫の利ということも考えられる」

「将軍家は、竜王丸が日本に潜入したことをどこまで知っておられます？」

「まだなにも。斯波義将殿が言われぬかぎり、知られることはあるまい。それに、将軍家の頭の中は、山名や大内の力をどう削ぐかで一杯であろう」

頼元は、斯波義将との決定的な対立を恐れている。管領との対立は、細川家の存亡に関わると思っているのかもしれない。管領とうまくやっていくという点では、頼元は適役だとも言えた。管領をさしおいて、将軍家への報告などということは、まずやるまい。

報告だけならば、自分でもできる。九州沿岸の不穏な動きを、九州探題からの報告とすればいいのだ。その報告の中に、当然月王丸や竜王丸の名も出てくる。

しかし、いま知らせるべきなのかどうか、仲秋自身も判断できずにいた。月王丸の動きが、南朝勢力と連動したものではないということが、事態を不可解なものにしているのだ。もう少し明らかになってから、考えた方がいいのかもしれない。

「しかしな」

頼元が、また口を開いた。

「将軍家は、ずいぶんと太いものをお持ちだ。ほんとうは、山名や大内など歯牙《しが》にもかけておられないのかもしれぬ。もっと上を見ておいでだと、このところよく思うことがある」

「上とは？」

「いろいろある。天皇家の外戚《がいせき》となる。天皇の父となる。方法はいろいろとあろう。急ぐお方ではないが」

頼元が言い淀《よど》んだ。

「まだ、なにか？」

「ここだけの話だが、もしかすると御自身で天皇になろう、と考えられているのかもしれぬ、と思ったことがある。もっともその時は、天皇というかたちではないであろうが」

「それならば、京や吉野の天皇家はどうなさるおつもりでしょう」

「なくなる。そのためには、いま天皇家が二つあるというのは、悪いことではない、とお考えかもしれぬ」

　天皇家を、いずれ滅ぼそうと考えている、ということなのか。あの将軍家ならば、あり得ぬことではない。

「さまざまなことで、朝廷の許可がいる。かたちばかりの許可だとしても、将軍家が天皇家の下というのが、どうも納得しかねると考えておられるようだ」

「思いきったことを申されますな、頼元殿」

「ここだけの話、と申したであろう」

「まあ、語って信じられる話ではありませんが」

　結局、もうしばらく静観しよう、ということになった。竜王丸と斯波義教の交換の話も、ありそうなことだ、という感想を頼元は洩《も》らしただけである。

　細川邸を辞すると、仲秋は一旦《いったん》今川の屋敷に入り、ひとりだけで出かけ直した。

　四条鴨川《かもがわ》の近くに、女がひとりいるのである。もう十年近く続いた女で、一度は九州へ呼ぼうかと考えたこともある。女が、京から出ることをいやがったので、銭だけ送り、時々会いに行くということが続いていた。息子がひとりいる。仲秋とはじめて出会った時は、竹丸という息子は五歳だった。それがもう、すぐに十三歳になる。

急な訪《おとな》いだったので女はおらず、竹丸が迎えに出てきた。

「仲秋様は、いつ京へ？」

「朝暗いうちに、堺を駈《か》け出してきた。ところで竹丸、おまえは斯波義教殿のもとへ出仕するはずだったのではないのか？」

「すでに、出仕しております」

竹丸の父は、斯波家の家臣だった。竹丸が二歳の時に、死んだという。

「ほう、今日は？」

「ここ五日ばかり、義教様はおられません。しばし出仕を控えよということで、心配しております」

「事情もなにもなくか？」

「屋敷には、数名の留守居がおられるだけで、殿はどこかよそへ出かけられたのであろう、と思っております」

「出仕してから、どれほどになる？」

「三月ほどです」

新参が遠ざけられている、ということだろう。義教になにかあったことは、間違いはないようだ。竜王丸と交換されたあとも、屋敷に戻ってはいない。

女を待ち、その夜は女の家で過した。この家を知っているのは、安富直久だけである。もともと、方々に女を持つことはしなかった。ひとりを囲えば、それとは長く続く。情欲よりも、女に対する思いが深くなってしまうのである。

翌朝、竹丸は出仕して行ったが、一刻《いっとき》もせずに戻ってきた。

「まだ帰られぬのか、義教殿は？」

「それが、屋敷にはおられるようなのです。厩《うまや》に、お気に入りの馬がおりました。私はそれをはっきりと見ましたが、留守居の方が、本日も家に戻ってよいと」

「おまえだけか？」

「いえ。屋敷におられるのは、幼少から殿に仕えておられた方々だけで、あとの者は帰されております」

「わかった」

仲秋は一度屋敷へ戻り、衣服を改めて幕府政所《まんどころ》へ出向した。九州探題、今川了俊の名代としてである。九州沿岸で、水軍の動きがしきり、という報告事項はあるのだ。

しばらく待たされ、別室へ通された。すぐに、斯波義将の大柄《おおがら》な躰《からだ》が現われた。

「九州北岸において、水軍の動きがあるという、探題からの報告はあるが」

義将は、どこか愛敬《あいきょう》のある顔で、細い眼だけに隙《すき》がない。表情はよく動くが、そのため本心を測りにくいことが多い。

「京に参りましたゆえに、その水軍をいかがすべきか、管領殿の指図を仰ごうと思いまして、参上いたした次第」

「水軍と申してもな」

「月王丸という名を、管領殿はお聞き及びではありませんか？」

「月王丸と言えば」

いきなり切りこんだ仲秋の言葉を、義将は思い出すような表情ではぐらかした。

「前征西将軍宮の一子でござる。兄了俊が九州探題を拝命して下向しました折り、最も心を砕いたのが、征西府が養った水軍のことでございました。その生き残りが、月王丸を戴《いただ》き、高麗や明《みん》の水軍まで巻きこんで、玄界灘《げんかいなだ》では強大な勢力になっております」

「なるほどな」

「月王丸の水軍の動き、とそれがしは見ておりますが。もしこの動きが九州の南軍の武士と結びつけば、容易ならざる事態です」

「月王丸とやらは、それほどに強大なのか？」

「われらとの接触は、ほとんどありません。ただ肥前松浦《まつら》党とは、かなり強く結びついているでしょう。玄界灘のことしか、しかとはわかりませんが、明にも、それから南の島の国々にも、かなりの力を蓄えているという話です」

「事が起きる前に、どうするか決めておきたいのだな、探題としては？」

「もう、起きつつあるようにも思えます」

「月王丸がなにを望んでいるのか、わからぬことにはな」

「しかし、九州だけでなく、内海の水軍にも影響は出ておりますぞ。いわば外敵でございましょう。外敵との争いが後にどれほどのものを呼ぶか、元寇《げんこう》の役を見るまでもなく」

「そこもとは、戦などすべきではない、と考えているのだな、今川殿」

「戦をするならば、幕府がどれだけ腰を据えるかです。現実に闘わねばならぬのは、われらでありましょう。幕府に見捨てられた戦を、したいとは思いません」

「しかし、報告では、それほどの敵対行為はないと聞いたが」

「戦にも、いろいろなやり方がございます」

「要するにそこもとは、戦をする許可を管領たる儂に出せと言っているのか？」

「左様でございます。できれば、幕府からも軍勢を数万。九州の大名は、みな海と縁を持っております。いざという時に、どれほどの兵が集まるか」

「その水軍が、実際に沿岸を襲ったという時には、考えよう」

「遅い、と思います」

　義将が腕を組んだ。

　攻められた時に、すでに管領に増援を依頼してあれば、九州探題の責任を、それだけ回避できる。かつては侍所頭人《とうにん》も務めた自分が管領に会っているのである。それぐらいの要求はしておいた方がいい。

「攻められた時は、打ち返す戦はしなければなるまい。しかし数万の増援となると」

「対馬《つしま》が問題になります。攻めるなら、あそこを兵站《へいたん》のために使うでありましょう。対馬になにかあった時は、増援の決断もいただけますな」

「対馬か。その時は、仕方あるまいな。ただ、いまはまだ、月王丸とやらの動きを見ていたい」

「数万の兵を九州に送るには、どれほどの時が必要かも、お忘れなく」

微妙なやり取りだった。こちらが発した言葉以外のものを、義将はたえず探ろうとしている気配もある。余人を交えさせずに自分に会ったのは、はっきりした言質《げんち》をとられたくないためだ、とも思えた。管領が、二人きりで九州探題の名代と会うのは、異例と言ってもいいだろう。

義将は、月王丸の狙いがなんであるか、まだ摑みかねている、と仲秋は読んだ。それを知るために、竜王丸を捕縛したと考えていいだろう。しかしそれに、月王丸はかなり手痛いものを返してきた。

肚《はら》を探り合うような話をさらにしばらく続け、仲秋は今川屋敷へ戻った。

「動きはじめたようです」

屋敷の居室では、左京が待っていた。

「竜王丸様が、船を降りられました。堀田竜広《たつひろ》という、老練な侍大将が付いております。兵もおよそ百五十。再びの捕縛を警戒してのことだけとは思えません」

「わかった。そのまま調べさせよ」

「それから」

左京は、低い声をさらに低くした。

「どうも、来海頼冬様が御一緒の気配です」

「立ち合いをした二人がか」

「これは、それがし自身で確かめ、頼冬様のお気持もうかがってみるつもりでおります」

仲秋にとっては、いい知らせだと言っていい。月王丸と足利直冬《ただふゆ》の一子が結びついているということになれば、事態は深刻なものになる。反義将の武士たちが、足利頼冬を戴く条件ができるのだ。それは、将軍家が最も嫌《きら》うことだろう。

「とにかく、竜王丸殿の動きは細大洩らさずにな」

どれが自分にとって重要な知らせになったのか、仲秋は顔には出さなかった。左京は両《もろ》刃《は》の剣だと、使うと決めた時から自分に言い聞かせてある。信用はしない方がいいのだ。

左京が消えた。

仲秋は従者を呼び、手紙の用意をさせた。斯波義将との会見の模様は、兄にも詳しく知らせておいた方がいい。

7

たった二日で、竜王丸はまるで別人のような相貌《そうぼう》になった。

頬がこけ、隈《くま》に縁どられた眼に光はなく、躰の動きも緩慢だった。それはひと晩眠っても、大して変らなかった。ただ、苦しみは遠のいたようだ。

頼冬は、二日間竜王丸が入れられた格子のそばにいて、苦しむ姿をずっと見ることになった。その間、船上では遊び女たちの嬌声《きょうせい》も絶えることはなかった。

一日だけ竜王丸を休ませて、月王丸はすぐになにか命《めい》を与えたようだ。ほかの船からの兵を集め、百五十ほどで岸和田の泊に上陸した。

兵をまとめているのは、堀田竜広という初老の男だった。月王丸のように、やはり頼冬にあまり気を感じさせなかった。

岸和田の泊の水師の館《やかた》では、小憩をとっただけだった。兵たちは休まず、七、八人ずつどこかへ散っていった。

「私は好きにするようにと、月王丸殿に言われているのだがな、白丁」

丸二日間、竜王丸に付きながら、白丁はそれほどの疲れも見せていなかった。竜王丸が回復してからは、頼冬の身のまわりを見ている。それでも竜王丸のことを気にかけているのは、そばにいてよくわかった。

「私は、頼冬様のおそばにいるようにと、月王丸様に命じられております」

これも媚術《びじゅつ》であろう、と頼冬は思った。つまり、白丁は頼冬と竜王丸が行動をともにするように持っていけと、月王丸に命じられているに違いなかった。

躰は、頼冬のものである。心も、半分は頼冬のものである。残り半分の心が、竜王丸にむいている。そういう気配を、ほんの少しだけ見せるのだ。場合によっては、嫉妬《しっと》や競争心をくすぐるようなこともするのかもしれない。媚術だと感じさせることすら、媚術かもしれないのだ。

「私は、気ままに歩くのが好きだ。目的を持って歩いたことはない」

「私は、頼冬様のおそばにいられればよいのでございます」

「竜王丸殿が、どういう命を受けておられるのか、おまえは知っているか？」

「知りませぬ。が、竜王丸様は、これから月王丸様に試されるのでございます。一度それをくぐらなければ元の竜王丸様には戻れぬと、月王丸様はお考えなのでございましょう」

「おまえも、そう思うか？」

「私は、竜王丸様にはもっと休んでいただきとうございます。休まれれば、元に戻られるはずです」

「私は、竜王丸殿を見ていたいな。いつか斬《き》るであろう相手だ。心配いたすな。竜王丸殿がこういう状態の時に斬っても、意味はないのだ。だから、元に戻って貰《もら》わなくてはならん」

媚術がなにか、考えてもわかるものではなさそうだった。あれもこれも媚術と、白丁を見ているといつも思えるだろうし、あるいは媚術などほんとうはないのかもしれない。

「私は、好きにする。おまえも好きにするがいい」

「おそばにおります」

頼冬は、白丁のその言葉に、鼻で笑って答えただけだ。

岸和田の泊から三里ばかり歩いたところで、馬が用意されていた。

「泊には、人の眼がありますからな。ここからは、馬で行きます。水軍の兵が、陸ではどういう戦をするか、頼冬殿もよく御覧になるとよい」

堀田竜広は、もとは金竜広《きんりゅうこう》と言ったらしい。高麗の生れである。堀田という武士にかわいがられたので、その名を貰ったのだと、最初に言った。

「馬は、白丁の分もあるのかな？」

「あの女子も馬でござるか。なにをやらせてもよい、と月王丸様は言われたが」

見馴《みな》れぬ若い武士が、馬のそばにいた。よく見ると、直垂《ひたたれ》を着て侍烏帽子《えぼし》をつけた白丁だった。男装して踊るという白拍子が、こんなものなのか。

頼冬は苦笑いしただけで、なにも言葉はかけなかった。

十騎の行列になった。徒《かち》に合わせるためか、それほど急ぎはしなかった。街道では、めずらしい光景でもないだろう。

十人がどれほどの手練《てだ》れなのか、頼冬は道中で測ろうとしてきた。そこそこの腕の者が揃《そろ》っている。ただ、堀田竜広だけは、やはりどれほどの腕かはわからない。

「こんな戦を、しばしばされるのか、堀田殿は？」

「明を相手によくやりましたな。堀田安秋《やすあき》という、儂《わし》には父親のようだった人は、明の洪《こう》武帝《ぶてい》に殺されましたのでな。明の兵をひとり斬るごとに、父の魂を鎮《しず》める、と思ったものです」

堀田竜広の喋《しゃべ》り方は、どこか日本人と違っていた。それでも意味がとれないということはない。

「明との戦は、いまでも？」

「ほとんどありませんな。月王丸様が、話をつけておられる。明との戦は、無駄《むだ》と判断された。儂は、明を信じないが、兵が死んでいくのも困る」

「明とは、交易をされているわけですな、月王丸殿は？」

「明だけではない。南の国の物を明に売る。日本に売ることもある」

いろいろな国の、いろいろな物を動かしている、ということだろう。交易の幅が、日本で考えられているものより、ずっと大きいのかもしれない。

「竜王丸殿は、戦ができるかな？」

「できなければ、死にます」

「竜王丸殿でも？」

「みんなが等しく死ぬ。それは海では当然のことです」

一行がどこへむかっているのか、頼冬は訊《き》かなかった。漠然《ばくぜん》と、京へむかっていることがわかるだけである。それも、二日目の道中になると、よくわからなくなった。街道からそれ、山に入ったのである。

竜王丸も堀田竜広も、山での馬の扱いは巧みだった。白丁もよく付いてくる。

左京が現われたのは、二日目の夜だった。

「頼冬様が、竜王丸様と行動をともにされるとは、どういう風の吹き回しでございますかな？」

「たまたまというだけだ」

「たまたま、こういう山中まで」

「おまえとはじめて出会ったのも、どこかの山中ではなかったか。その時、私は竜王丸殿とも出会ったのだ」

「新たな刺客は、現われないようですね」

「それを確かめに来たのではあるまい」

「私はつまり、竜王丸様の後を追うような星にいるようです」

「肝心な時には、なんの役にも立たぬという星も重なっておるな」

「頼冬様は、まだ竜王丸様を斬ろうと思われますか？」

「どうかな」

「諦《あきら》められましたか？」

「そういう気持でもない。私はただ、剣をきわめたいと、いまも思っているだけだ。力や技だけではないと、なんとなくわかってきたところでな」

「それがしの知るかぎり、大変な手練れだと思いますが」

　無駄な話をしながら、左京はなにかを測ろうとしているようだった。ただ竜王丸にまつわりついているのではないらしいことが、いままでとは違う。

「もう行け、左京」

「なぜでございます？」

「おまえに、邪心を感じるからだ」

「やはり、そうでございますか。心ならずも、竜王丸様の後を追う仕事を、受けております」

「それはよい。もともと、忍びとはそうしたものであろう」

　左京の表情は、闇《やみ》に紛れてよく見えなかった。ただ、左京の心の刺し方は、暗くてもよくわかる。銭で動くと思われたくない忍び、だとわかっていれば、どういう刺し方もあろうというものだ。

「頼冬様おひとりでも、それがしを信じてくださるなら、いまの仕事は捨てます」

「無駄はするな。私におまえを信じろなど、おまえのどこから出てくる言葉なのだ」

「そうでございますか」

「忍びとして生を受けたのが、つらいか、左京？」

「夢を抱いた身を、つらいと思います」

「ならば、夢も捨てるがよかろう」

それ以上、頼冬はなにも言わず、左京に背をむけた。

「いまのが、左京という忍びですな」

気づくと、今夜の宿にしている小屋の脇《わき》に、堀田竜広が立っていた。気配は完全に殺している。

「月王丸様は、使われる気はなさそうです。儂は、ああいうのは使い方だろうと思いますが、月王丸様はお嫌《きら》いじゃ」

「竜王丸殿は？」

「さあな。疲れているのに、眠らずにおられる。忍びがどうのと、言っている時ではないのであろうよ」

「わかるのですか、眠っておられないと」

「行って、話相手でもしてくだされい。われらとは、あまり喋りたがられぬ」

小屋は二つ並んでいて、竜王丸は小さい方の小屋に供の三人といる。

寝ているとばかり思っていた竜王丸が、小屋の外でうずくまっていた。額に汗を滲《にじ》ませているのが、星明りの中でかすかに見てとれる。

「怕《こわ》いものができたようだな、竜王丸殿は？」

「怕いというのではない。なにか不安なのだ、頼冬殿」

「死が？」

「死を怖《おそ》れたことはない。いまも、怖れてはいないと思う」

「ただ不安ですか。これは厄介《やっかい》な」

「このような時に、父上はなぜ私に戦をせよと言われるのであろうか？」

「訳は訊かれなかったのか？」

「父は、訳を訊かれるのが嫌いです。きちんとした訳がある時でも」

「ならば、仕方があるまい」

「頼冬殿が、刺客に狙《ねら》われ続けている不安とも、違うと思う」

「私は、不安を感じたことはない。そういう星だ、といつも思うだけです」

「死ぬしかないのかな、私は？」

「このままなら、多分。私としては、もう一度私と立ち合えるまでに、回復してもらいたいとは思いますが」

空にあるのは星だけだった。冷えこんでいるが、竜王丸の額の汗はひいていかないようだった。

竜王丸のゆえのない不安が、頼冬にはなんとなくわかるような気がした。気がするだけで、はっきりなにかとはわからない。

翌日も、山の中を進んだ。

三里ばかり進んだところで視界が開け、湖が見えた。琵琶湖《びわこ》である。山に入った時から、京への道とはやはりかなりはずれていた。

「これからが、水軍の戦でな、頼冬殿」

堀田竜広が、まるで愉《たの》しむような口調で言った。

琵琶湖のそばに出たのは夕刻で、その時から行軍が速くなった。

夜に入ると、どこからともなく兵が集まりはじめ、いつの間にか百五十が揃っていた。みんな身軽で、具足などは付けていない。

夜半まで、葦《あし》の間に身を潜めて待った。半里ほど先の湖畔に小さな館がひとつあるだけで、ほかに人家は見えない。なんの説明もなく、堀田竜広の指示だけが飛んだ。竜王丸も、黙ってそれに従っている。

「あの館には、およそ百五十ほどの兵がいるらしい。まず、兵力は五分と五分。あそこを襲うというが、なんのためかな？」

竜王丸は、答えなかった。堀田竜広は、たえず物見を出している。その声が闇の中に低く流れるだけだった。

「ふるえているな、竜王丸殿は」

「そのようです。ふるえている自分が、不思議です。やはり、不安なのだ。ゆえもなく、不安が襲いかかってくる」

「ここでやめても、堀田殿はなにも言われますまい」

「やめぬ。やめようという気は、毛ほども起きぬ。それなのに、不安なのだ。さっきから、汗だけが出る」

「寒くてかなわぬ、と思っていたところだ、私は」

「そうなのでしょうね」

喋るたびに、竜王丸の吐く息が白く闇に浮かんだ。

堀田竜広が、そばへ来てしゃがみこんだ。

「あの館を襲います、竜王丸様」

「わかっている」

「明後日に、足利将軍があの館に来るらしいのです。先遣の警固が、すでに百五十ほど入っています。その警固隊を皆殺しにしてこいと、月王丸様に命じられております」

なぜ先遣隊を襲うのか。警固が襲われれば、将軍は遊興を中止するだろう。将軍をここへ来させないための襲撃なのか。琵琶湖に、特になにかがあるとは、頼冬には思えなかった。しかし、月王丸が無駄なことをする、とも思えない。

「それから襲うか。手順はわかっている。いつものような戦でしかあるまい」

「十名が、まず中に忍びこみます」

「確かに」

「私は、いつものように闘える」

「ならよろしいが」

「竜広、私が怯《おび》えると言うか？」

「その元気でございます。死なせてこいと月王丸様は言われましたが、儂は生きたまま連れて帰りたい」

「死なせてこいか。ならばすぐに、首を刎《は》ねればよいものを」

「自分の力で、死ななければよい。みんな同じなのです」

堀田竜広は、息子にさとすような言い方をしていた。その口調が、不意に変った。

「出発」

葦原にひそんでいた軍勢が、いっせいに動きはじめた。身を低くし、白丁も若武者姿で付いてくる。なぜ自分はこんなところにいるのかと、頼冬はふと考えた。白丁の媚術に乗ったからか。それとも、竜王丸の死まではっきり見届けたいという気持があるからか。

そういう思いも、館のそばまでだった。

不意に、館の中で火の手があがった。ほとんど同時に、門が内側から開かれた。堀田竜広の下知。遠いもののように聞える。軍勢の最後尾から、頼冬は付いていった。竜王丸は、堀田竜広の下知とともに飛び出している。

戦というより、多人数での斬り合いだった。

堀田竜広は、太刀も抜かずにそれを見守っている。頼冬は、その脇に立った。館の中庭は、燃えあがる火に照らし出されている。ひとりと太刀を合わせたまま、竜王丸が肩で息をしているのが見えた。

「腕の立つ者は、連れてきていない。だから五分五分の殺し合いになる。そう思いませんか、頼冬殿」

「すぐに結着はつきそうもない、と見ました。なぜ、堀田殿は太刀を抜かれぬ。ここに手練れがひとり入れば、まるで違ってくる」

「手練れは、ひとりおります。いまのところ、自分が手練れだということを、忘れているようだ」

竜王丸のことを言っているのだろう。あんな者に、と思う相手に、散々に押しまくられている。

長い闘いになった。敵も味方も、肩で息をしながら斬り合っている。中には、座りこんだ恰好《かっこう》で太刀を振り回している者もいた。

堀田竜広は、門を背にして立ったままだ。その後ろで、頼冬と白丁が修羅場《しゅらば》に眼を注いでいる。一度だけ、門の外に逃げようとした敵のひとりを、堀田竜広は太刀も抜かずに館の中に追い返した。その時放った気は、思わず頼冬が太刀の柄《つか》に手をかけるほど強かった。

半刻《はんとき》ほど斬り合いが続いた。立っている者の方が、すでに少なくなっている。館全体が燃えあがり、中庭は昼のように明るかった。

竜王丸が、ようやくひとりを斬り伏せた。太刀で滅多打ちにしたという感じである。

堀田竜広が下知を出した。それに従うように、十四、五名が、斬り合いをやめて門のそばに集まった。

竜王丸は、別のひとりと太刀を合わせている。そこに、敵のもうひとりが斬りかかった。竜王丸はそれをかわしたが、肩を浅く斬られたようだ。竜王丸が立ち尽した。太刀をぶらさげ、顔が隠れてしまうほど乱れた髪を、一度大きく振り回した。十四、五人が斬り合っているだけで、中庭は静かになりつつある。竜王丸を、三人が取り囲んだ。

「どう思われた、頼冬殿？」

「竜王丸殿は、自分を失っているな。かわす時は本能的にかわしているが、攻撃の太刀はただ振り回しているだけだ」

「そういうものよ。そうなる時がある」

不意に、竜王丸の雄叫《おたけ》びが、中庭に響きわたった。それには、怯懦《きょうだ》も不安もなかった。他を圧するような雄叫びで、取り囲んでいた三人は、弾かれたように三歩ほど退いた。

竜王丸の太刀が躍った。むかい合っていたひとりが、頭から胸まで斬り下げられた。いままでの太刀遣いとは、まるで違っている。躰の中に潜んでいた猛々《たけだけ》しさが、全身から噴き出してきた、と頼冬には見えた。

二人目は、腕を斬り飛ばされた。三人目の首が舞いあがる。

眼を見開き、髪をふり乱し、竜王丸はずかずかと敵に近づいていく。なにかに憑《つ》かれたような形相《ぎょうそう》だった。四人目が、また肩から腹まで斬り下げられた。飛んだ血を浴びて、竜王丸の全身はほとんど赤い。それを館の火が照らし出す。

竜王丸が、また雄叫びをあげた。走りはじめる。逃げようとしたひとりが、背中に太刀を突き立てられた。二人が絶叫をあげて襲いかかる。背中から引き抜いた太刀を、竜王丸は見事に横に払った。ひとりが胸を斬られ、返す太刀でもうひとりが頭を両断された。

残った敵は、怖れをなして逃げ回りはじめた。炎に照らされて、竜王丸はじっと次の敵を待っている。

「行け」

堀田竜広が下知を出した。門のところに集まっていた十四、五名が、再び太刀を振りかざして残った敵に襲いかかった。

勝負にもなにもならなかった。次々に敵は斬り倒され、立っている姿はもう見えなくなった。

じっと立っている竜王丸のそばへ、ようやく堀田竜広が歩み寄った。

「終りましたぞ、竜王丸様」

「そうか」

竜王丸が、うつろな視線を太刀に落とした。再びあげられた時、竜王丸の眼光はしっかりしたものになっていた。

「引揚げだ、竜広。その前に、敵のすべてに止《とど》めを刺せ。皆殺しと父上は言われたのであろう」

まだ生きている敵ののどに、次々に太刀が突き立てられている。手負って動けずにいる十人ほどの味方も、集められた。味方の胸には、竜王丸自身が太刀を突き立てていく。

「敵中に入ると、逃げることができない者は、味方でもすべて殺しておく。そのことは、殺される者もよく知っている。だから必死に闘うのだ。それが水軍の戦よ。竜王丸様が動けなければ、儂が太刀を突き立てねばならなかった」

中庭は、立っている者以外は屍体《したい》になった。館だけが、まだ勢いよく炎をあげて燃え盛っている。

「引揚げだ、竜広。しかしなぜ、この館を襲わなければならなかった？」

「ここの警固は、斯波義将の軍勢でございましてな。皆殺しに遭ったことは、足利将軍にも聞えるでありましょう」

「なるほどな。父上がなにを考えておられるか、わかった」

馬が曳《ひ》かれてきた。

「頼冬殿には、不本意な姿をお見せした」

顔の血を拭《ぬぐ》いながら、竜王丸が言った。

「どうやら、私は元の自分に戻れたようだ。これから、まだなさねばならぬことが多くある。一緒にこられるか？」

「いや、ここでお別れしよう。私も、どうやら白丁の媚術から自分を解き放つ時のようだ。いままで、自分が自分でなかったような気がする」

「そうか」

「白丁は、月王丸殿にお返し頂きたい。媚術は堪能《たんのう》したとお伝えくだされい」

「媚術？」

「そう言っていただければ、わかる」

頼冬は、軽く一礼し歩きはじめた。

背後で、竜王丸が引揚げを命じる声が聞えた。葦原の中を歩き、やがて小径《こみち》に出た。館の火は、もう遠い。

「すさまじい斬り合いでございましたな」

左京だった。

「月王丸様は、斯波義将になにか報復されようとなさったのでしょうか？」

「それを知って、どうする、左京？」

「幕府管領と、まともに争われたことになります」

報復という、単純なことではないような気がした。どうでもいい、という気分が片方にはある。こういう心持ちが、本来の自分なのだ、と頼冬は思った。

「どちらへ行かれます？」

「さあな、まだ決めてはおらぬ。またぞろ、将軍家の刺客が私を襲うかな」

「それは、いつか」

「人がどうやって、眠っている猛々しさを取り戻すか、よく見せて貰った。私がそれを取り戻せるのは、刺客が現われた時か」

星明りでも、なんとか小径を見わけることはできた。冷たい風は、まだ吹き続けている。夜明けまでは、いくらか間があった。

そばを歩いていた左京の姿は、いつの間にか消えている。

第四章　野望の庭

1

近江《おうみ》、御池嶽《おいけだけ》山中の猟師の小屋に、頼冬《よりふゆ》は三日逗留《とうりゅう》していた。伊勢との国境にほど近く、雪が道や沢まで覆《おお》い隠していた。たとえ雪がなくても、伊勢の海に出るには難渋するだろう。山は深く、けもの道に惑わされて、いつまでも抜けることができなかったに違いない。

頼冬が出会った猟師はまだ若く、ようやく濃くなりはじめた髭《ひげ》が、顎《あご》の先にひとつかみだけあった。その猟師が狙《ねら》っていた獲物を、無造作に雪の中を歩いた頼冬の気配が、追っ払うことになってしまったらしい。

詫《わ》びた頼冬に、猟師はいまいましげに舌打ちしたが、それでも気を取り直したのか、小屋へ来るように勧めたのだった。

三日の間に、頼冬は兎《うさぎ》を二羽小柄《こづか》で仕留め、鹿《しか》を一頭太刀《たち》で突き殺した。

「すごい腕じゃ、罠《わな》も使わずに、木の上から飛び降りざまに突くとはな。大抵は、突いても骨に弾き返されるもんだ」

鬼若《おにわか》という猟師は、罠に獲物を追いこむ狩をよくやるようだ。驚くほどの速さで、雪の中を駈《か》けた。三日の間に、猪《いのしし》を三頭と鹿を二頭仕留めたのである。剝《は》いだ皮は、まとめて国境のむこうにある家に運び、ほかの者が売りに行くのだという。

「おまえが獲物を罠に追いこむ呼吸こそ、見事ではないか。私は、運よく鹿に出会ったというにすぎぬ」

「太刀では突けんのじゃ。けものの躰《からだ》は、たやすく太刀で貫くことはできん」

「それも、運かな」

言って笑ったが、けもの道の上の大木の梢《こずえ》で気配を殺していた頼冬には、鹿のどこを突けば仕留められるか、なぜかよく見えていたのだった。鹿を突き殺したことがあるわけではない。鹿の背中に、命の道の入口のようなものが見えたのだ。それはほんとうに道のようで、首の付け根のところから、鹿の躰の奥深くへ続いていた。頼冬は、その道に太刀を突き通しただけである。鹿はなにが起きたかわからないように、束《つか》の間《ま》立ち尽し、前脚を折ると横に倒れた。啼声《なきごえ》すら、あげはしなかったのである。

「おかしな侍だな、あんた。俺《おれ》はもう、首を掻《か》くのはやめにした」

「諦《あきら》めることはあるまい。恨みはせぬぞ」

鬼若が自分の首を狙っているのを、頼冬は最初の晩から気づいていた。特に警戒はしなかった。寝首を掻かれれば、それは未熟だということだ。

「隙《すき》はある。それは俺にもわかる。隙だらけと言ってもいいわい。それなのに、俺が動こうとすると、隙がなくなるような気がする。ほんとうに隙がなくなっているのかどうか、よくわからぬ。案外たやすく首を掻けるかもしれぬと思っても、動く気がどうしても起きてこぬ。はじめてじゃな、こんなことは」

小屋の中は焚火《たきび》がひとつあるだけで、夜はそれを挟《はさ》むようにして眠っていた。

「これまでも、山中に迷いこんできた旅人の首を掻いたことがあるのか？」

「五人ばかりの首を掻いたぞ。みんなここに、泊めてくれと言ってやってきた者だ。太刀がいくらかで売れただけだ」

蓑《みの》のように身にまとった毛皮をとると、鬼若の躰は小さく引きしまっていて、いかにも敏捷《びんしょう》そうだった。眼には猛禽《もうきん》のような鋭さがあるが、笑うと幼い表情になる。

「こんな山中で首を掻かれた者は、けものの餌《えさ》になるのか？」

「まあ、そうだな。鳥が腸《はらわた》をくわえていくところを見たことがある。大きな戦があれば、もっと沢山の者が山に入ってくるそうだ。いまは、そんなことはないが」

頼冬は、逗留する時いつもやるように、小屋のそばの橅《ぶな》の木で木刀を一本作っていた。

鬼若が、それを握って頼冬に突きつけるように構えた。

「こんなもんを、一刻《いっとき》以上も振り続ける。つまらぬな。俺にはわからん。ただ、あんたが強いということはわかるが」

「山の中では、おまえに負ける」

「のんびりしているところを見ると、あんた逃げているんじゃないな。迷ったわけでもなさそうだし、なぜこんなところを歩いていた。山を知らぬ者が歩けば、死ぬかもしれぬところだぞ」

「旅の途次だ」

「どこへの？」

「行先がなければ、旅ではないのか？」

「おかしな侍だ、まったく。まあいい。俺は強い男は嫌《きら》いではない」

　夜になると、雪がすべての音を吸いこむように消してしまう。焚火の熾《おき》が崩れる音が、時々聞えるだけだ。こういう静けさを、頼冬は好んだことがない。ただ、好ましくない場所に身を置くのも、時にはいいと思っている。波の音などを聞いていると、自分が落ち着きすぎてしまう、という思いもある。

　鬼若が小屋を飛び出していったのは、次の日の朝だった。どこへ行ったのかわからないが、しばらくすると七、八人の男たちと一緒に戻ってきた。みんな、毛皮をまとった猟師の風体である。

「戦をせねばならん。祖父《じい》さまからのお達しだ。山に攻めてくる軍勢を引き回し、自分たちがどこにいるのか、わからなくしてしまうのよ」

「鬼若」

年嵩《としかさ》の、顔半分が髭に覆われた男が、たしなめるように言った。鬼若は、小太刀に長い柄を付けたような得物《えもの》を持っている。それは、堺《さかい》の河原人たちの得物より長いが、どこか似ていた。

「客人。鬼若が客人と言ったので、そう呼ばせてもらう。この山に軍勢が入ってくる。儂《わし》らはそれを追い払うのよ。それほどの時はかからぬ。見ないようにしていてくれるか」

「この人数で、軍勢を相手にするのか？」

「山の方々に、五人十人といて、合わせれば五百にもなろう。それは儂らだけで、ほかの山の者も集まれば、二千にも三千にもなる。近江や伊勢や伊賀や大和。それだけでだ。日本のどこの山にも、儂らのような者がおる。全部集まれば二万にも三万にもなる」

山の民と呼ばれる者たちなのだろう。かつては、戦の中に組み入れられたこともあったというが、いまはもう山の民が活躍できる戦などないのだろう。それでもひっそりと、山の中で生き続けてきたのか。

「山は、昔から儂らのものだ。儂らが田や畠《はたけ》を荒らさぬように、儂らも山を荒らされたくないのだ」

「私は、いないとでも思ってもらおう。私の身になにかが降りかかってこないかぎり、私はなにも見ぬし、なにもせぬ」

男が、ちょっと首を傾《かし》げるようにして、焚火のそばの頼冬を見つめた。

「鹿を、太刀で殺したというが。斬《き》るのではなく、ひと突きで。これまでに、鹿を殺したことは？」

「ない」

「信じられぬな。ひと突きで倒すには、銭ほどもないところから、心の臓を貫かねばならんのだぞ」

「運がよかったのであろう」

男が、また首を傾げた。なにか言いかけたが、物見に出ていたらしいひとりが戻ってきた。男が合図をする。八人が、雪の中に消えていった。

どれほどの時を、焚火のそばで過したのか、頼冬にはよくわからなかった。途中でうとうとしたようだ。焚火は、小さな熾だけになっている。

山全体を、強い気配が覆っていた。人が殺し合っている気配だろう、と頼冬は思った。けものの気配にも似ているが、どこか邪悪なものがある。そしてその気配は、次第に小屋に近づきつつあった。

その気配が、小屋のすぐ前まで迫ってきても、頼冬は焚火のそばを動かなかった。鬼若の仲間たちが斬り立てられているようだ。

小屋の中に、鬼若が飛びこんできた。肩に浅傷《あさで》を受け、すでに得物も捨ててしまっていた。

「助けてくれ、客人」

「なにも見ぬし、なにもせぬ。そう言ったではないか」

「強いやつがいる。もう六人斬られた。強いのは大将ひとりだ。そいつが、六人とも斬った」

「なにも見えぬな」

小屋の戸口を、武士の姿が走った。七人目も斬られたようだ。頼冬が腰をあげたのは、戸口をよぎった武士の姿に、憶《おぼ》えがあるような気がしたからだった。

戸口に立った頼冬を、およそ十四、五名の武士が取り囲んだ。甲冑《かっちゅう》が触れ合って小さな音をたてている。雪は踏み荒らされ、点々と赤い染《し》みが散らばっていた。

正面に立った武士は、大野武峰《たけみね》だった。血刀をぶらさげ、息遣《いきづか》いさえ乱していない。

「ようやく、出てきたな。おぬしの顔には憶えがある。やはり、行列を襲ったのは月王丸《つきおうまる》の軍勢どもか」

「なにかの間違いであろう。私は、猟師の鬼若という者の客にすぎぬ」

「野伏《のぶせ》りどもが山狩りの邪魔をする。それも、おぬしを見て合点ができた。水軍の次には、山賊、野伏りを動かすつもりか、月王丸は。海のようにはいかぬぞ。陸には儂がいる」
十五、六名の中から、大野武峰だけが数歩出てきている。頼冬は、慎重に間合を測った。
あと三歩。それで太刀は届く。

大野武峰が一歩踏み出すのと同時に、頼冬は太刀を鞘走《さやばし》らせた。

「手を出すな」

色めきたった十四、五名の武士に、大野武峰が落ち着いた声で言った。

「幕府管領《かんれい》の軍勢が、山の民を殺し尽そうというのかな。考えた方がいいかもしれぬぞ。敵に回せば面倒な相手だ」

「無闇《むやみ》に斬ろうとは思わぬが、山狩りの邪魔をしたのでな」

言葉を投げかけながら、お互いになにかを測っていた。それも終った。構えた太刀と太刀があるだけだ。

大野武峰の構えには、さすがに一分の隙もなかった。潮合を待つしかない。ぶつかり合った時、勝敗は決しているだろう。どちらが立っているかは、腕以外のなにかが決めそうな気さえする。

地響きが起きた。それでも、頼冬も大野武峰も心気を乱さなかった。ただ、取り囲んだ武士たちの間に動揺が走ったようだ。

周囲の木から、一斉《いっせい》に雪が落ちたようだ。大野武峰が、二、三歩退いた。斬りこむ隙はなかった。頼冬は太刀を下げた。

「そろそろ、軍勢を引揚げていただけませぬか、大野武峰様」

樹間から、若者の姿が現われて言った。頼冬と大して変らないだろう。態度は堂々としていた。

「おまえが、この山の長《おさ》か？」

「いいえ。長に命じられて、出てきております。これ以上奥までは、お入れできませんのじゃ」

「木の上に、二、三十の射手を配置しておるな。それでわれらが怯《ひる》むとでも考えているのか？」

「大野武峰様が、十四、五名の供回りのみで、ここまで深く山に入られるなどとは考えておりません。すぐ後ろには、二百ほどの軍勢が控え、回りこむように横に百ほどもおります。山狩りの軍勢すべてでは、三千にも達しましょう。われらにかなうはずもありません。しかしながら、これ以上山にはお入れできません」

「われらが、軍勢だからか？」

「何人《なんぴと》たりと、長の命《めい》がないかぎりは」

「ふむ、死んでもわれらを止める、と覚悟を決めているようだな」

青年の表情は動かなかった。木の上に二、三十。遠巻きにするようにして、四、五百。

それがこの山の者たちの、全勢力なのか。大野武峰が三千の兵を抱えているというのは、ほんとうだろう。

「これ以上は、無駄《むだ》か」

「われらが潰《つぶ》れれば、次の五百。それが潰れれば、さらに五百。それでも大野様の軍勢はこれ以上一歩も奥へは入れません」

「わかった。山に散っている兵をまとめるとしようか」

「山は、戦場よりも危険かもしれません。なにゆえ、大将の大野様が先頭に立たれます？」

「そうしたい時もある」

大野武峰が連れている武士の中で、ひとりだけ太刀も抜いていない者がいることに、頼冬は気づいた。甲冑で身を固め、頬当てまでつけていて顔は見えないが、斯波義教《しばよしのり》だと頼冬にはわかった。まるで覇気《はき》というものが感じられない。人形が甲冑をつけているようだ。大野武峰が斯波義教を連れて先頭に立っていた意味が、頼冬にはなんとなくわかる気もした。斯波義教もまた、竜王丸と同じように、修羅場《しゅらば》で取り戻さなければならないものが、多分あるのだろう。

「ところで、引揚げるにしたところで、この御仁との結着はつけさせて貰《もら》いたいのだが」

「なぜでございます？」

「われらが追っている者どもの仲間のひとり、ということは間違いなさそうなのでな」

「もう三日も、鬼若という者の客人であられます。麓《ふもと》の騒ぎに関《かか》わっておられるとも思えませんが」

「顔を知っているのだ。多分、お互いにな」

大野武峰と眼が合った。頼冬はそらさず、といって視線に気を籠《こ》めるでもなかった。大野武峰の眼も、どこか悲しげだった。

「私に異存はない、大野武峰殿。私が月王丸殿の船にいたのは、偶然なのだがな」

月王丸と船という言葉で、斯波義教は膝《ひざ》を折りそうになった。

「それがしにお止めいたすいわれはないのですが、すぐに結着がつく勝負とも見えません。後日ということになされませんか」

斯波義教は、さりげなく脇《わき》の武士に躰を支えられている。大野武峰が、なにかを振りきるように、太刀を鞘に収めた。

「名だけ、訊《き》いておきたい」

「来海《くるみ》頼冬と申す」

「なに」

大野武峰の視線が、束の間頼冬の顔に突き刺さってきた。

「来海頼冬殿でございますな」

一礼し、大野武峰は引揚げの合図を出した。

気づくと、老人がひとり、小屋の中で鬼若を打ち据《す》えていた。頼冬が削った、丸太ほどもある橅の木の木刀を、容赦なく鬼若の躰に叩《たた》きつけているのだった。鬼若はすでに気を失っていて、呻《うめ》きさえもあげていない。殺すまで打とうという、老人の意志ははっきり感じ取れた。

誰も止めようとしないので、頼冬は小屋へ入り、木刀の端を摑《つか》んだ。

「邪魔をするな。なぜ、邪魔をする」

「私は、三日もこの鬼若の世話になったのでな。見過すことはできぬ」

「こいつの命は、儂のもんじゃ」

「岩首《いわくび》」

青年の声がすると、老人の動きは止まった。

「鬼若は、命を拾った。そう思うことにしよう。それ以上、打つ必要はない」

青年の姿は、すぐに消えた。木の上にいた射手の姿も、いつの間にか消えている。小屋の中は、岩首と呼ばれた老人と鬼若と頼冬だけになった。小屋のそばで斬られた者の屍体《したい》も、いつの間にか片づけられている。

「しかし、容赦なく打つものだ。せっかく生き延びた者を、なぜ殺そうとする」

「死ぬのが仕事の時は、黙って死ねばよいんじゃ。儂の孫であることも忘れて、臆病《おくびょう》風に吹かれおった」

「ほう、鬼若は孫だったのか」

孫だからこそ、鬼若が生き延びたのを放置できなかったのかもしれない。人が集まるところには、掟《おきて》ができる。

「命を拾った、とあの男も言った」

鬼若の躰に、頼冬はちょっと触れてみた。かなりひどい。これが躰の外側だけだったら、気力次第で動けるだろう。躰の奥深くに達していたら、苦しんで死ぬ。

「躰を冷やしてやれ。丸一日は動かさぬ方がよいだろう」

「山で暮す者には、山のやり方がある。薬草の蓄えもあるわ」

「なるほどな」

頼冬は焚火のそばに腰を降ろした。

岩首はどこかへ出て行き、しばらく戻らなかった。息を吹き返した鬼若が、不意に泣きはじめた。痛みで、躰は動かせないようだ。黙って眺《なが》めていると、やがて鬼若は泣くのをやめ、首だけ回して頼冬の方を見た。

「俺はあんたに、助けてくれと言っちまった」

「そして、助けてやった。放っておけば、大野武峰に斬り捨てられたろうな」

「大野武峰というのか、あの大将は。強い。見ただけで躰がふるえた。山で熊《くま》に出会《でお》うても、ふるえたこともない俺がだ」

「おまえひとりが、逃げ回ったようだな」

鬼若も弱くはない。だから、大野武峰の強さがわかったのかもしれない。それに大野武峰は、斯波義教を連れていた。大野武峰にとっても、修羅場だったのだろう。

岩首が戻ってきた。なにも言わず、薬草を使って鬼若の躰の手当てをはじめた。その手つきは、孫の躰をいたわる祖父そのものだった。

それが終ると、皮を剝いだ兎を焚火にかけた。やはり、なにも言わない。薬草が効いてきたのか、鬼若は眠ったようだった。

「山の民は、山の民であることとの方が、血の繋《つな》がりよりも大事なのか、岩首？」

「山の民であるから、血の繋がりも守っていける。儂はそう思っておる」

「死ねと言われたら、死ぬか」

「山を守らねば、山の民もないでな」

「武士も、同じようなものかな。山が、領地に変ったというだけかもしれん」

「武士は、武士同士で争えばよい。山の民に、争いはないわ」

「道を持っている、と聞いたことがあるが」

「ああ、物を運ぶ。狩だけが山の民の仕事ではない。物以外にも、人を運ぶこともある。引受けたら、やり通すのが仕事というものであろう」

「それで、月王丸殿の軍勢も運んだのか？」

「軍勢は運ばぬ。武士の争いに加わることになるのでな」

「兵糧《ひょうろう》は運ぶであろう。それも立派な戦ではないか」

「難しいことは、長が決める。儂は、このあたりだけをまとめている」

兎の肉が、いい匂《にお》いをたてはじめていた。岩首は、小太刀で兎を見事に三つに切り分けた。そのひとつを枝に刺し、頼冬に差し出してくる。

「焼けたところから、食ろうていくのじゃ。けものの肉は、焼きすぎると固くなる。焼きながら食えばよい」

言われた通りにした。岩首も肉に食らいついている。鬼若の肉だけが、枝に刺されて焚火のそばにつき立てられていた。焼けたところを食うと、頼冬は肉を火に翳《かざ》した。脂《あぶら》が火の中に滴《したた》り、じゅうじゅうと音をたてた。

「礼は言っておかねばなるまいな。鬼若の命を助けてもらった」

皺《しわ》の深い岩首の顔の中で、口のまわりだけが脂にまみれ、焚火の火を照り返して輝いていた。

「筋合いではない。鬼若の運が強かったというだけであろう」

肉の焼けたところに、よく息を吹きかけてから、頼冬は口を近づけた。

2

二日で、足を引き摺《ず》りながらも、鬼若は歩けるようになった。

鬼若と頼冬の世話をするために、見奈《みな》という女がやってきていた。鬼若の妹らしい。色の白い小柄《こがら》な女だった。十五だという。

朝餉《あさげ》、夕餉の仕度をし、鬼若の薬草を代え、風が吹きこむ小屋の壁を枯草で巧みに塞《ふさ》ぎ、何日分もの薪を集めてきた。頼冬の直垂《ひたたれ》まで繕《つくろ》うのである。

二日目の夕刻、兎を獲《と》って戻ってくると、小屋の中にいつもとは違う気配があった。仰むけの鬼若の躰に、見奈の白い躰が乗っていたのだった。

「けものの真似《まね》を、見られてしまった。けものの雌でよければ、好きにしてよいぞ」

鬼若が言う。入ってきた頼冬を見ても、見奈は鬼若の躰からすぐに降りようとはしなかった。その見奈を弾き飛ばすように横に放り出し、上体を起こした鬼若は頼冬を見あげてにやりと笑った。

「まことの妹ではない、と思っておるな。間違いなく妹だ。俺が十六で、こいつが十三の時から、ずっとこうだ。誰も知らぬ。隠しに隠してきたからな。だが、もうどうでもよくなった。山がなんだというんじゃ。俺は、こんなところで朽ち果てたくはない」

「なぜ、それを私に言う。私は、通りすがりの者にすぎぬ」

「あんたは、俺がこの山を出るとっかかりになるような気がする」

見奈が、ようやく筵《むしろ》の上の着物を引き寄せた。顔から痴呆《ちほう》のような表情が消え、恥じらいを取り戻していた。

「妹はどうする気だ？」

「だから、あんたにやる。俺をこの山から出してくれる、礼みたいなもんじゃ。役に立つぞ、こいつは。面倒になれば、売って銭にすればよいし」

「山から出ていく男は多いのか？」

「いや。俺が知っているだけで、二人だ。二人とも、三年も経《た》たずに戻ってきた。山の下は面白そうだと思って、ふらふらと出ていったやつらだったからな」

頼冬は太刀を置き、焚火のそばの筵に腰を降ろした。見奈が着物で前を隠して外へ飛び出し、きちんと着こんでから戻ってきた。鬼若は素っ裸のままだ。岩首に打擲《ちょうちゃく》された痕《あと》が、濃い痣《あざ》となって残っている。

「なにがおかしい？」

頼冬が口もとで笑うと、鬼若は眉《まゆ》を吊《つ》りあげた。

「山から出るのに、関を破らなければならぬわけでもあるまい。なぜ、おまえひとりで出ていこうとせぬ？」

「とっかかりじゃ。あんたは俺の、山以外の世界とのとっかかりじゃ」

「当てにはならぬ」

「俺がそうしたいと思っている。そんな気がしてきているのだ」

「私の家来にでもなる気か？」

「俺は、誰の家来にもならん。どこへ行く当ても、あんたにはあるまい。とりあえず一緒にどこかへ行って、まず銭を作ろう。それから、なにかはじめればよい」

「私は、銭に心を動かしたことはない。作らなくても、なんとなく銭はいつも懐《ふところ》に入ってきた」

見奈が、焚火に鍋《なべ》をかけた。野草の入った粥《かゆ》である。雪の下には、野草の芽が出ているのか。

「おまえも、兄と一緒に山を降りたいのか？」

見奈はただうつむいて、頼冬の眼を見ようとはしなかった。

「山を降りて、兄者と一緒に暮したいか？」

「山を降りれば、女子はいくらでもおる。男もな。なにも、兄妹で暮すこともない」

「それは、山も同じであろう、鬼若」

「山にいれば、老いぼれていくだけよ、祖父さまのようにな」

それきり、鬼若も黙りこんだ。

ひと晩雪が降ったので、小屋の外の乱闘の跡はきれいに消えている。頼冬はこの二日間、山の中を駈け回り、太刀の峰で兎を打って捕えていた。追ってみると、兎は下りに弱いのだということがわかる。きのうは二羽、今日は四羽を捕えた。見奈の皮剝ぎの手際《てぎわ》は立派なものだった。三人で食う分以外の肉は、どこかへ持って行っているようだ。

　不意に、鬼若が裸のまま立ちあがった。

「おまえの仲間ではなさそうだな」

　頼冬は言った。人の気配が近づいてきているのである。警戒すべき害意は、頼冬には感じられなかった。鬼若は、小屋の壁にかけた得物に手をのばしている。

「来海頼冬様、お客人をひとりお連れいたしました」

　意外に近くから声が聞えたので、鬼若は驚いたようだった。左京の声である。得物に手をかけた鬼若を制して、頼冬は外へ出た。

　客人は、若い従者をひとり連れた今川仲秋《なかあき》だった。左京の案内で、遮《さえぎ》られることもなく山へ入れたらしい。若い従者にも、淡路島の波木《なみき》屋敷の前で会っていた。

「どうしても頼冬殿に会って、訊いておかねばならぬ、と思いましてな」

「今川殿。私は、なんの目的もなくただ生きている。政事《まつりごと》について考えたこともなければ、戦について考えたこともない。このような山中まで、無駄足をなさいましたな」

「無駄足かどうかは、話してみなければわかりませんぞ」

　時々、枝から雪が落ちるだけで、ほかにもの音はなかった。今川仲秋は、じっと頼冬を見つめている。長い時間だった。見返すという気もなく、頼冬は今川仲秋に視線をむけていた。

「月王丸殿の船におられたようですな。竜王丸殿と斯波義教殿の交換の時に。将軍家がお忍びの予定であった琵琶湖《びわこ》のそばの館《やかた》を襲った軍勢にも加わっておられた。それからどこかへ姿を消されたと思ったら、この山中で大野武峰を迎え撃たれた」

「すべて、成行《なりゆき》ですな」

「それだけではない、と思わざるを得ません。貴殿がなにをやられる気なのか。来海頼冬のままでおられるつもりなのか。それとも足利《あしかが》頼冬となろうと考えておられるのか。それも訊きたいが、まず月王丸殿のことからはじめたい。月王丸殿は、この国に戦を起こすおつもりか？」

「それは、月王丸殿に訊かれればよかろう」

「そうしたいのだ。だから、月王丸殿に会わせてくれと頼みに来た」

「左京は、月王丸殿には近づけぬか。それで私に」

「玄界灘《げんかいなだ》で水軍の動きが激しいと、九州から知らせが入った。兄は、あまりものに動じない男だが、それがいたく月王丸殿の動きを気にしておりましてな。もし万一月王丸殿が九州に攻め寄せるとなると、これは高麗《こうらい》や明《みん》の勢力まで巻きこんでいるであろう。つまり外敵との戦ということになります。外敵との戦がどういう悲劇を見るか、われらは元寇《げんこう》の折りに学んだはず」

「それも、月王丸殿に訊かれることだ」

「会わせていただけるのですな、月王丸殿に」

「私がまた、あの御仁に会うことができるかどうかもわからぬのに」

「会おうという気になられれば、いつでも会えるはず」

「その気になるかどうか。流されるようにしか、生きておりませんのでな」

頼冬は笑ったが、今川仲秋は笑わなかった。眼の強い光は、頼冬にむけられたままだ。話によっては、斬る気で来たのか、と頼冬は感じた。それも悪くない。その場その場の斬り合いを抜けて、自分は偶然にいまも生きている。心の底には、いつもそういう思いがある。

「月王丸殿が攻め寄せるとしても元寇の折りのような、大軍で攻めるなどということはなされますまい。日本の、ある勢力と結びつき、国内の戦も起こそうとされるはずじゃ。それが軍略というものではござらぬか。その時、担《かつ》ぐ人間が誰かということです。足利尊氏《たかうじ》公の孫で、将軍家の従弟《いとこ》。足利頼冬殿を担ぐことは、他の大名と結ぶのとは較《くら》べものにならぬほど、強い衝撃をこの国に与えます」

「月王丸殿は、なにゆえこの国に攻め寄せなければなりませんのか？」

「それは、前征西将軍宮の抱かれた夢を、実現するためかも」

「つまり、親の恨みを晴らすということですか。私には、そのような人物には思えなかったが」

「日本という国の、王になるという野望は？」

「笑止な」

「考えれば、そこまで考えられるということです。儂は、月王丸殿に会うことによって、それらのすべてを自分で確かめたい」

「それに、私を巻きこまないでいただきたいものですな」

「来海頼冬として、九州へ来られませぬか。兄は、それなりの遇し方をするでありましょう」

「いやだと言ったら、斬ろうというおつもりか？」

　ぶつかり合った視線が、束の間凍りついたようになった。それに敏感に反応したのは、今川仲秋の従者だった。二歩踏みこみ、横に回りこむ構えをとった。

「直久」

　軽くたしなめ、今川仲秋は口もとを綻《ほころ》ばせた。背後に立った左京にも、なにか合図を送ったようだ。

「斬り合う時は、二人きりで斬り合いましょう。しかしまだ、斬り合うには早すぎる。理由もない」

「剣を抜くことを、ためらう生き方はしてこなかった」

「竜王丸殿を斬ることに、ためらいを覚えられた、と儂は見ておりましたがな」

「竜王丸殿も、変った。まことの姿が見えてきた、と申した方がいいかもしれぬが」

「斯波義教殿は、さながら廃人のごとくだという。大野武峰殿が預かって、なんとか立ち直らせようとしておられるようだが」

躰は殺せぬので、心を殺した。月王丸はそう言っていた。返されてきた竜王丸も、心を殺されかかっていたと言っていい。

「言ってしまうが、頼冬殿」

今川仲秋が、はじめて頼冬から視線をそらし、足もとの雪に眼をやった。

「月王丸殿は、兄と結ぼうとは考えておられぬだろうか？」

「九州探題と」

「いままでのところ、月王丸殿の動きのすべては、幕府管領にむけられているような気がする。斯波義将《よしまさ》殿も、それを感じて竜王丸殿を捕えたのかもしれぬ。琵琶湖の館の警固についたのも管領の軍勢であったし、先日襲われた将軍家の先駆けの行列も、警固は管領の軍勢であった。かなり後方に大野武峰殿の軍勢がいたところを見ると、襲われるのを待っていたとも思える。山に逃げこむ以外に、月王丸殿の軍勢が助かる道はなかった」

「ほう、月王丸殿が罠《わな》に落ちたか」

「しかとはわからぬが、わかっていることを合わせて考えると、月王丸殿は管領に挑《いど》んでいるとしか思えぬのです。将軍と管領。それに対立するように、前管領の細川頼之《よりゆき》殿と九州探題がおる。月王丸殿が九州探題と結ぶことが、絵空事ではないような気もする」

斯波義将と細川頼之の争いは、所詮《しょせん》幕府内での争いである。今川仲秋が言うことが、いかにも突飛だということは、頼冬にもわかる。しかし、今川仲秋の眼は、鋭いというより悲しげな感じがするほどだった。

「馬《ば》鹿《か》げた考えと、頼冬殿は笑われるかもしれぬ。しかし、九州探題はきわどいところに立たされているのです。細川頼之殿の後楯《うしろだて》がないいま、大内や畠山《はたけやま》は博多の交易のあがりに眼をつけている。斯波義将殿は、もっと強い決意で、九州を思うままにしようと思っておられるであろう。そして将軍家も」

「なるほど。月王丸殿と組めば、将軍家や管領にも対抗できる力が九州に生まれるのですな」

「それに、足利頼冬殿が加われば」

「幕府に思うところのある大大名も集められる。この国を二分する戦をはじめようというわけですか」

「兄が九州探題を追われる。それを避けたい。儂の言っていることは、すべて私心です。それは交易の利のために博多を欲しがっている斯波義将殿をはじめとする、大大名も同じであろう。そして、月王丸殿も」

「私には、そういう思いはありませんな」

「父、足利直冬《ただふゆ》殿の無念を、思い出されるとよい」

「父は父の星。私は私の星。顔も知らぬ父だからそう言うのではなく、人はそれでいいと私は思っているのです」

「それにしては、月王丸殿と深く関わっておられませぬか」

「成行ですな。竜王丸殿に会い、関心を持ってしまった。それだけのことです」

「これからは？」

「やはり、成行ですな」

「月王丸殿に、一度会わせていただくだけでもよい」

「左京を使っておられるではありませんか」

「なぜか、月王丸殿に対してだけは、ひどく怯《おび》えるようなのです」

「人の心を捨てきれぬ忍びか」

「頼冬殿」

「私は、大内家の家臣として生を受けた。来海頼冬として、育ってきた。ある時、唐突に足利頼冬であることを知らされた。刺客に襲われるようになった。血とはなにか、その時はじめて考えた。いまも、考え続けております。私は今川殿にも、月王丸殿や竜王丸殿にも、ひとりの名のない男として接していきたい。このところ、そんな気持になってきています」

「それでも、貴殿は足利頼冬殿です。足利の血を受けているがゆえに、貴殿を担ごうとする者がいるでしょうし、刺客もまた現われるでしょう。それは、貴殿の意志とは関係なく、そうなってしまうのです」

「自分の星がある、ということもわかっています」

今川仲秋が、また頼冬に強い視線をむけてきた。頼冬は笑いかけた。刺客に襲われはじめた時から、おのが血を呪《のろ》った。暗い業念《ごうねん》にとらわれて数年を生きてきたのだ、ということがいくらかわかってきた。それでも、暗さそのものは心から消えていかない。

「儂は、細川頼之殿と賭《か》けをした。竜王丸殿を斬るか斬らぬかでな。そして、斬ってはならぬことになった。細川頼之殿が、気紛《きまぐ》れにそういう賭けをされたとは思わぬ。なにか考えることがおありだったのだろうと思います。事実、竜王丸殿の背後には月王丸殿がいて、竜王丸殿を捕えた斯波義将殿とは、御存知《ごぞんじ》の通りの対立です」

「もうよしませんか、今川仲秋殿。その小屋は鬼若という猟師のものだが、兎の肉ならいつでもあります。そろそろ陽も暮れる。明日の朝、発《た》たれればよろしかろう」

「お言葉に甘えますかな。雪明りがあると言っても、夜を通して歩くのはやりきれぬと思っていたところです」

鬼若が小屋から出てきたようだ。左京となにか喋《しゃべ》っている。鬼若の言葉ははっきり聞きとれたが、左京がなにを喋っているかはわからなかった。

焚火で、兎の肉が焼かれた。今川仲秋と従者の安富直久は、獣肉に馴染《なじ》めないようだったが、顔を顰《しか》めながらも口には入れている。左京は、まったく気にしていないようだ。

「どこへ行かれるおつもりであった、頼冬殿は？」

粥と兎の肉の夕餉を終えた時、外はもう暗くなっていた。今川仲秋は、火を前にしてようやくくつろぎはじめたようだ。

「どこと決めて歩いたことはありませんでな」

「それでも、月王丸殿の軍勢が逃げこんだ山におられ、大野武峰殿と対峙《たいじ》された。めぐり合わせをお感じになりませんか？」

「そういうものでしょう、生きているということは」

「儂と会ったのも、そういうことですかな」

鬼若と左京は、小屋の入口のところに控えていた。見奈が焚火に気を配っている。

「九州探題となった兄について、九州へ行ったのは、もうどれほど前であったかな。前征西将軍宮と菊池武光《たけみつ》は、われらの前を遮る岩のようであった。儂は若く、戦一途《いちず》であったが、兄は征西府とぶつかり合っていいものか、しばしば考えたようです。菊池武光が病に倒れることがなければ、勝ちを望めなかったでありましょうし」

「征西将軍宮が抱かれた夢は、九州を新しい国家にするということだったのですか？」

「多分。そういう夢を潰してもいいのかと、兄は絶えず考え続けていたのだと思います」

「月王丸殿が、その夢を受け継いでおられると？」

「そうとも思えぬ。九州には菊池武朝《たけとも》がいるが、結んだという気配はない。ほかの南朝勢力とも、結んではおらぬな。月王丸殿の意図が、儂には見えてこないのです。だから、さまざまなことを考えてしまう」

「淡路島の波木殿と竜王丸殿が会われた、というのはどういうことだったのでしょう」

安富直久が口を挟《はさ》んだ。あそこには寿々《すず》がいる、と頼冬はふと思い出した。今川仲秋が、それを知っているのかどうかはわからない。

「波木殿か」

「現に南朝方で闘っている武将とは会わず、なにゆえ波木殿なのでしょうか？」

「そこに、なにかあるかもしれぬな、直久。それなら細川頼之殿や兄上が考えてくださるであろう」

　今川仲秋は、くつろいだせいか眼のまわりに疲れを滲《にじ》ませはじめていた。すでに四十にはなっているだろう。九州探題今川了俊が、水島の陣に島津、大友、少弐《しょうに》という九州の有力守護を招いた時、少弐冬資《ふゆすけ》をいきなり斬り殺したのは、今川仲秋だったという。それによって島津、大友は離反したが、博多の支配権は九州探題のものとなった。

あの時のような激しさを、今川仲秋は失っているようだった。それに替えるように、忍耐強さは身につけたと頼冬には思える。

「戦で生涯《しょうがい》を終えるであろう、と儂は思っていた。人と人は、それだけでは済まぬということが、ようやくわかってきた。頼冬殿も、いずれそれがわかられるであろう」

「生涯を剣に賭けようと思っていることを、言われているのですか？」

「わからぬ。ただ、お命は大事にしていただきたい。なぜか、そう思います。頼冬殿に、どこかで惹《ひ》かれているのかもしれませんな」

今川仲秋が笑った。はじめて見る笑顔であるような気がした。そして笑顔の中には、頼冬が知らぬ疲れのようなものが、やはり色濃く滲み出していた。

「休みませぬか、仲秋殿」

「そうですな」

見奈が、筵《むしろ》を敷き直しはじめた。鬼若は、左京と二人で小屋を出ていった。

3

堺から北へ二里、難波の小さな宿に入った。

鬼若と見奈を連れた、三人の旅である。再び堺の近くまで戻ってきたのは、鬼若が蓄えた毛皮が、難波では売れそうだったからである。伊勢や京の河原人に売ると、山の仲間の縄張《なわば》りを荒らすことになる。難波の河原人とは、左京を通して話をつけたようだ。

祖父のところへ持っていくのとは別に、三年も前から鬼若は上質の毛皮を蓄えていたようだった。一度では運びきれず、高く売れそうな数枚だけをまず持ってきた。折烏帽子《おりえぼし》を被《かぶ》った鬼若はいかにも窮屈そうだったが、古い単衣《ひとえ》をまとった見奈は、どこか楚々《そそ》として嬉《うれ》しそうだった。すべて左京が整えたものらしい。

翌日には、小さな家に移り、二度に分けて鬼若が運んできた残りの毛皮も、すべて銭になっていた。鬼若が、なぜひとりで山を降りたがらなかったのか、難波に入ってすぐに頼冬にはわかった。烏帽子をつけた人々の生活について、まったく知らないのだ。ひとりで降りてくれれば、河原人の中に紛れこむしかなく、それは山での暮しを大きく変えることにはならないのだった。

「俺《おれ》は、武士になるのはごめんじゃ。どうせ誰かの家来になって、戦があれば出なければならん。負けた武士がどんなもんか、山に逃げてきた者らを見ればわかる」

日本を二つに割って、南朝と北朝が闘っていた時代は過ぎた。南朝の衰微は、もはや挽《ばん》回《かい》しようもないところまでいっているだろう。それでも、戦がなくなってしまったわけではない。守護同士が争ったり、幕府への叛乱《はんらん》は規模の差こそあれ、各地で続発している。

頼冬は、鬼若がこれからどう生きていくのか、見てみたいような気持になっていた。考えようによっては、自分よりも生き方の下手な若者だと言ってもいい。

「銭だ。銭を手に入れる。この家も、銭があったから、左京殿が手に入れてくれた。左京殿も、銭で動くのだ」

「毛皮を手に入れるためには、山に入らねばなるまいが」

「あんたなどの知らんものが、山にはいくらでもある。俺は水銀を掘り出すやつを知っていてな。わずかずつ回してもらって、銭にするのだ。あとは、また考える」

水銀が、顔料として高値がつくことは頼冬も知っていた。それを、少しずつでも回すというのは、掟破りになるのかもしれない。山の掟を破った者がどう処断されるのか、無論頼冬は知らなかった。鬼若には、それなりの覚悟はあるのだろう。

「左京殿が、買手も捜してくれるそうだ。やがては、山の水銀を俺が全部売る。それで、山は豊かになれる。祖父《じい》さまも許してくれるはずだ」

鬼若の話は、夢のようにしか思えないという気がした。自分には、水銀を売る才覚はないだろうと考えると、頼冬にはそれも言えなかった。それに、どこかで面白がっているところもある。

兄に較べて、見奈はまだまわりに馴《な》れていないようだ。単衣だけが嬉しそうだった。

頼冬は、半里ほど離れた寺まで歩き、そこの境内で木刀を振ることをはじめた。ただ渾《こん》身《しん》の力で、木刀を振り続ける。その先に、なにかが見えるような気がする。が、実際にはなにも見えてこない。白い世界が拡《ひろ》がるような気がするだけだ。

難波に移って四日目。寺から戻ろうとしていた時、頼冬は左京の声を聞いた。

「お急ぎくだされ、頼冬様。鬼若が斬《き》られてしまいます」

頼冬がとっさに思い浮かべたのは、山からの追手だった。それならば、自分が関わる筋合いではない。山の掟が鬼若を斬ろうとしているだけだ。

「難波滞留中の、幕府の武士らしゅうございます。鬼若を、頼冬様の従者と思っているようで」

「私を狙《ねら》う刺客だと言うのだな？」

「わかりません。それを確かめるより、頼冬様にお知らせした方がいいと思いました。間に合います」

喋りながらも、左京の声は頼冬を導いていた。陽が西に傾きかけている。長くのびた自分の影を追うように、頼冬は走った。

左京の気配が消えた。次の瞬間、刃物が触れ合う音が、頼冬の耳に届いた。眼の前の小高い丘を、頼冬は駈《か》けあがった。

斜面に倒れながら、小太刀を構えている鬼若の姿。左手の義手で太刀を受けながら、右手の刃物をひとりの武士の腹に突き立てている左京の姿。同時に眼に入った。武士は七名で、ひとりはすでに倒れている。

斜面を駈け降りざま、頼冬はむかってきた武士のひとりを抜き撃ちに斬り降ろした。血が飛んだ。三名が、太刀を頼冬にむけて構えた。手練《てだ》れ揃《ぞろ》いで、一度に斬り倒すことはできそうもない。走ろうとした。走って三名をばらばらにし、ひとりずつ斬り倒す。その間、鬼若はもつのか。踏み出し、三名を警戒させた瞬間、身を翻《ひるがえ》そうとした。頼冬よりさきに、左京が身を翻していた。新手が二名。ひとりが、大野武峰であることをはっきりと見とって、頼冬は足を止めた。

鬼若との間を、大野武峰が遮るような恰好《かっこう》になっている。鬼若が、もうひと太刀浴びせられた。手から小太刀が飛んだ。ひとりの武士が、覆《おお》いかぶさるように鬼若に太刀を振りあげた。それが、斯波義教であることに、頼冬ははじめて気づいた。踏み出そうとすると、大野武峰が鋭い気を放ってくる。斯波義教の太刀が、鬼若に振り降ろされる。斬るというかたちではなかった。棒で打つように、鬼若の躰《からだ》を打ち続けている。童《わらべ》が、犬を苛《いじ》めているという感じだった。鬼若の躰から、打たれるたびに力が抜けていくのがわかった。斯波義教の喘《あえ》ぎが、叫びに変った。鬼若の躰はもう動かない。それでも、斯波義教は打ち続けていた。

「若殿を」

大野武峰が、低く言った。眼は頼冬にむけたままだ。二人の武士が、斯波義教を背後から抱きとめた。両腕の自由を奪われても、斯波義教は叫び続けている。

「お連れせよ。太刀はお預りするのだ」

曳《ひ》かれてきた馬に、斯波義教の躰が押しあげられた。武士たちが駆け去っていく。鬼若と、鬼若が倒したひとりの武士の屍体《したい》は転がったままだ。

「その若者には、気の毒なことをいたしました」

馬蹄《ばてい》の響きが遠くなった時、大野武峰が静かに言った。

「斬るというより、打ち殺したようなものだ。なぜ、あのような真似《まね》をさせたのだ？」

「若殿には、ひとりで闘っていただきたい。それがしに頼らずにです。そのため、心利《き》きたる者を六名だけ付けて、それがしはひそかに見守っておりました。なぜ、若殿がその若者を斬ろうとされたのかは、わかりません。ただ、烏帽子姿なれど、どうやら先日の山中で、頼冬様が庇《かば》われた山の民の若者のようです。若殿は、それに気づかれたのかもしれません」

喋りながらも、大野武峰の躰には覇気《はき》が満ちて、まったく隙《すき》を見せようとはしなかった。

「斯波義教殿は、すでに使いものにはなるまいな。こんな真似をさせて、むごいとは思われぬのか？」

「大殿は、尋常に闘えるようになれば、元に戻られると考えておられます」

「武峰殿は？」

「それがしは、斯波家の家臣でございます」

武峰の眼に、かすかな悲しみの色がよぎったような気がした。

「武峰殿、またここで出会ってしまった。立ち合わなければならぬ、めぐり合わせかな」

「足利頼冬様と立ち合うのは、恐れ多いことでございますが、お望みとあらば」

「私は、ただ剣をきわめようとしてきた。きわめた先になにがあるのか、考えてもみなかった。それが、剣をきわめようとすることで、なにか別のものが見えるかもしれぬと、いまは思いはじめている。よい時に、よい相手とめぐり合ったのかもしれぬ」

武峰は、かすかな笑みを返しただけだった。頼冬は、太刀の血を振って落とした。斬った武士は、なんとか馬に乗ったようだが、出血で長くもちはしないだろう。

「この者は、手出しはいたしません。それがしが倒れた時、首を大殿のもとへ届けるだけでございます」

かたわらの従者に眼をくれて、武峰が言った。左京の姿はない。

「私が倒れたら、うち捨てていただこう」

「そういたします。無名の遣《つか》い手として。足利頼冬様を斬る剣を、それがしは持ちませぬゆえに」

従者が、退《さ》がっていった。

大野武峰も数歩退がり、一礼して太刀を抜き放った。

間合にはまだ遠いが、武峰の気迫は痛いほど頼冬を打ってきた。やはり、一撃で決まるのか。そういう気がした。武峰も、同じ思いだろう。第一撃に、すべてのものをこめられるかどうか。月王丸や竜王丸と対峙した時とは、まるで違っていた。自分と同じような相手に、いや、自分自身にむかい合っているような気さえしてくる。

じわりと、頼冬から距離を詰めた。武峰は動かない。ほんの半歩の距離を詰めただけで、頼冬は張りつめようとする心気を抑えた。

待った。どれほどの時間なのか。武峰が、じわりと距離を詰めた。それでも、心気を解き放つほどに詰めてはこない。内に籠《こも》った心気のぶつかり合いだった。武峰の構えは動かず、頼冬も剣を微動だにさせなかった。

吸った息を、徐々に徐々に吐いていく。そして吸う。汗が、顎《あご》のさきから滴《したた》り落ちているようだ。武峰の肩も、息を吸う時にかすかに動くようになった。

お互いに、じわりと距離を詰めた。不意に、時が停止する。頼冬は、すべての心気を解き放った。自分がどう動き、武峰の太刀がどうきたのかも、わからなかった。

位置が入れ替っている。武峰の肩からは、血が噴き出していた。頼冬も、脇腹《わきばら》にひと太刀受けている。

一撃では、決まらなかった。お互いに、出せるものをすべて出し尽しても、一撃では決まらなかった。はじめて、武峰の肩が大きく上下した。頼冬も、口を開けて息を吸った。

再び、固着したような対峙に入った。陽が落ちかかっている、と頼冬はふと思った。穏やかさに似たものが、頼冬の覇気を包みこんできた。近づいてくるものがある。死。そうなのではないか。はじめて感じるものだ。

武峰が、距離を詰めてきた。一度動くと、武峰は速かった。応じるように、頼冬も踏みこんでいた。どこかを斬られ、どこかを斬っていた。

はじめて、頼冬は肚《はら》の底から気合を発した。武峰はそれを、全身を沈めるようにして受けた。横に走りはじめたのは、武峰だった。頼冬も走った。武峰の太刀が、暮れ残った光を照り返した。舞うような太刀捌《さば》きだ。それを頼冬は、転がって避けた。立ちあがりざまに打ち返す。武峰は尻《しり》をついたが、太刀の構えは崩さなかった。片膝《かたひざ》立ちになり、徐々に立ちあがった。

構え。崩れてはいない。しかし武峰は、喘ぐように息をしていた。頼冬も、なにかで肺《はい》腑《ふ》をわし掴《づか》みにされるような感じに襲われていた。

頼冬が打ちこんだ。はじめて、太刀と太刀が触れ合い、火花が散った。そのまま柄《つか》で押し合う。離れ際《ぎわ》、頼冬は武峰の首に打ちこんだ。飛んだ。首が飛んだように見えたが、烏帽子だけだ。突き出されてきた武峰の太刀を、かろうじて横に払った。

武峰の荒い息遣いが、頼冬の全身を打つようだった。近づいてくると思った死など、どこかに消えていた。太刀を合わせる。もはや、どちらも相手の太刀をかわせず、太刀で受けるだけだ。太刀を合わせたまま、膝をついた。押し合う。押し合う力で、一度ついた膝を二人ともまた立てた。

離れ際の太刀捌き。お互いに、触れもしなかった。

間合まで一歩というところで、むき合い、視線をぶっつけ合った。

なにも、考えてはいなかった。勝つことも、死ぬことも、頭にはなかった。白い世界の中に、太刀を構えて立った武峰の姿が見えるだけだ。

心気を、剣先に集めた。渾身の力で、集めた。全身の皮膚が破れ、血が噴き出すような気がした。

太刀。太刀が太刀でなく、おのが生身だった。ぶつかり合い、擦《す》れ違った。斬ったのか斬られたのかも、わからなかった。

むき合う。膝が折れそうな気がした。それでも立っていた。

不意に、気配が乱れた。

馬蹄の響きが、頼冬を包んだ。

なにが起きたのか、しばらくして頼冬には理解できた。十数騎の武士が、太刀を抜いて構えている。斯波の武士であろう。ここで果てる、と頼冬ははっきりと感じた。武峰と最後まで闘えなかったのが、心に残るだけだ。果てることを、なんとも思わなかった。

「許さぬ」

喘ぐような声だ。

「この武峰の勝負に、手出しは許さぬ。手出しをしたければ、儂《わし》を斬ってからにせよ」

武峰が、数歩退がった。それから膝をついた。数名の武士が、武峰に駈け寄った。それを振り払うように、武峰はまた立ちあがった。

「勝負は、ここまでにしとうございます」

頼冬を見つめて、武峰が言う。声が出せず、頼冬はただ頷《うなず》いた。

「存分に、闘わせていただきました」

「私もだ」

「お互いに、命に縁があった、と思いとうございます」

「まさしく。武峰殿のような相手に会えて、よかったと思う」

「この者どもには、手出しはさせませぬ。傷をいとわれますよう。おさらば」

言って武峰は背をむけ、数歩遠ざかって膝を折った。そのまま、両脇を武士に支えられ、馬に乗せられる。

馬蹄が遠ざかるまで、頼冬は太刀を構えたまま立っていた。それから、仰むけに倒れたようだ。しばらくして、星の満ちた空が見えることに気づいた。

「誰だ？」

傷に触れている者がいる。

「左京でございます。血だけは、なんとか止めましたゆえに」

ゆっくりと、頼冬は上体を起こした。めまいが襲ってきたが、すぐに持ち直した。

「私は、どれほどここに倒れていた？」

「もはや、一刻近くになります」

頼冬は立ちあがった。まためまいに襲われたが、倒れはしなかった。太刀は、鞘《さや》に収められている。闇《やみ》に溶けこむように、左京が立っているのがようやく見えた。

一歩踏みこみ、頼冬は左京を斬りつけた。左京は、身軽に跳《と》び退った。

「私に、斯波義教を斬らせようとしたな、左京」

「それがしは」

「そのために、斯波義教の一行に、鬼若を襲わせたのであろう」

もう一度斬りつけたが、左京はやはり身軽にかわした。

「大野武峰がついているとは、思っておりませんでした。不覚でございます」

「今川仲秋殿が考えたことではないな。うぬが勝手に描いた絵図か」

「斯波義教が頼冬様に斬られるということになれば、なにかが動きます」

「月王丸殿が、おまえを使おうとされぬわけが、よくわかった」

「大野武峰がいると知っていれば」

「よせ、左京。おまえのやるべきことは、いまここで私を殺しておくことだ。いまの私には、おまえを斬れぬであろうからな」

「鬼若を死なせたことで、お怒りでございますか。鬼若が水銀を扱えば、掟によって岩首に殺されたでございましょう。いずれは死ぬ身だったのでございます」

「おまえの夢も、高が知れたものだな」

「それがしは、おのがために夢を抱いたことはございません」

「そう思っているだけ、おまえの夢はたちが悪いのだ」

頼冬は、歩きはじめた。

闇が深い。ようやく丘陵を越えると、遠くに灯《ひ》が見えた。

「頼冬様、無理に歩かれると、また血が噴き出します。人を呼んで運ばせますゆえに」

頼冬は、もう返事をしなかった。

歩いている。それが生きていることなのかどうか。頭の中で考えているのは、それだけだった。遠くに見える灯にむかって、ただ歩いている。

どれほどの時をかけて、歩いてきたのかよくわからなかった。途中で何度か左京の声が聞えたが、相手にしなかった。気づいた時には、家の土間に立ち、驚いて立ち竦《すく》んでいる見奈を見あげていた。

「おまえの兄者は、野に果てたぞ、見奈」

見奈が頼冬の躰を支えた。

板敷の茵《しとね》に腰を落とし、ようやく頼冬は躰の傷に眼をやった。左京が巻きつけた布が、血で濡《ぬ》れている。脇腹の傷が、ひどいようだった。浅傷はいくつもある。

「よかった。血止めの薬草は、たんと持ってきてあります」

「そうか。おまえたちの薬草は、よく効く。私も運がいいな」

横たわり、頼冬は傷の手当てを見奈にまかせた。大野武峰も、同じような傷を負っているだろう。剣の技と技、それを使う者の気力のぶつかり合いだった。いまも、自分自身と斬り合った、という思いが残っている。

口もとに、碗《わん》が当てられた。首を持ちあげる気力は起きてこないが、水は飲みたかった。

「口移しで飲ませてくれ、見奈」

見奈は、すぐに水を含んだ口を近づけてきた。かすかに甘い味がする水だ、と頼冬は思った。三度くり返して、見奈が頼冬の眼を覗《のぞ》きこんでくる。

「おまえの兄者は、死んだぞ」

見奈が、にこりと笑った。

「嬉しいのだな、兄者と離れられて」

見奈が頷く。

「正直な娘だ」

言って、頼冬は眼を閉じた。すぐに眠りが襲ってきた。

4

細川頼元邸に自分がいるのを、将軍家が知っていたということが、今川仲秋には驚きだった。こちらが思う以上に、細かいところまで眼が届く人物なのかもしれない。

先代将軍家には、兄了俊とともに、覚えもめでたかった。仲秋が九州探題に補任された了俊にしたがって下向した時、現将軍は十三歳で、幕政は管領《かんれい》細川頼之に任されている状態だった。細川頼之の依頼がなければ、了俊は九州探題を受けず、自分も侍所頭人《とうにん》を辞して同道することもなかっただろう。当時の九州探題は、それほど困難な任で、足利一門の有力な大名が何人も九州に下向しては、征西府に追い払われるということをくり返していたのである。

あれからすでに、十九年の歳月が流れている。将軍家は三十を越えた壮年で、その成長の過程を、九州にあった了俊や仲秋は、ほとんど知らない。

「まだ冷えるのう、仲秋殿」

轡《くつわ》を並べていた細川頼元が言った。痩《や》せた身に、いかにも風が冷たそうだった。むかっているのは幕府政所《まんどころ》ではなく、室町第である。昨日、今川仲秋を伴えと、細川頼元が直々に言われたというのである。顔を見せに来いという程度の口調で、めずらしいことではないという。ただ、仲秋を伴えということについては、頼元も首を傾《かし》げていた。

「九州の話でも、聞きたいと思われたのでありましょうか？」

「わからぬな。儂にも将軍家のお心はよく読めぬことがある。確かなのは、それほど気紛れなお方ではない、ということだ」

供回り十騎、三十名ほどで室町第へむかっていた。控え目な供回りと言っていい。大して目立ちもしていない。

京には今川屋敷があり、留守居がいる。そこではなく細川邸に逗留《とうりゅう》するのは、十数年も主《あるじ》が留守をしている屋敷には、なんの情報も入ってこないからである。

将軍家は、なぜ仲秋を呼んだのか。いや、仲秋が京にいることを、どうやって知ったのか。すべて知っているぞ、と時々臣下に示しているのか。それならば、怕《こわ》いところはある。

仲秋は、自分の動きを馬上でふり返った。不審を抱かれるような動きは、ないはずだ。

前将軍家は、酒と荒淫《こういん》により命を縮めたといわれるが、仲秋には接しやすい相手だった。何度か戦をともにした、ということがあるからかもしれない。父の大きさから逃れるように女を求めていた、という感じが仲秋にはある。現将軍家にも側室はいくらもいるが、話を聞くと、どこかおっとりしたところがあるような気がする。戦の中で、負けの味すら何度も味わった前将軍家に較《くら》べ、ほとんど戦らしい戦も知らず、生まれながらにして将軍だったからなのか。

壮大な室町第に入ると、頼元と仲秋はすぐに庭に案内された。

将軍家の姿が見え、頼元と並んで仲秋は地に膝をついた。地衣のぬくもりが、膝を通してかすかに伝わってくる。義満は、斯波《しば》義将《よしまさ》と二人で歩いていた。室町第に不心得者が入りこむ隙などないのか、警固の者の姿は見えない。

「今川仲秋か。久しいのう。兄はどうしておる？」

くだけた口調だった。

「はい。いささか老いましたが、健勝にて職を務めております」

仲秋もそれほど固くならず、自然に答えた。斯波義将は、じっとうつむいている。

「庭にも、春の気配が見えてきた。歩くのによい季節じゃ。付いてくるがよい」

一度平伏し、頼元に続いて仲秋も立ちあがった。

きらびやかな感じのする、庭である。どこがどうというのではないが、開きかけた花の命のようなものも感じられる。それは、これからさらに強く、大きくなっていく命とも思えた。

「玄界灘《げんかいなだ》で、水軍の動きが急じゃな、仲秋」

「はい、それはすでに、管領殿には御報告申しあげてあります」

「ところが義将は、なかなかそれを儂に言わぬ。すべて自分で片付けようとする。いつか、そういう癖がついてしまったようじゃ」

「恐れながら、事が終れば御報告しておりますぞ。つまらぬことで将軍家を煩《わずら》わさぬというのが、管領の務めと考えております」

「確かにな。つまらぬことと、そうでないことの判断をするのも、管領の務めじゃ。玄界灘がつまらぬことかどうか、もっとしっかりと眼を開けて見るべきであった。京の付近で、おまえの軍勢は二度も襲われているではないか」

「それがしの軍勢が襲われただけで、将軍家の麾下《きか》はひとりたりとも傷ついてはおりませぬ」

「それがわかっているから、おまえを叱責《しっせき》してはおらぬ。ただ、儂の耳に届くほどの大事になりはじめている。まことの大事かどうか、もう一度考えてみようというのだ。幸い、仲秋も京に来ておる」

義満は亭《ちん》に入ると、床几《しょうぎ》に腰を降ろした。ほかに床几が三つ並んでいる。義将、頼元、仲秋の順に腰を降ろした。

「仲秋、おまえは戦を望んでいるそうだな」

「望んではおりません」

しっかりと義満を見て、仲秋は言った。

「ただ、玄界灘の水軍の動きを見ていれば、九州探題としては戦備えをするしかありませぬ。攻められてからでは、遅いのです」

「それが、九州探題のやることであろう。ただのう、仲秋。なにか起きたとしても、打ち払うだけでよいのじゃ。海のむこうから来るものと、儂はいま国をあげて争おうとは思わぬ」

「恐れながら、管領殿にお願いいたしました、二、三万の援兵のことを言われているのでありましょうか？」

「二、三万が、四、五万になり、やがて十万に達してしまう。援兵とはそのようなものであろう、仲秋。さすれば、むこうも兵を増やさざるを得ぬ。国をあげての戦になってしまうのじゃ」

「万一の場合、これはあくまで万一の場合でございますが、月王丸の軍を、九州探題だけで防げと言われまするか」

　ここは、踏ん張っておくべきだった。相手が斯波義将ではなく将軍家であるだけに、踏ん張れるだけ踏ん張っておくべきだ。義将とむかい合った時のように、肚を探り合う必要はどこにもない。

「それがしは、ここしばらく、京と博多を何度も往復しております。それは、月王丸の子息、竜王丸なるものが、京近辺に潜入しているからでございます。竜王丸がいかなる命を受けているか探ることで、月王丸の水軍の動きがいくらかでも読めると考えました」

「それで？」

「月王丸が睨《にら》んでいるのは、京ではないかという気がいたします。管領殿の軍勢に手を出しておりますゆえ。これは、管領殿の上におわす、将軍家への挑戦《ちょうせん》かもしれませぬ」

「儂とむき合おうということは、この国とむき合おうということでもある」

「御意《ぎょい》」

「月王丸は、それほどの力を持っているか？」

「わかりませぬ。ただこの十数年博多にあり、玄界灘に眼をこらしていた者にとっては、畏《おそ》れて余りあります」

「ふむ、九州の守護どもも、水軍に対しては役に立たぬか。高麗との交易に手を出している者もいるであろうし」

　九州の情勢や月王丸の動きについて、義満はかなりのところまで摑んでいる、と仲秋は感じた。室町第で公家《くげ》ふうの生活を送っていると聞いていたが、全国への眼配りは、管領を通してやっているだけではないらしい。為政者として、隙はないと言える。

「これが、高麗や明の水軍ならば、さほど畏れることもなかろうかと思います」

「前征西将軍宮の一子か。しかし高麗にも明にも、無論この日本にも、大きな基盤は持っておるまい。南の国まで含めたところに、館《やかた》をいくつか持っているだけだ、と聞いた」

「人は、海が基盤になるとは、なかなか思えぬものでございます。博多にいて、高麗や明からの風に当たっておりますと、海の上にも国のようなものがあることが、はっきりと感じられます」

義満は、遠くを見るような眼をしていた。

亭を静けさが包んでいる。義満がなにか言い出すまで、仲秋は沈黙に耐えた。義将も頼元も、口を開こうとしない。

「前征西将軍宮の一子が、なにゆえ南朝の勢力と結ぼうともせず、義将の軍勢を襲ったりするのだ」

「それがしが、竜王丸なる者の動きを探ったのも、南朝を組織し直すために送りこまれたかもしれぬ、と考えたからでございます。それがしが探ったかぎりでは、南朝の勢力とは接しておりません」

「接しておらぬどころか、避けている気配すらある」

義満の言い方は、独り言めいていた。やはり、情報を集める組織を、義満は独自に持っている。それも、かなりの力があると見ていい。義将や自分の動きすら、摑まれている可能性があった。

「南朝と結ばず、自ら帝位についてしまうという、野心に燃えた男であってくれれば、まだしもだが」

義満の言い方は、まだ独り言めいている。義将も頼元も、あるかなきかの表情の動きを示した。それを仲秋は見逃さなかったが、義満もまた見逃さなかっただろう、と思った。

「南朝の帝位が二つということになりますが」

訊《き》いた義将の口調には、なにかを探るような響きがあった。

「北朝でもなく、南朝でもない。また別の帝《みかど》が立たれるということになる」

仲秋は、まだしも、という義満の言葉を反芻《はんすう》していた。もうひとつ帝位が生まれるということは、ようやく鎮《しず》まりかけた動乱を再び燃えあがらせ、より複雑にすることにならないのか。

月王丸が帝位を望んだとしても、大きな不自然はない。後醍醐《ごだいご》帝の孫である。朝廷の前例にないとしても、前例は力で作りあげることができると証明したのは、後醍醐帝だった。

北朝の帝位は、足利一門に推戴《すいたい》されたがゆえに、さらに前例なく動いた。足利一門の頂点にあった尊氏、直義《ただよし》兄弟が争った観応《かんのう》の擾乱《じょうらん》の折りには、京を南朝に占領され、足利軍が奪回した京に皇族はいないという状態だった。崇光《すこう》院の弟を後光厳《ごこうごん》帝として擁立したのは、足利一門の窮余の一策だったと言ってもいいだろう。

乱れている帝位を、義満はさらに乱れさせようというのか。その先に来るものは、なんなのか。深い、底の見えない野望のようなものが、義満の言葉の中に垣間《かいま》見える。それは深すぎて、仲秋はなにか現実《うつつ》ではないものに包みこまれた気がしただけだった。

「月王丸の真意がなにか。御所様はどう考えておられます？」

頼元が言った。それが、仲秋を包んでいたものを消した。月王丸が、なにかのかたちで日本に手を出している。それは、仲秋にも関《かか》わってくる現実そのものだった。

「わからぬな。探ることもできまい。読み合いじゃな。厄介《やっかい》なことよ」

月王丸の動きの中から、なにが読めるかと、謎《なぞ》をかけられたのかもしれない。義満はそれ以上のことは言わなかった。

「博多、大宰府《だざいふ》は、やはり守りを固めるべきではないでしょうか。万一、大きなぶつかり合いがあるなら、北九州沿岸を考えるべきでありましょう。九州探題の立場を守りたくて、申しあげているのではございません。京近辺に軍勢を入れるということになれば、孤立を覚悟しなければならず、軍略上は、やはり九州を攻めるでありましょう」

「おまえが月王丸なら、九州を攻めるか、仲秋？」

「まず、対馬《つしま》、壱岐《いき》を。その二つの島を海に浮かぶ城として、九州を攻めます」

「対馬が先じゃな。対馬を守りきれば、九州は攻めにくい。違うか？」

「宗の兵力は、三千というところでございましょう。島民をかき集めても、ようやく五千。壱岐の上松浦《まつら》党は、千五百はおりましょうが、どちらにつくとも知れませぬ」

「宗には、領地を賭《か》けて戦せよという命を届けさせている。すでに届いているころであろう。あの海域は、高麗、明と、日本とを結ぶ海の道じゃ。そしてその道を守るのが、宗の務め。守りきれなければ、領地は召しあげる。その覚悟をせよと、強く申し伝えた」

　本来ならば、その命を出すのは九州探題の仕事だった。いや、兄了俊は、すでに二度、その命を出している。さらに将軍家直々の命が届けば、宗は全力をあげぬわけにはいくまい。

「大内と山名にも、兵船を出すように命じた。およそ一万の兵になる」

「大内殿や山名殿が、海戦に長《た》けておられるとは思えませぬが」

「海の上で、戦はさせぬ。対馬にいて闘えばよい」

二、三万の援兵、と仲秋は言ってきたが、これはあくまで九州北岸を守るために必要な兵力である。対馬に一万の援兵というのは、思い切った数だった。緒戦で撃退しよう、という義満の意志が、強烈に感じられる。

剛直で果断なところを、義満は持っているようだ。対馬に一万の援兵を置くなどとは、兄了俊も自分も考えていなかった。対馬は、軍略上は捨て石という考えが頭にある。場合によっては、宗の兵も博多に呼び寄せるつもりだった。元寇《げんこう》の役も、そうやって闘ってきたのだ。

いかに月王丸とて、数十万という大軍で攻め寄せるなどということはできまい。せいぜい数千。とすると、対馬に強力な防備の兵を置けば、侵攻を防げる可能性はある。月王丸に呼応した九州本土の叛乱《はんらん》は、九州探題で押さえこめる。

戦を知らぬ将軍ではない。戦においては情報が大事で、それを集めるのも、側近任せにしている気配ではない。公家ふうの生活に溺《おぼ》れている、などという噂《うわさ》は、表面を見て言っただけに過ぎないようだ。幕府内で最大の権力を持っていると畏れられている斯波義将でさえ、義満の前では借りてきた猫《ねこ》に見える。

「対馬にそれだけの軍勢が集結するのなら、九州探題も手を拱《こまね》いているわけには参りますまい。探題の兵は博多に集まっておりますが、それがしもすぐに九州に戻り」

「おまえは、京にいよ、仲秋」

義満が遮《さえぎ》った。

「了俊には、使者を出してある。博多、大宰府を守り、九州全土に睨《にら》みをきかす。これが了俊の仕事じゃ。九州で戦が起きるようなら、すぐさま十万の援兵を出す。その折りの軍議には、おまえが必要だ」

十万という数に、仲秋は気を呑《の》まれた。月王丸の動きを、大きく拡《ひろ》げない、という義満の断固とした意志が感じられる。

確かに、九州で争乱が起きれば、援兵の配置などで、最も適切な意見が出せるのは、自分であろう。九州には了俊がいる。自分を京に留《とど》まらせておくのは、間違いのない判断だった。

「中国、四国の兵を使う。前征西将軍宮が力を誇っていたころの九州ではない。幕府の力を全国に示すにも、よい機会じゃ」

十万の兵や兵糧《ひょうろう》の手配は、いつでもできるように義将が命じられているに違いない。

「大内、山名の一万が対馬に到着いたしますのは？」

あとは、どれほど素速く軍勢を動かせるかによる、と仲秋は思った。将軍の威令が強ければ強いほど、兵は速やかに出されるであろう。

「すでに、対馬にむかっておろう。それぐらいの兵を運ぶ船なら、大内も山名もたやすく出せるはずじゃ」

仲秋は頷《うなず》いた。ほぼ完璧《かんぺき》の備えと言っていい。あとは、月王丸がどう出るかだ。ほんとうに戦に持ちこむつもりがあるのか。戦になれば、義満は全力でそれを叩《たた》き潰《つぶ》すだろう。それがまた、幕府に反感を抱く大名たちを見きわめ、それを押えこむことにも繋《つな》がる。

「月王丸はよいのう、仲秋」

「なにが、でございましょうか？」

「高麗や明と繋がる海を、わが庭としておる。儂にあるのは、せいぜい室町第のこの庭ぐらいのものじゃ。明への使者は追い返され、交易すらもできぬ」

義満は、明との交易を求めているのか。九州探題にそれを任せる気はなく、自身で交易をなそうとしているのではないか。

義将と頼元は、無言で控えていた。義満の眼は、じっと仲秋にむけられている。

「儂には、富が必要なのじゃ、仲秋。わかるか。儂にはまだ、なさねばならぬことがある。そのために必要な富だ」

将軍として武士の頂点に立ちながら、この上なにが必要だというのか。自分に語りかけてくるということは、九州探題である兄に語りかけているということだろう。

兄了俊が、博多、対馬、高麗と繋ぐ海の道を、この十年間なんとか押えようとしてきた。水島に、九州の有力三守護を招いた時、仲秋が少弐冬資を斬り殺したのも、筑前《ちくぜん》守護の少弐が、海の道に対して力を行使しようとしていたからだ。

その海の道は、当然九州探題が管轄《かんかつ》し、幕府に富を運ぶものとなる。義満はそれを、自身の手で管轄しようというのか。

玄界灘に進出しようとして、いつもぶつかるのが上松浦党であり、その背後にいる月王丸だった。もし戦になれば、玄界灘の障壁は除かれるということになるのかもしれない。そうなった時、九州探題である兄の立場は、どうなるのか。営々と培《つちか》ってきた九州における力を、そのまま将軍家に召しあげられるのか。

幕府管領が細川頼之であれば、という思いが仲秋の頭をよぎった。それは、望んでも無《む》駄《だ》なことなのか。

「ひとつだけ、気にかかることがございます」

斯波義将が口を開いた。

「来海頼冬なる者が、月王丸と結ぶかもしれませぬ」

義満の表情が、かすかに動いた。足利頼冬。同じ祖父、足利尊氏を持つ、義満の従弟である。気になっていたが、仲秋は言い出せないでいたのだ。

「結んだら、どうだというのだ？」

義満の言葉には、かすかな苛立《いらだ》ちがあった。

「結んで困るというなら、結べないようにすればよかろう。その名は、聞きたくない。わかったな、義将」

「はっ」

「参ろうか。仲秋に、室町第の庭をもう少し見せてやろう。できれば、紅葉を見せてやりたかったが、春のはじめの庭もなかなかのものじゃ」

義満が腰をあげた。

仲秋は、三人の後を歩いていこうとした。義満がそばを歩くように促してくる。義将と頼元を見たが、二人とも仲秋に頷き返しただけだった。

5

四条鴨川《かもがわ》の女の家で、仲秋は客人を待った。自分が待っているのが誰なのか、仲秋は知らない。昨日、室町第から退出して細川頼元邸に戻った時、左京の文を受け取ったのである。

自分の女のことまで、左京が調べあげていることに、仲秋はいささか不快を感じたが、それでも無視はできなかった。四国からの客人と文にあったからである。

四国からの客人が、なぜ細川邸へ直接やってこないのか、まず訝《いぶか》しく思った。左京がやることだから、なにか裏があるという気もした。

「竹丸も、そろそろ元服というころではないかな」

言うと、女はちょっと顔を伏せた。ひとりきりの息子に、すべてを賭けてきたような女である。もともと斯波家の家臣の家だから、烏帽子《えぼし》親は主君の斯波義教に伺いを立てて決めることになるのだろう。仲秋が、あえて買って出るのも憚《はばか》られた。それに、竹丸が出仕するようになって、仲秋が家を訪《おとな》うのに女は困惑の気配を見せるようでもある。

そろそろ別れるべきか、と仲秋は思いはじめてもいた。常になく京にいることが多く、女の家を訪うことも多くなっていた。ただ、十年近くも馴染《なじ》んだ女である。捨てるのはたやすいが、別れるというかたちをとろうとすると、切り出す言葉もなかなか見つからないのだった。

斯波義教の具合がどうなのか、いまひとつわからなかった。一時、竹丸は遠ざけられていたが、このところ毎日のように出仕している。室町第では、義教の話題は出なかった。

「斯波殿は、なんと言われておる？」

「それはまだ、なにも」

「やはり、まだ会えぬのか？」

「そのようでございますなあ。いつも暗い顔で戻って参ります」

「まあ、不興を買ったということでもあるまい」

女に溺れるようなところが、自分にはない、と仲秋は思っていた。十年近く続いたのは、新しい女を作るのが面倒だったからということもある。京にいる間は、この女ひとりでいいと思っていた。

四条鴨川の家は、小さなものだった。斯波家の家臣といっても、もともと京で小者として加わったもので、竹丸の父親に斯波家が認める手柄《てがら》がなかったら、竹丸が義教のもとへ出仕することもなかったと思われる。したがって、斯波家の領地に土地や屋敷があるわけではない。武士はほとんど土地を通して主君と繋がっているが、こういうことがまったくないわけでもなかった。竹丸が家を大きくするのは、困難な仕事だろう。

商人の態《てい》をした左京が、市女笠《いちめがさ》の女を伴ってきたのは、その日の夕刻だった。

「寿々殿、ではないか。四国からの使者が、なにゆえ細川邸を避けるのか、訝しく思っておったが」

明石《あかし》の水師、藤江太郎次の娘がなぜと仲秋は思った。寿々は、どこか暗く、しかし澄んだ美しさを感じさせた。明るく、ものおじしない印象が仲秋には残っているが、ほんの短い間の変化だった。

「淡路島の、波木様からの使いでございます」

寿々が頭を下げると、背後に控えた左京も商人のような頭の下げ方をした。

寿々と最初に会ったのは淡路島で、波木のところへ行こうとしている時だった。来海頼冬が、一緒だった。そのあとで仲秋も波木を訪い、そこで藤江太郎次の娘と知った。来海頼冬が足利直冬《ただふゆ》の一子と知ったのは、さらにあとのことになる。

「波木殿からそれがしへの使者が、なにゆえ細川邸を避けられる？」

「これは、細川頼之様を通さぬ使いでありますゆえに」

細川頼之と波木の間柄《あいだがら》は、将軍家も知っている。楠《くすの》木《き》正儀《まさのり》であった波木が幕府に降った時、義満への謁見《えっけん》を実現させたのは、細川頼之だった。そしていま、波木は細川頼之の庇護《ひご》のもとに、淡路島で病の身を養っていると言ってもいい。幕府に降り、細川頼之の管《かん》領《れい》失脚とともに、再び南朝に戻った波木を、受け入れてくれる楠木一族もいないのである。波木からの使いが細川邸へ入るということになれば、頼元は当然兄の意志も働いていると思うであろう。

頼之にも頼元にも知られたくない用件が、波木にあるのだろうか。

「早急に九州に戻られるようにと、これは波木様から仲秋様へのお願いでございます」

仲秋は寿々を見据《みす》えた。

「九州にて、佐志《さし》、波多《はた》と盟約を結ばれるようにと」

「佐志、波多は、九州探題の支配下にある。ことさら盟約など」

「仲秋様との盟約でよい、と申されておりました」

佐志、波多は、玄界灘をわが庭としている上松浦党の、最大の雄族である。盟約とはつまり押さえこめということだろう、と仲秋は思った。月王丸が攻めるとしたら対馬で、佐志、波多を、つまり上松浦党を押さえこめば、月王丸の動きを半減させられる。戦を睨んで、波木はそれを言っているのか。

「いかがでございましょう？」

「行けぬな」

仲秋が言っても、寿々はそれほどの驚きを見せなかった。

「京に留まるようにという命を、すでにお受けでございますか」

「ほう。波木殿はそこまで見通しておいでか」

「波木様が御心配遊ばしているのは、細川頼之様のことでございます。九州で大きな戦乱が起きれば、四国の軍勢が幕府に使われることになりましょう」

十万の援兵には、中国、四国の兵を出す、と義満は確かに言った。それは軍略上当然のことと言っていい。

月王丸が対馬を落とし、九州を戦乱の渦《うず》に巻きこむかもしれぬ、というところまでは仲秋にも予想ができた。その時、幕府が徹底的に力で押さえこめば、月王丸に勝機があるとは思えない。それとも、自分に想像できないなにか別のものがあるというのか。

「確かに、九州鎮定の軍勢が出るとしたら、総大将が細川頼之殿というのは、考えられぬことではないが」

「九州で、大戦乱を起こしてはならぬ、と波木様は思っておいでございます」

幕府の援兵が十万と考えれば、たとえ対馬を破られ、水軍が九州北岸を襲ったとしても、それ以上の進攻は難しい。

「細川頼之様と、九州探題が一緒になる。そこを水軍が襲う。水軍は、島津、大友とも結ぶ。細川頼之様も今川了俊様も、そこで討たれるかもしれぬと、波木様は思いやっておられるのでございまする。幕府の大規模な討伐軍が出るのは、それからでしょう。総大将は、斯波義将様」

束《つか》の間《ま》、仲秋は寿々の顔を見つめた。次第に、肌《はだ》に粟《あわ》が生じたようになった。義満が九州鎮定を命じても、それを動かすのは管領たる斯波義将である。幕命として細川頼之を九州に送り、それから時が経《た》って本隊を九州に送りこむ。

島津、大友が、月王丸の水軍と呼応すれば、細川頼之と兄了俊が討たれるおそれは強い。島津、大友の、九州探題への反撥《はんぱつ》は大変なものなのだ。それも、水島に九州の三守護が集まった時、自分が少弐冬資を斬《き》り殺した時からはじまっている。

「この十年ばかりは、戦については兄ではなく儂《わし》が指図してきた」

「波木様も、そう言われました。仲秋様が京に留まる命をすでにお受けならば、自分の筋書きは正しいであろうとも」

月王丸の動きが、将軍家にまで伝わった。それは管領の失点であるが、義将はそれを逆手にとろうとしているのかもしれない。十万の援兵を送ろうというのも、九州に最も詳しく、上松浦党にも話が通せる自分を京に留まらせようというのも、義将の進言なのかもしれない。

考えるまでもなく、前管領細川頼之と義将の暗闘は、続いているのだ。細川頼之を支えている力が、九州探題である。この機に、両者ともに潰《つぶ》してしまう。義将がそう考えたとしても、不思議はない。その後、九州から水軍を追い払う。島津、大友は、義将には反抗せず、むしろ力を合わせる。月王丸と義将が通じていることは、考えられない。しかし、島津、大友と、義将ならば。

月王丸は、結局、義将に利用されるだけということになるのか。そして義満は、その動きを見つめながら、なにをやろうとしているのか。

政争とは、このように底の底まで肚《はら》を探り合うものだろうか。ここで義将が細川頼之を潰してしまえば、権力を脅《おびや》かす者はいなくなる。

「儂は、九州に行けぬ。上松浦党を押えることもできぬ」

「もしそうなら、京で静観されるよう、お願いしてこいと言われました」

「しかし」

「このあたりまで、あのお方は読みきっておいでであろう、と申されておりました」

あのお方と波木が言うのは、月王丸のことなのか。読みきっていても、やはり戦に持ちこもうとするのか。

「細川頼之様が、九州に行かなければよいのでございます」

「しかし、それは」

「次善の策でございますが、細川頼之様が病に倒れられるとか、行かずに済む方法はいくつかございましょう。仲秋様が、京に留まる命をお受けだということを、この左京が波木様に知らせまする」

「しかし」

細川頼之はそれでいいとしても、兄了俊は月王丸とまともに対峙《たいじ》しなければならない。兄も自分も、月王丸の父である前征西将軍宮を、九州から追い出した仇敵《きゅうてき》である。

「静観もできぬな」

「そこを耐えられよ、波木、生涯《しょうがい》最後のお願いである。波木様のお言葉、そのままをお伝えいたしまする」

「難しい」

「あのお方は、並みのお方ではない、とも申されました。読んでも読んでも読みきれぬところがあると。もともと、仲秋様は私が使者として参るまでは、京を出ようとは考えておられなかったではありませぬか」

　確かに、寿々に言われなければ、事が起きるまで、自分はなにも気づきはしなかっただろう。

「細川頼之様は、どこまで読んでおられる？」

「それほど深くまでは、読んでおられますまい。なぜならば、斯波義将様が考えておられるほど、権力を望んでおられはしないからです」

　仲秋は、腕組みをして黙りこんだ。

　細川とは関係のないところで、事が終ることも可能だと、波木は考えているのかもしれない。早急に九州へ戻り、佐志、波多と盟約を結べというのも、自分が京に留まる命を将軍から直々に受けている、という答えを引き出すためだったかもしれない、と仲秋は思った。

「いま、情勢を読むために、命の最後の炎を燃やしておられる、と私は思いまする」

「そうか」

　戦の駈《か》け引きは、誰に負けるとも思わない。その駈け引きには、実際の力が必要になってくるからだ。政争の駈け引きは、虚だけのものとも、仲秋には思える。

「儂も考えてみよう。それより、寿々殿はずっと波木殿のお側《そば》か？」

「私からお願いして」

　なにか事情がありそうだ、と仲秋は思った。それも、政争などとは縁のない事情である。

しかしそれ以上、仲秋はなにも訊《き》かなかった。

眼を閉じ、寿々が波木の言葉として伝えてきたものを、もう一度ひとつひとつ思い起こした。肚の探り合いのようなものが、自分にはほんとうにむいていない、と仲秋は思った。人を信じたいという思いが、自分をひどく甘い男にしている。しかし、そういう厳しさを持ちたいとも思わない。

「ここは、儂の縁《ゆかり》の女の家でな。倅《せがれ》が、斯波義教殿のもとへ出仕しておる。寿々殿がここにいるわけにもいかぬな」

早く波木のもとへ帰るように、と遠まわしに言ったつもりだった。

「京に家があるそうです」

「ほう、藤江太郎次の家か」

「いえ、波木様の家です。そこにいて、仲秋様が京で九州の戦を静観なさるよう、私が見届けるよう申しつかっております」

「寿々殿が使者として来られた目的は、儂が京滞留の命を受けたかどうか、確かめることにあったのかな」

「それと、戦の底に流れるものがなにか、はっきりと知っていただくためです。戦がはじまれば、毎日幕府に出仕されればよろしいと思います」

「波木殿が考えておられることが、戦のすべてではない、という気もする。兄が九州にてひとりで闘う、ということを儂は黙視できぬぞ」

「波木様は、斯波義将様の動き方だけ読みきれば、あとはあのお方のなさることを、それこそ静観なさるおつもりでしょう。仲秋様が京滞留の命を受けられたと知ることで、かなりのところまで読みきれた、と思われるに違いありません」

「兄には、儂から使者を出そうと思うが？」

「了俊様の判断も、そこに落ち着くと思います。細川様と波木様の意を受けた使者も送られるでありましょうし」

「しかし、京に留まり続けるという約束もできぬ」

「そう答えられるであろう、と波木様も申されました」

　仲秋は苦笑し、寿々の顔から視線をはずした。淡路島の小さな屋敷に臥《ふ》したまま、波木はどこまで見通しているというのか。

　ふと、昨日の室町第での、斯波義将の表情が浮かんできた。借りてきた猫。それを装いながら、義将もまた、月王丸の出現によって起きた波紋を必死に読み、それを自らの力の維持に利用しようとしているのか。

「化物ばかりじゃな」

　呟《つぶや》いた仲秋に、寿々が訝るような視線をむけてきた。仲秋は手を打ち、遠ざけてあった女を呼んで、湯を持ってくるように言った。

6

躰《からだ》が揺れていた。

躰だけでなく、すべてのものが揺れている。海が荒れはじめたらしい。船の上だった。時折、船底が海面にぶつかり、激しい衝撃があるが、それが傷に響くということはなかった。傷は、布の綻《ほころ》びを繕うように、糸で縫われているのだ。縫ったのは、眼と皺《しわ》の区別がつかない、鶴《つる》のように痩せた老人だった。日本人ではなかった。

頼冬は躰を起こし、上から射《さ》しこんでくる光の方へ眼をやった。

「甲板には出ぬようにと。岬《みさき》を回るまで、海は荒れ続けるそうです」

白丁《はくちょう》だった。そばには見奈もいる。

難波の家を運び出された時は、憶《おぼ》えていた。四人の男がやってきて、荷車に乗せたのだ。捕えられたのか、それとも別のところへ運ばれようとしているだけなのか、四人が誰の手の者たちなのか。そんなことを考えているうちに、眠った。眠ったのか気を失ったのか、ほんとうのところはわからないが、意識が途切れていく刹那《せつな》、言いようのない快さがあった。

眼醒《めざ》めた時は、船の上だった。そして鶴のような老人が現われ、傷を縫ったのだ。

あれは二日前だったのか、三日前だったのか。薬湯を飲まされると、眠った。深く、長く眠ったような気がする。眼醒めると、違う味の薬湯を飲まされ、粥《かゆ》を口に入れて、また眠った。三度目に眼醒めた時、躰が揺れていたのである。

「月王丸殿に会いたいのだがな、白丁」

「この船には、おられませぬ」

「どこへむかっている船だ、これは？」

　高麗へむかっている、という気に襲われたが、それならそれでいいとも頼冬は思った。それもめぐり合わせというものだ。

「九州へ」

　白丁が言った。

　うつむいていた見奈が、這《は》うようにして暗い方へ消えた。嘔吐《おうと》の気配だけが、波の音の合間に聞えてくる。

「山の娘だ。船はこたえているようだな」

「見奈は、しばらく私のそばに置くように、と月王丸様に言われております」

「ほう、媚術《びじゅつ》を教えこむか」

「教えられるものと、自分で摑《つか》むものがございます。見奈は、もともとなにかを持っている娘でございますなあ。船に乗るとすぐに、裸で水師たちと一緒におられた竜王丸様に、秋波を送りましたぞ」

「それは頼もしい。山の生活から逃れるために、兄を使ったという気配もある。それも、何年かかけてな。生まれながらの媚術も、持っているのかもしれぬ」

「生まれながらの媚術が、命を取ることもございます。媚術は自分で操れてこそ、術でございますゆえ。それを、私が教えこんでいこうと思います」

「おまえは、私のそばか、白丁？」

「それは、頼冬様のお心次第」

上体だけ起こしていた頼冬は、ちょっと背を反らして、傷のある脇腹《わきばら》をのばした。つっ張るような感じとともに、痛みが走った。躰の奥からくる痛みではない。

「高麗では、傷を縫うようなことをいたすのか？」

「あの医師は、明から月王丸様が連れてこられた者です。時として、傷を縫うこともあるようでございますなあ。私はそばで見ておりましたが、それは見事な手並みでございました」

「傷口が開かぬということか」

「その方が、癒《い》えるのが早いそうです。特に頼冬様の傷は、すぐに癒えるであろうと。切れる刃で、手《て》練《だ》れが斬った傷は、きれいなのだそうです。傷のまわりが、まったく毀《こわ》れていない、と申しておりました」

斬ったのは、大野武峰である。そういうこともあるのだろうか。

「前にも、傷を受けたことがある。その時の経験から、私はもう動けるほどに回復しているような気がする」

「血を失われただけです。その血さえ躰の中に増えてくれれば、動かれても構わぬと申しておりました。躰の中には、心の臓やらなにやらがあって、そこが傷つけられていなければ、あとは血を失うことだけが怕《こわ》いそうです。傷を受けられたあと、動かれましたな。動き続けていれば、やがて血が失われ、死ぬそうです。頼冬様は、死ぬ一歩手前だったそうですから」

「もう一歩、動いておればよかったのか」

「お戯《たわむ》れは、およしなさいませ。竜王丸様も、本気で心配しておられましたぞ」

「竜王丸殿には会えるか？」

「岬を回りましたら。それだけお元気があれば、甲板にも出られましょう。竜王丸様は、いつも甲板におられます」

見奈は、まだ吐き続けているようだった。船底に、ほかの人の気配はない。二層になった船底で、上にも誰もいないようだ。乗っている者は、みんな甲板に出て波と闘っているのか。

頼冬はまた横になり、船の揺れに身を任せた。九州にむかっていることについては、なんとも思わなかった。もともと、どこへ流れようと、気にはかけない旅をはじめていたのだ。生き方そのものと言ってもいいかもしれない。死ななかった。そういう思いも、強くはない。剣にすべてを賭けようとするかぎり、いつかは死ぬ。

船の揺れが、さらに激しくなった。見奈の嘔吐が、まるで嗚咽《おえつ》のように聞える。頼冬は眼を閉じた。船に酔うのも、生きているからだ。そんなふうにばかり考える自分が、どこかうとましくもある。

波が静かになったのは、一刻《いっとき》ほど経ってからだ。次第に静かになったというのではなく、不意に湾にでも入ったように、揺れがなくなった。船首が波を切る音が、かすかに聞えてくるだけだ。すると、いままでは聞えもしなかった、船体の軋《きし》みも、老人の低い呟《つぶや》きのように聞えてくるのだった。

「粥を召しあがれますか、頼冬様」

「おう」

答えて、頼冬は上体を起こした。椀《わん》一杯の粥と、干魚を平らげる。はじめて美作《みまさか》山中で竜王丸の一行と出会った時、振舞われたのが焚火《たきび》で焼いたこの干魚だった。

見奈は、船底の暗がりに横たわっているようだ。船の揺れが小さくなっても、気分は戻らないらしい。白丁も、声をかけようとはしていなかった。

立ちあがり、梯子《はしご》に手をかけた。束《つか》の間《ま》、めまいに襲われたが、すぐに戻った。一段ずつ昇っていく。傷が痛んだが、出血していないことは、感じでわかる。上階に昇った。やはりそこには誰もいず、米らしい俵が詰めこまれているだけだった。さらに梯子を昇り、甲板に出た。

夕方の光を海面が照り返している眩《まぶ》しさに、頼冬は眼を閉じた。

再び開いた頼冬の眼に映ったのは、無数の船の姿だった。数えはじめ、四十までいったところでやめた。遠くの船は、かすんでよく見えない。

「九州のかげに入って、海は静かになった。御気分は悪くなさそうですね、頼冬殿」

「九州のかげ？」

「左様、四国の沖を押し走りに走り、九州の南端を回ったところです」

押し走りというのが、櫓《ろ》と帆を一緒に使うもので、信じられぬほど速いのだと、藤江太郎次に聞かされたことがある。荒れた海も、その押し走りで走ってきたのか。

「九州へ行く、という話でしたが」

「これだけの船団で、赤間関《あかまがせき》を越えるのは面倒でしてね。いっそ沖合いを迂回した方がいい。船では、人は思うほど躰を動かしません。兵たちには櫓を使わせ、汗を搾《しぼ》り出しておいた方が、いざという時によく動けるのです」

「なるほど」

しかし櫓床《ろどこ》には、片側に十名ずつ、合わせても二十名の裸の男たちが、全身から湯気をたちのぼらせながら櫓を漕《こ》いでいるだけだ。

「船には、これだけですか、竜王丸殿？」

「いずれ、兵と馬で一杯になります。後ろから続いてくる八十艘《そう》ほども、同じようなものですね」

「九州へは、戦をしに行かれる？」

「父の船団と合流します。戦をするかどうかは、父が決めるでしょう。父の船団は、速いのです。輸送船のように、底が平らではなく細くなっていますから、波をよく切ります」

「八十艘は、輸送船ですか？」

「四十艘は。残りは関船《せきぶね》で、後ろをあまり帆も使わず、櫓だけで付いてきています」

やはり、遠くの船の姿は、よく確かめられなかった。一艘に二十人として、千六百の兵。それに月王丸の軍勢を加えれば、どれほどになるのか。

「大野武峰と、斬り合いをされたそうですね、頼冬殿は」

「けれんのない剣であった。ああいう相手に出会えてよかった、と思っています」

「斯波義将の軍勢に捕えられた時、私の首を刎《は》ねよと主張したのは、大野武峰だけでした。じっと私を見据える眼に、圧《お》し潰《つぶ》してきそうな力がありました。恨む気にはなれませんでした。むしろあの時、私は大野武峰に感謝していた、という気がします」

竜王丸は、確かに変っていた。なにかを越えた、という感じがある。そのため、剣の腕があがったとは思えない。剣とは無縁のところで、なにかを越えた。

斯波義教がどうしているのか、頼冬はちょっと考えた。鬼若の全身を、太刀で打つようにして殺した。太刀は、打つものではなく斬るものである。つまり、太刀すら満足に扱えぬ状態に、義教はあったのである。

運が強いだけではない。斯波義教にはないものが、竜王丸にはある。

「あなたを、斬ろうと思っていた時期がある。というより、剣の技を競いたいと。それが、なんとなくなくなってきたな」

「それは残念です、頼冬殿。大野武峰と互角に闘われたあなたとなら、立ち合ってみたい気もします。もっとも、いまはそんな暇はありませんが」

竜王丸が冗談を言ったのかどうか、頼冬には判断できなかった。

「ところで、頼冬殿と一緒にいた、あの見奈という娘は？」

「近江《おうみ》、御池嶽《おいけだけ》山中の、岩首と申す者の孫娘です」

「あそこの、山の民の長《おさ》には、私は会いに行きました。嫡男《ちゃくなん》で、嶽勝《だけまさる》なる者が、これからはあの山をまとめていくでしょうが」

大野武峰が山に攻め入ってきた時、射手とともに姿を現わし、武峰と交渉したあの若い男が、嶽勝なのだろうか。長の風格は確かに持っていた。ひとりだけ逃げ回った鬼若を、岩首が打ち殺そうとした時、やめさせたのもあの若者だ。鬼若は命を拾った、と言った言葉が、妙に頼冬の頭に残っている。

「頼冬殿は、あの娘を側に置かれますか？」

「別に。見奈の兄の鬼若と三人で、山を降りてきたという以上の縁はありません」

「ならば、あの娘は、私が使わせていただく。よろしいですね？」

「承諾する立場にすらありません、私は。見奈に、否《いな》やがなければ」

「あの娘には、訊きません。船の上では、女とは男が使うものです」

　使うという言葉がおかしくて、頼冬はほほえんだ。

「もっとも、私の祖母《ばあ》さまは、女の大将だったという話です。私は、憶えてもいませんが、祖父《じい》さまに負けぬほどの刀傷があったとか」

　前征西将軍宮が、上松浦党の娘に子を産ませた。それが月王丸だという話は、頼冬も聞いたことがある。

「竜王丸殿、母上は？」

「亡《な》くなりました。高麗の水師の娘です。私は、海が生んでくれたようなものですね」

陽焼《ひや》けした顔に白い歯を見せて、竜王丸が笑った。櫓床にいた兵たちが、一斉《いっせい》に声をあげはじめた。船が大きく揺れた。それはしばらく続き、やがてまた静かな海域に入った。潮の流れがぶつかるところを越えたのだろう、と頼冬は思った。竜王丸は、後続の船に眼をやっている。陸地《くがち》は、はるか彼方《かなた》だ。

「ところで、月王丸殿は戦をおはじめになるのか？」

「なぜ、それを訊かれます？」

「幕府をひと押しするのに、いずれは私に加わって欲しい、と月王丸殿は言っておられた。つまり、傷を負っている間に、そのひと押しとやらに加えられているのかと思いましてな」

「父は、そのようなことは、まずいたしますまい。それに、頼冬殿を船に運んだのは、私の命です。大野武峰はともかく、斯波家の侍があの家を捜し出すことは考えられましたし。頼冬殿が闘える躰でなかったので、船に移っていただいたのです」

「そうですか」

「父がなにをやろうとしているのか、私は知りません。祖父さまの国へ行けと命じられ、会えといわれた何人かの人に会いました。なにをしようとしているのか、自分で考えろということでしょう」

「では、竜王丸殿のお考えは？」

「さあ。戦をする気なのか、船だけを集めて九州探題にでも見せてやるつもりなのか。ただ、父が最後になにを考えているのかは、いくらかわかったつもりです。頼冬殿に申しあげようとは思わないが」

　竜王丸は、まだ後続の船に眼をやっていた。ようやく陽が落ちかかり、海面が赤く染っている。陽が落ちても、どこかの泊《とまり》に寄る気はないようだ。夜を徹して走るのか。そのための方法を、月王丸の水軍は持っているのか。

白丁に支えられて、見奈が甲板に出てきたが、竜王丸はそちらに眼をやろうとはしなかった。

7

夜明け。

船が泊に入る気配があり、頼冬は躰を起こした。

四十艘ほどの船が、後に続いている。白い帆が、朝日に鮮やかだった。ほとんどが輸送船だろう。その後ろにいたという、四十艘の関船の姿は見えない。

二十名ほどいた兵が降り、代りに漁師らしい男たちが四十名ほど乗りこんできた。二十名は櫓床につき、残りは船底に降りていく。甲板に人の姿はなくなった。

「どこです、ここは？」

舳先《へさき》にいた竜王丸に、頼冬は声をかけた。

「どこだと思われます？」

「さあ。私は、九州は知らぬ。ただ、なんとなく島のようにも思えるが」

「壱岐です。博多と対馬を結ぶ線の上にある、と言っていいでしょう」

やはり九州探題を攻めるのか、と頼冬は思った。それにしても、壱岐という島は、ほとんど月王丸の領地のような感じさえある。泊の人々も、自由に船に乗りこんできている。

「月王丸殿は？」

「この泊にはおりません。ここは、兵糧《ひょうろう》や馬を積みこむところでしてね。この船には兵糧はあるが、ほかの船にも分散しておかなければならないのです。その仕事がはじまります。それが終って馬が積みこまれて、ようやく出航です。いくらか時があります。降りてみましょう」

促されるまま、頼冬は渡り板を伝って、石積みの岸壁に降りた。

老人がひとり、杖《つえ》をつきながら近づいてきた。腰も曲がりかけている。竜王丸が、頭を下げた。

「酒をどうだ、竜王。そちらの御仁も」

「湯にしておきます。これなるは、波多廣と申しまして、父の叔父に当たります。わかりやすく言うと、祖母《ばあ》さまの弟です」

「来海頼冬と申します」

「ほう、怪我《けが》をしておいでじゃな。戦など行かず、この島で養生されよ」

歯も抜けているが、眼の光はしっかりとしていた。

「湯だけでいいのじゃ、爺《じい》さま。来海殿は客人で、戦に行かれるわけではない。それに、戦になるかどうかも、まだわからぬのに」

竜王丸の口調は、配下に対するものより砕けていた。祖父と孫のような間柄《あいだがら》なのかもしれない。

「都に行って、竜王は変ったのう」

「ほう。公家《くげ》のようになりましたか」

「いいや。強い男になった。儂《わし》は強い男は見ればわかる。都などに行かせるなと、月王に言った儂の方が間違いであったか」

竜王丸の躰を杖で軽く叩《たた》き、老人は歯の抜けた口をすぼめて笑った。

馬が、船に乗せられている。訓練されている馬が多いのか、ほとんど暴れてもいなかった。

「馬は、三日も船に乗せておくと、降ろしても走らず、使いものになりません。だから、こうやって最後に積みこむのです」

櫓床は楯《たて》で覆《おお》われ、船はひと回り大きくなったような感じだった。

運ばれてきた湯に、頼冬は手をのばした。老人が飲んでいるのは、酒だった。甲板に並べられていく馬が増え、ほとんど四十頭近くになった。まだ次々に馬は曳《ひ》かれてきている。

「白丁と見奈は、この島に残します。女子連れの戦は、水軍はやりません」

「まあ、戦に女子は縁のないものですよ」

頼冬が笑うと、竜王丸も笑い返した。ようやく歩く気になったのか、見奈が白丁に支えられて渡り板を降りてきた。それにも、竜王丸はほとんど眼をくれない。照れているのかもしれなかった。それは、ただほほえましいことだった。泊で立ち働いている者の中には女の姿もかなりあり、二人はその中に紛れていった。

すべての船に、兵糧と馬を積み終えた。

竜王丸が、出発の合図を出した。泊に、張りつめた空気が流れた。

「負けても、死なずにこの島まで逃げてこい、と月王に伝えよ。負ければ、月王も戦嫌《ぎら》いになるであろうし」

老人の口調だけは、暢気《のんき》なものだった。

乗りこむと、すぐに舫《もや》いが解かれた。

櫓だけで進んでいく。湾を出ると、四十艘の関船が待っていた。船の幅が輸送船よりも狭く、いかにも速そうな感じがする。

やはり、輸送船を先にして付いてくる。ただ、距離はずっと近かった。

半刻《はんとき》ほど、櫓だけで進んだ。

前方に、小さな点のようなものが見え、次第にかたちがはっきりしてきた。船。およそ百五十艘はいるだろうか。近づくにしたがって、海面を埋め尽したように見えてくる。

中央の船が掲げている旗に、頼冬は眼をやった。白地に、鮮やかな墨跡である。八幡大《はちまんだい》菩薩《ぼさつ》、とあった。

「あの旗は、征西将軍宮であった、祖父さまが書かれたそうです。父の乗る船だけが、あれを掲げます」

すでに陽は高くなっていて、旗は風にはためいている。

「行きましょう」

竜王丸が言った。艀《はしけ》が用意されているようだ。二人が艀に乗りこむまで、櫓の動きは止まっていた。

艀だと、波は大きくうねっているように感じられた。頼冬は、太刀を佩《は》かず、紐《ひも》で背にくくりつけていた。そうする方が、船の上では邪魔にならないのだ。

はじめに船べりに見えたのは、堀田竜広の顔だった。

「おう、来海頼冬殿も御一緒か。水軍の戦を、また見物する気になられたようじゃ。水師のように、太刀を背負っておられるが、直垂《ひたたれ》が邪魔だろうな」

堀田竜広が、大声で笑った。

降ろされてきた梯子に取りつき、頼冬は竜王丸に続いて昇った。艀はすぐに離れていく。甲板の真中に床几《しょうぎ》がいくつかあり、そのひとつに、赤い鎧《よろい》のようなものを着けた、月王丸が腰を降ろしている。

竜王丸は、月王丸の前に進み出て一礼した。月王丸が頷《うなず》いた時、総髪が風に舞いあがった。ほかの兵は、ほとんど胴丸だけという姿で、重い鎧を着けている者はいなかった。胴丸なら、海に落ちればすぐに捨てられるだろう。

「私の医師は、なかなかのものであろう、頼冬殿」

「礼を申しあげねばなりますまい。血を失って、死にかかっていたそうです」

「医師は、そういうことを言いたがるものだ。そなたは、自分の脚で歩いている。医師の脚で歩いているのではない」

「歩けるようにして貰《もら》った、ということです」

「まだ、糸は付いておろう。それを抜かれてから、礼を言うかどうか考えるのだな」

糸を抜く時に、痛みでもあるのかもしれない。

月王丸が、なにか合図をした。甲板の動きが、不意にめまぐるしくなった。帆柱に、小さな旗が二つ掲げられた。これもなにかの合図なのだろう。船同士では、人の声などほとんど届かない。

まわりの関船が動きはじめた。

見事な動きだ、と頼冬には見えた。騎馬隊が整然と移動していくのに、感じは似ている。これほどの数の関船を見るのも、戦備えの関船の動きを見るのも、頼冬にははじめてだった。本陣がこの船で、先鋒《せんぽう》が最初に動きはじめた船ということになるのか。

「関船の戦は、はじめて見るのかな、頼冬殿は？」

月王丸が言った。赤い鎧のようなものが、歩くとおかしな音を立てている。少なくとも、武士たちの鎧とは違っていた。

「戦ですか、やはり？」

「戦で、すべてが終るわけではないがな。戦もできるということを教えてやらねば、もの事は次へ進まぬ」

「どこを攻められます？」

「対馬」

「ほう、宗氏を」

「宗だけではない。対馬には、一万の幕府の軍勢が入った。ほとんどが、山名や大内の中国の兵だ。いま、対馬には一万三千の兵がいる。宗と闘うというより、幕府の軍勢と闘うと考えた方がいいであろう」

「なんのための戦かは、考えないことにいたしましょう。いずれわかることでしょうから。水軍の戦を、しっかりと見せていただくことにいたします」

「それがよい。この船にいれば、それがよく見える。関船が二百二十。輸送船が四十。兵は六千ほど。これは地上でも闘える。これが私の軍勢かな。攻める側は輸送船も連れなければならず、その分だけ、私の方が不利だ」

　六千対一万三千の兵力差を、月王丸はあまり気にしてはいないらしい。

帆があげられ、船足がいっそう速くなった。輸送船は、かなり遅れているようだ。前方を、十艘あまりの関船が進み、それからこの船だった。やはり、軍勢の移動に似ている。

　頼冬は、舳先に掲げられた旗に眼をやった。はためく音が、頼冬の耳にもかすかに届いてくる。

「旗か」

「私の旗だ、頼冬殿。かつては、なにか思いがこめられたものであろうが、いまは、ただ私の旗だというだけだ」

　飛沫《しぶき》が舞いあがる。それが、頼冬の顔を濡《ぬ》らした。月王丸が濡れたようには見えなかった。

第五章　海の星

1

船の動きが止まった。

頼冬《よりふゆ》は、甲板に出た。止まっているのは一艘《そう》だけで、ほかの船の動きは急だった。対馬《つしま》の島影はまだ遠い。

数十艘の関船《せきぶね》が、一線になって走っていく。帆を降ろし、櫓《ろ》だけで進んでいるが、かなり速い。百艘ばかりは、横一線に並ぼうとして動いているようだ。

遥《はる》か島影に重なるようにして、無数の帆が見える。敵だろう。

「逆風ですからね。敵は追い風に乗って、こちらをひと揉《も》みにしようとしているのでしょう。風をどう使うか、これが水軍の戦の大事なところです」

竜王丸が、そばに立って言った。

「いまのところ、風はむこうが使っているようですね」

「この季節、北へむかえば逆風を突くということになります。敵は、宗の関船だけではありませんね。せっかくの追い風は生かすべきだと、山名や大内の関船もくり出したようだ」

大内の軍勢の中に、養父の来海《くるみ》康頼《やすより》が混じっているかもしれない、と頼冬は束《つか》の間《ま》考えた。多分、いないだろう。すでに老齢で、留守居を命じられているはずだ。

「山名は一族の中に争いがあって、幕命に逆らおうという動きがあったようだし、大内は総大将の義弘《よしひろ》が出てきていない。対馬を守るということに、自分が出るほどのこともと考えたのでしょう。その山名と大内の兵を、宗がどれほどまとめきれているかで、かなりの違いが出るでしょう」

大内義弘が出陣していないとなれば、やはり養父も来ていない、と頼冬は思った。捨てたつもりだが、敵味方になりたくもなかった。

「水軍の戦も、陸の上の戦と変りはありません。風を使うとか、潮の流れを使うとか、小さなところが違うだけです」

それが小さなことかどうか、頼冬には判断できなかった。

「月王丸《つきおうまる》殿は？」

「舳先《へさき》にいます。戦の時、父はいつも舳先です」

帆を降ろした帆柱に、八幡大菩薩《はちまんだいぼさつ》の旗が翻《ひるがえ》っている。竜王丸が、眩《まぶ》しそうにそれを見あげた。敵の帆影は、先刻よりかなり近くなったような気がする。

「漕《こ》げっ」

甲板に声が響いた。櫓が、いっせいに水の中に入った。眼醒《めざ》めたように、船体が前へ進みはじめる。櫓だけでも、速さはかなりのものだった。櫓は、四十挺《ちょう》以上ありそうだ。

「この船に、馬は積まれていませんね」

「兵の数も、この船だけは少ないのです。船足を軽くして、速く動かなければなりませんから」

本陣が動き回る。それも、陸の戦とはいささか違う。伝令なども、海の上では走らせようがないだろう。

舳先の方から、堀田竜広がやってきた。雑兵《ぞうひょう》のような、胴丸姿である。竜王丸の身なりも、似たようなものだった。

「月王丸様は、槍《やり》を遣《つか》うお積りだな。どう思われます、竜王丸様は？」

「父上が考えられたことに、私がなにか言えると思うのか、竜広」

「戦の前の、なんと申しましたかな。つまり遊びのようなもので」

「座興か。それならば面白い。私なら、槍は遣わぬ。まず海上を片付けてからだ。槍はやはり危険であろう。敵の船団を突き抜けたら、すぐに反転させる。半分が風に乗って背後から襲えば、絵に描《か》いたような挟撃《きょうげき》になると思うが」

「頼冬殿は？」

槍というのは、武器のことではなく、これから月王丸が取ろうとしている戦法のことらしい、と頼冬は思った。堀田竜広の眼は、頼冬のなにかを窺《うかが》うようだった。

「私なら、挟撃の策は取らないでしょうね。相手も、風のことは知っている。船団を敵が突き抜ければ、挟撃になるとは読める。それに対して、なにか備えがあると考えた方がいいのではありませんか？」

「では、どうされます？」

「一軍の大将であったことはないので、軍略のことはわからぬが、剣の立合いと同じだと考えるなら、混戦に持ちこんで、まず風の利を相手から奪う。利を相手から奪うことが、その後の有利に繋《つな》がる、と思いますね」

「竜王丸様も頼冬殿も、いまひとつ先を見ておられぬ、と儂《わし》は思います。海上の戦だけなら、お二人の御意見はともに理がありますが」

「海の上を片付けてから、陸を攻めればいいと私は言っているのだ、竜広」

「海の戦の容子《ようす》は、すぐに陸にも知れましょう。攻められるとわかれば、陸は守りを固めますぞ。兵力は、敵が倍しています。それに守りを固められると、なかなかに手強《てごわ》くなりはしませんか？」

「やはり、槍か」

「槍とは、堀田殿？」

「曲がることなく、真直ぐに進む。一列になった船が、その列も乱さずに進む。そういう走り方を、誰ともなく槍と呼びはじめましてね。月王丸様は、滅多にそういう戦法は取られませんが、お若いころにはよくやられた」

「曲がることなく突き進むから、槍か」

「ひとつ間違うと、槍のすべてを捨てることになってしまうが、どうも儂は月王丸様がその戦法を取られる気がします」

　敵の姿が、さらに近くなってきた。三百艘はいそうだ。これだけの兵力を海上に割けば、陸は手薄だろうと頼冬は思った。

　飛沫《しぶき》が、頼冬の顔を濡《ぬ》らした。それほど、櫓だけで進む船も速くなっている。

「拝見しよう」

　頼冬は、縦一列と、横一列になった船団を見渡した。敵は、横に三列の隊形を組んでいる。それもはっきりと見てとれた。

「思ったほど、敵は遠くなかったのだな、竜王丸殿」

「遠く見えたり近く見えたりで、海を知らぬ者はよく戸惑います。馴《な》れですね。測るものが自分の眼になればいいのです。較《くら》べるものがない海の上では、自分の眼だけを信じることです」

「私は、島と較べていたのかな？」

「そういうことですね」

先鋒が、敵の第一列とぶつかったようだ。縦一列の船団は、真直ぐに横に拡《ひろ》がった敵を突っきっていく。敵の抵抗も、ほとんどないように見えた。

帆柱に、旗がひとつ掲げられた。片側の、二十挺の櫓があげられた。片側だけの櫓の力を受けた船は、すぐに方向を変えはじめる。同時に、帆があげられた。敵に背をむける、というかたちになっている。ただし、横一列で進んでいた半分だけだ。押し走り。四十挺の櫓の半分が動き、残りの半分は休んでいた。それで、追ってくる船と速さが同じだ。月王丸の関船は、底が平らではなく幅も狭い。その造りの違いはあるようだ。それに関船の型は全部同じだ。

「両翼に大内、山名の船。中央が宗ですね。外海で船を扱う宗が、両翼より突出しはじめている。ひとつの戦線を組むのではなく、二つに分けるべきだった。陸の上の、騎馬と徒《かち》のように。私はそう思います」

竜王丸の表情は、まだ戦をしているというようではなかった。舳先の、赤い甲冑《かっちゅう》姿の月王丸のそばに、堀田竜広が寄り添うように立っていて、さらにそれを取巻くように五人控えているが、動きらしい動きはない。

「槍だな、やはり。竜広は父上のそばでずっと戦をしてきましたから、私には見えないところまで見えるのかもしれません」

縦一列で敵の船団の中央部に突っこんで行った船は、そのまま曲がることなく島に直行するということだが、竜王丸はそれをどこで判断したのか。船の速さか。敵を引きつけるように、方向を変えて帆を張っても、全部の櫓は使っていない。

やはり、陸の戦場と較べると海の上は広く、伏兵を置く場所もない。

「おかしいな」

しばらく、同じ状態で走り続けていると思ったが、奇妙なことに頼冬は気づいた。島の位置が動いているのである。つまり、船の方向が少しずつ変っているということなのか。

「宗は、そろそろ慌《あわ》てはじめていますよ。この先に、対馬にむかう強い潮の流れがありましてね。それに乗り、しかも全櫓で走るとすると、われらの方がずっと早く対馬に着いてしまいます」

「対馬のそばで、海戦かな？」

「敵の船団をどう扱うかは、父はすでに決めているでしょう。とにかく、味方の半分はもう島に近づいています」

月王丸は、舳先から動こうとしない。まだ船は追い風の中にあり、降りかかってくる飛沫は顔を打つように激しい。

半刻《はんとき》ほど経った時、帆が畳まれはじめた。同時に、船体を揉みあげるような波の中に、船は入った。対馬にむかう潮流というのが、これなのか。櫓は、全部動いている。追う恰《かっ》好《こう》だった敵の船団が、少しずつ離れていった。

竜王丸の表情が、かなり変っていた。硬いというより、どこかに嬉々《きき》としたものが感じられ、眼はけもののような光を放っている。

「頼冬殿、馬には？」

「乗れるでしょう、多分」

「気が進まなければ、船でお待ちになればよい。ただ、ここまで来られたなら、われらの戦をすべて見ていただきたい、という気もいたします」

「私に、貸していただける馬があるなら」

「平山忠利《ただとし》が、頼冬殿の馬も用意しているはずです」

傷が開く気遣いなどしなかった。開いて、また血を失えば、新しい傷を負わなくても死ぬかもしれない。その時は、命がそこまでだったと思うだけだ。気分は、ここ一日でずっとよくなっている。

「兵一千で、阿連《あれ》から厳原《いづはら》へむかうようにと、月王丸様の命《めい》でございます」

堀田竜広が、そばへ来て言った。われらは島の西から、父は東から、と竜王丸は短く頼冬に説明した。

島影が大きくなってきたような気がする。それでもまだ、島ではない別のもののように、光に照らされて鮮やかな緑を放ちながら、海原の中に浮いているだけだ。

　頼冬は、舳先の月王丸のところへ歩いていった。

　島を睨《にら》み据《す》えているとばかり思った月王丸は、じっと海面に眼をやっているだけだった。表情は、竜王丸よりずっと硬い。

「傷はよいのかな、頼冬殿」

　ふりむき、束の間頼冬の顔に視線をむけ、月王丸が静かに言った。舳先が波を切る音で、かき消されてしまいそうな声だった。

「戦を前にして、どうでもいい者の傷の心配をなされますか」

「どうでもよくはない。頼冬殿に死なれると、私の目算は狂ってしまうのでな」

「それも、戦が終ったあとのことでしょう」

「皮肉な男でもあるのだな、頼冬殿は。戦に勝ってから言え、ということか」

「負ける戦をなさる方、とも思ってはおりませんが」

　赤い甲冑で身を固めている理由が、なんであるのか頼冬にはよくわからなかった。日本の武士の甲冑より、動きは悪そうに見えるが、実際はそれもわからない。頬当てというより面に近いものが顔も覆《おお》っていて、眼の光が、いつもの月王丸よりずっと強いものに感じられた。

「戦の時は、夏でもその甲冑を？」

「ずっと南へ行けば、一年中夏という国もある。そういうところで戦もやったが、私の甲冑はいつもこれだ」

なにかいわれがあるのかもしれないが、月王丸が言い出さないかぎり、訊《き》くべきではないことのような気もする。

「しかし、はじめてだな」

「なにがです？」

「なにかを奪い合うためではない戦が。いや、これも奪うための戦かもしれぬが」

頼冬は黙っていた。それも、訊くことではないような気がした。

「奪うものがあれば、戦の前はそのことを考えていられる。なにも考えることがない戦というのも、心が乱れるものだ」

「月王丸殿でも？」

「そうだ。私がまだ若いころ、父に従って戦に出た。それは、なにかを奪うためでも守るためでもない戦だと私には思えた。父の心の中のなにかを守るための戦だったとしても、眼に見えるものを守るためではなかった。私が総大将になってから、眼に見えるもののためにしか、戦はしてこなかった」

なぜ月王丸がそんなことを言い出したのか、頼冬は訝《いぶか》った。訝っただけで、それも訊きはしなかった。触れてはならないものが、月王丸には多くあり、それを赤い異様な甲冑で覆っているのだ、という気がしてくる。

「船は、対馬へむかっておりますな。もう、かなり近づいてきた。そして、追ってくる船は、あんなに遠くなった」

「対馬は広い。山も多い。だから戦のやり方は考えなければならぬ」

「戦の前のお心を、私が乱しましたか？」

「なんの。なぜ、私がこんな戦をはじめようとしているか、ということを考えていた。頼冬殿に声をかけられる前の方が、ずっと心が乱れていたという気がする」

　舳先は風が強く、体温が奪われて躰《からだ》が小刻みにふるえた。ただ、飛沫は後ろの甲板よりはひどくない。

　櫓床《ろどこ》にいる裸に近い兵たちの躰からは、湯気がたちのぼっていた。一年で、もっとも寒い時季である。気づくと、堀田竜広が背後に立っていた。

「後ろの関船に移っていただけますか、竜王丸様とお二人で」

「頼冬殿は、阿連に行かれるのか？」

「竜王丸殿が、お誘いくださいましたゆえに」

「長く、馬に揺られなければならぬな。といってもせいぜい五里というところだが、途中はなかなかなものだ。本来なら竜王でなく竜広に任せるところだが、竜王も今度のことでいささか大きくなった」

月王丸が、頼冬の顔を見て笑ったようだった。眼の光が、わずかな間だけやさしいものになったのだ。

「どうやって、移ればいいのです。艀《はしけ》ですか？」

「いや、船縁《ふなべり》を寄せます。跳《と》び移っていただければよいのです。船縁を寄せるのは、船から船へ斬《き》りこむ時、いつもやることです」

頷《うなず》き、頼冬は月王丸に軽く一礼した。堀田竜広が、船縁を指さした。関船が一艘、船縁から鉤《かぎ》の付いた棒をのばして、近づいてくるところだった。

2

島が近づいてきた。

最初に一直線で島にむかった半数は、すでに上陸し、かなり激しく闘っているようだ。畳みかけるように、月王丸の本隊が上陸するのだろう。本隊とは、対馬の南五里の海上で別れていた。竜王丸が率いるのは、二十艘の関船だけである。目指す阿連は、本隊が攻撃している厳原とは反対側にあり、敵の防衛線の背後を衝《つ》く策であることは、頼冬にも読めた。

「追ってきている船団を、月王丸殿はどう扱われるのであろうか？」

「気になりますか、頼冬殿。海上の戦で一番厄介《やっかい》なのは、兵数がよく読めぬことです。一艘に百以上の兵が乗っているかもしれず、十しか乗っていないかもしれない。そこに、攪《かく》乱《らん》できる隙《すき》はあるということです。船の扱いにたけた者が、それをやっているでしょう」

「その攪乱を無視して島へ戻る果断が敵にないかぎり、あの船団は海上に釘《くぎ》づけということになりますな」

「海上の敵も、敵には変りなく、それほど間を置かず討つことになりましょう。陸上の戦に早く結着をつけるために、私が阿連にむかっているのです」

「全体としては、読めます」

船には、二十頭ばかりの馬が積まれていた。ほかの船も同じようなものらしい。騎馬四百に徒六百。動きの速い軍勢になるだろう。

「月王丸殿は、戦があまりお好きではないのですか？」

「なぜ？」

「舳先に立っておられる時も、気の重そうな表情をしておられた」

「ああいう姿は、めずらしいと私も思いました。ただ、堀田竜広がなにも言いません。はじめから父と一緒に闘ってきたのが、竜広ですから。私は、私が命じられた戦を懸命にやればいいのです」

風が遮《さえぎ》られる場所に入ったのか、波が静かになった。櫓の軋《きし》る音が耳についてくる。四十挺の櫓で、かなり速い。

「百ほどの軍勢が、泊《とまり》に」

帆柱の上に登っていた物見が、大声で報告してくる。泊の小屋などかろうじて見てとれる近さだが、兵の姿までは頼冬にはわからなかった。

船上では、馬に鞍《くら》が付けられている。櫓を漕ぐ兵たちも、裸ではなく胴丸をつけていた。従者たちが、竜王丸の具足を持ってくる。それを着けると、日本の武士とどこも変るところがなくなった。同じような具足姿の平山忠利が、低い声でなにか命じた。甲板に、十数枚の板が出されてくる。それが、二本の丸太に打ちつけられた。馬二頭が並んで降りられるほどの渡り板が、すぐに出来あがった。

「旗を」

泊を見据えていた竜王丸が言う。その眼はどこかけもののようで、血の匂《にお》いでも嗅《か》ぎ取ろうとするように、鼻がひくひくと動いていた。

「来海様は、白い馬をお使いください。悍馬《かんば》ですが、あれなら竜王丸様に遅れることもありません」

平山忠利は、落ち着いていて、美作《みまさか》山中ではじめて会った時とまったく変らない。

帆柱に、細長い三角の旗が掲げられると、櫓の動きが激しくなった。櫓床に就いている以外の兵は、すでに渡り板や鉤棒《かぎぼう》を持ち、上陸に備えている。

「敵の軍勢が、楯《たて》を並べはじめました」

ようやく、近づいてくる船団が味方のものではない、と気づいたのだろう。その動きが、頼冬にもなんとか見てとれる近さになっていた。

帆柱の上の物見からは、敵の陣形が報告されてくる。

「正面から蹴散《けち》らそう。その前に、楯のむこう側に、矢の雨を降らせてやれ」

さらに泊が近づいてきた。

二艘の関船が、前へ出て行った。そのまま、泊へ突っこんでいく。船着場の石積みの岸壁に、船はいなかった。二艘が、まず舳先からその岸壁につけ、中央に竜王丸の船を着ける場所を確保した。すでに、二艘の船からは矢が射られはじめ、楯のむこう側からも唸《うな》りをあげて矢が飛来している。

「参りましょう」

頼冬の顔を見て竜王丸が言う。身軽に馬に跨《また》がった。頼冬も、白馬に跨がった。渡り板が降ろされていく。竜王丸が太刀《たち》を抜き放ち、片手で中天に翳《かざ》した。延寿国村が、陽の光の中でひらめいた。

竜王丸に続き、頼冬も飛び出した。ほかの船からも、騎馬が飛び出してきている。正面の百余の兵は、相手にならなかった。ぶつかった瞬間に楯は崩れた。駈《か》けながら、竜王丸が敵の首を二つ斬り飛ばすのが見えた。蹴散らすというだけの戦い方ではない。ぶつかってきた者は斬り倒す。ほかの騎馬の兵もそうだった。

泊の奥の村まで駈け進んだ時、竜王丸は一度軍勢を止めた。兵はすぐに集まってきた。騎馬が四百。徒も、二手に別れて隊列を整えている。百余の敵は、一千に踏み躙《にじ》られ、ほとんど全滅したようだ。

「休むことなく、駈けよ。遅れる者は捨てていく。遅れたら、自ら命を断て。それが一番楽だ。先鋒《せんぽう》は騎馬の三百。三百ずつの徒のあとに、平山忠利の百の騎馬が続く。厳原まで、ひた駈けるぞ」

旗印の一本もなかった。一千の大将としては、竜王丸も軽すぎるほどの具足しか着けていない。竜王丸が手を挙げ、駈けはじめた。五名の従者がぴったりとそれに付き、頼冬も続いた。

行手に、人の姿はない。遮る兵の姿もない。それでも竜王丸は、谷間《たにあい》の道には物見を放っていた。伏勢がありそうな場所では、騎馬三百が駈け抜けるまで、徒を待たせている。

谷間と山越えの道。三里ほど、なにごともなく進んだ。

「一里前方に、二千五百の兵が布陣しております。騎馬は三百。大内家の旗です」

物見からの注進が入った。

「待たれよ、竜王丸殿」

大内家と聞いて、頼冬の心が動いた。

「私を、先頭で走らせてはくださらぬか？」

「なにゆえ？」

「わが養父は大内家の家臣。老齢ゆえ、よもやとは思いますが、軍勢に加わっているかもしれません」

「無用にされよ、頼冬殿。加わっておられたとしても、どうなさる。御自身でお斬りになるのか。戦に、斟酌《しんしゃく》はいらぬ。顔を合わせたら、覚悟を決められることです」

頼冬は頷いた。甘いか、と呟《つぶや》いてみる。自分にそういう甘さがあるのは、わかっていた。わかっていたから、剣に生きようとしたりしたのだ。そして頼冬は、自分のその甘さを、あまり嫌《きら》ったこともないのだった。

竜王丸が、攻撃の陣形の指図をはじめた。敵の陣の地形も、地面に指で描いている。騎馬隊が二百ずつ二手に。徒は六百が一丸となり、正面からぶつかる。すぐに陣形は決まった。乗馬の下知《げじ》を、竜王丸は下し、頼冬の顔を見てちょっと笑った。自分のなにかが嗤《わら》われた、とは頼冬は思わなかった。竜王丸の顔には、笑っても猛々《たけだけ》しさだけがあった。

徒が先頭を走り、騎馬隊がそれを追う恰好になった。

開けた台地の中央に、敵は魚鱗《ぎょりん》で陣を組んでいた。

「ひとりでも多く殺せ。殺せなくても、傷だけはつけろ。そういう者たちは、あとで殺せばよい」

竜王丸が叫ぶと同時に、六百の徒が楯で矢を防ぎながら突き進んだ。平山忠利が率いる二百騎が、右の側面に回った。

「たかが二千五百で、魚鱗の陣とは笑止よ。しかも伏勢も置けぬところだ。こちらが一千だというのは、すでに知っているのであろうな」

「厳原後方の防衛線でしょうな、ここが」

「これを破れば、厳原へはひと息で攻め下ります。父の軍略には、いつも隙がありません」

　すでに、徒は敵の前衛とぶつかっていた。魚鱗で何重にも組んだ陣は、二千五百という数を生かしきれていない。第一列の四百ほどは、すぐに浮足立った。崩れかかるところを見計ったように、平山忠利の二百騎が側面から襲いかかった。騎馬隊がそれを阻止しようとしたが、勢いが違う。押しこまれ、かえって自分の陣を乱しはじめた。

「よし、総攻めにかかる。法螺《ほら》を鳴らせ」

　竜王丸が叫んだ。二つ三つと、法螺が台地に響き渡った時、二百の騎馬隊は敵の左前方へ一丸となって突っこんでいった。敵が算を乱しはじめる。追い討ちになった。竜王丸の騎馬隊が、先頭で走っていく。頼冬は、手綱《たづな》をちょっと引き気味にした。敵の崩れ方があまりに早い、と思えたのだ。一騎遅れた頼冬のところへ、平山忠利の騎馬隊が駈け寄ってきた。竜王丸の騎馬隊と徒の全員は、すでに台地から駈け降りはじめている。

「待たれよ、平山殿。二百騎は、ここへ留《とど》められる方がよい」

「なんと。総攻めでございますぞ」

「敵が、脆《もろ》すぎるとは思われぬか。倍する兵力で、あれほどの陣を組んでいながら」

平山忠利の頰のあたりが、引きつったように動いた。

「物見」

平山忠利が、かすれた声で命じた。四騎だけが、竜王丸を追うように駈けはじめる。

「敵に、策があると？」

「わからぬ。しかし脆すぎた。策があるなら、それが露《あらわ》になるまで平山殿はここで待たれる方がよいし、策もなく算を乱したのなら、竜王丸殿だけで充分であろう」

平山忠利が、緊張した表情で頷いた。

余計な口を出したのかもしれない、と頼冬は思いはじめていた。竜王丸が勝とうが負けようが、自分にとってはどうでもいいことだ、という気がする。策に嵌《はま》る戦なら、それだけのものだった、ということだ。

物見が駈け戻るまで、さすがに平山忠利は苛立《いらだ》った表情は見せなかった。じっと、台地の下へむかう道に眼をやっていただけだ。

物見が、駈け戻ってきた。逃げていた兵が反転し、さらに一千近い伏勢が現われ、竜王丸の騎馬隊の全部と徒の四百ほどが押し包まれてしまっているという。厳原のすぐ手前である。

「二百の徒は、まとまっているか？」

「ひとつにまとまっていますが、四百ほどの敵と対峙《たいじ》して、容易に囲みには近づけません。いま、少し後方に退《さ》げております」

出た物見は四騎で、戻ってきたのは二騎だった。残った二騎で、二百の徒を指図しているのだろう。

「よし」

平山忠利が、太刀を大きく振った。二百の騎馬が駈けはじめる。少し遅れて、頼冬も付いていった。

土煙があがっていた。頼冬は、下り坂の途中で馬を止めた。よほどの悍馬なのか、手綱をしっかり絞っておかなければ、前へ前へと出ようとする。

囲みの中で、騎馬が暴れ回っている。兵の壁に突っこんでは、撥《は》ね返されるという恰好である。このまま続けば、少しずつ射落とされ、やがては全滅するだろう。騎馬が少なくなる前に、竜王丸が兵の壁を突き破れるかどうか。できたとしても、犠牲は大きい。

平山忠利の二百騎が、到着したようだった。百騎ずつが角度を変え、同じ場所に交互に突っこむことをくり返しはじめる。さらに二百の徒が、小さな塊となってその脇《わき》を攻め立てる。兵の壁が、外側の一カ所から崩れはじめた。押し包まれていた竜王丸も、ようやくそれに気づいたのか、一点を集中して攻撃しはじめた。内と外からの攻撃で、兵の壁はすぐに崩れた。

一カ所が崩れた包囲は、脆いものだった。閉じていないかぎり、長くのびた陣形と同じなのだ。ひとつになった四百の騎馬隊に、次々に突き崩されていく。今度の脆さは、陣形そのものの脆さである。敵の兵はなんとか凌《しの》ごうとしながらも、耐えきれずに次々に敗走していった。

一千の軍勢が、再び勢いを得て厳原に突っこんでいくのを見届けてから、頼冬は手綱を緩めた。

厳原での戦も、竜王丸の一千が背後から突っこむことによって、一気に勝敗が決したようだ。逃げ遅れた敵兵はすべて斬り殺され、むごい場面が展開していた。堀田竜広が率いる騎馬隊が、さらに敵に追い討ちをかけているようだ。

「頼冬様」

平山忠利が、駈け寄ってきた。

「お礼を申します。われらも一緒に竜王丸様と押し包まれていたら、いまごろは散々な目に遭《あ》っていたでありましょう。厳原の勝敗すら、覚束《おぼつか》ないものであったと思います。月王丸様の策は、阿連からの一千が敵の背後を衝《つ》くことを要《かなめ》としておりましたので」

「私はただ、見て気づいたことを言ったまでです。そして、戦に加わる気がなかったので、見えたのだろう、とも思います」

「それでも、言ってくだされた。御養父が、軍勢の中におられるかもしれなかったというのに」

「おりません。老齢ゆえ、戦場では足手まといになるだけでしょう。冷静に考えて、いるはずがないと思い定めていたものを、大内の旗を見ると、つい言ってしまった。私も、どこかで自分を見失ってはいたのでしょう」

平山忠利は頼冬を見つめ、馬上で一礼して駈け去った。

まだ追撃は終っていないので、兵の動きは激しい。それにしても、屍体《したい》が多すぎた。手負いや逃げ遅れた者は、全部殺しているようだ。対馬を奪おうという気が、月王丸にはなさそうだった。引揚げるとなれば、俘虜《ふりょ》は船に乗せなければならない。余計な荷を抱えこまないのが、水軍の戦というものなのか。

泊には、関船が四十艘ほどいた。泊の外にはもっといるはずだ。竜王丸の軍勢を阿連にまで運んだ船も、ここへ戻ってくることになっている。

関船には、赤い甲冑の姿はないようだった。頼冬は馬を降り、泊の小屋を覗《のぞ》きこんだ。六人ばかりの男が、小屋の隅《すみ》でふるえている。武士ではなかった。水を所望した頼冬に、ひとりがふるえながら近づき、柄杓《ひしゃく》を差し出した。体力が元に戻るのは、もっと先だろう。馬に乗ってきただけで、かなりの疲労感がある。のどの渇きもひどかった。

「しばらく休ませて貰《もら》いたい。それから、もう一杯水を所望だ」

男たちは、まだふるえていた。頼冬はもう一杯水を飲み、小屋の入口のところに、陽の光を避けて腰を降ろした。

対馬まできてしまったのは、成行だった。大野武峰《たけみね》と斬り合って傷を受けなければ、船に運びこまれることもなかっただろう。

「私は、戦には関係ない。ただ居合わせたというだけの者だ」

そう言ってみたが、男たちの怯《おび》えは消えなかった。

短く法螺が鳴ったのは、それからしばらくしてからだった。

民家のある方が、騒がしくなっている。頼冬は水の礼を言い、腰をあげた。

ひどい略奪がはじまっていた。物を運び出す者、女を引き摺《ず》り回すもの。裸で数人の兵に抱えあげられ、恐怖で硬直してしまった女もいる。

竜王丸と従者の姿を見かけ、頼冬は馬に乗って追った。竜王丸は、馬に鞭《むち》をくれながら、混乱の中を駈け抜けていく。

海の見える高台だった。

二百を超える敵兵が、高台の端に集められていた。そこには五百ほどの軍勢が揃《そろ》っていて、堀田竜広の姿も見えた。

喚声があがる。頼冬が馬を降りる間もなかった。五百の軍勢が、断崖《だんがい》の端に集められた敵兵に、いきなり襲いかかったのである。抵抗する者、喚《わめ》き立てる者、断崖から飛び降りる者。容赦のない殺戮《さつりく》だった。追撃で、狩り立てられた者たちなのだろう。ひとりとして立っている者がいなくなるのに、それほどの時はかからなかった。血の匂いが、海からの風に乗って、頼冬の全身を包んだ。屍体は、断崖から次々に投げ捨てられている。

「やり過ぎる、と思われますか、頼冬殿？」

気づくと、堀田竜広がそばにいた。

「琵琶湖《びわこ》の館《やかた》にいた幕府管領《かんれい》の兵を襲った時も、徹底したものだった。動けなくなった味方の兵でさえ、竜王丸殿自身が止《とど》めを刺されたしな。このような戦をなさるであろうと、思ってはおりました」

「戦は好まぬが、やる時は徹底してやる。これがわれらのやり方です」

「ほかの兵は、略奪をしているようだが」

「ここにいるのは、いわば竜王丸様の麾下《きか》。略奪は禁じられています。そういう兵がおよそ千五百。それ以外は、二刻《ふたとき》の時に限って、略奪は許されています。武士の恩賞と同じだ、と思っていただければよい」

「それは、はっきりしていていい。もともと、戦とはそういうものであった、と思います」

「月王丸様のところへ、儂《わし》は戻りますが、頼冬殿はいかがなされます」

「竜王丸殿は？」

「麾下の兵と、この高台におられます。略奪が終る刻限まで。兵たちに、略奪の浅ましさをよく見せておくのです」

堀田竜広が馬首をめぐらしたので、頼冬もそれにならった。

「思わぬ強敵でありました。関船を並べて挑《いど》んできたのも、策のひとつだったようでしてね。船にはあまり兵力を割いていなかったのです。上陸して攻めると、次から次に新手がくり出してきて、背後の竜王丸様が間に合わなければ、一度兵を退《ひ》こうかと考えさせるほどの激戦でした」

「月王丸殿が、敵の策に嵌った？」

「とも言いきれますまいが、敵の備えを完全に読みきれてもいなかった。いつもなら、そういう戦はなさらぬが、心になにか別のものがあったのでしょう」

「なにかを、眼に見えるものを、奪うための戦ではない、と言っておられた」

「まさしく」

「勝ちましたな」

堀田竜広は、泊へ馬をむけた。月王丸の旗印をあげた船が、泊の中央にいた。

堀田竜広は、巧みに艀《はしけ》を操り、月王丸の船に漕《こ》ぎ寄せた。

甲板の床几《しょうぎ》で、童《わらべ》のような従者を四人侍らせて、月王丸は酒を飲んでいた。赤い甲冑は脱ぎ捨てている。総髪が、かすかに風に靡《なび》いていた。

「頼冬殿か。竜王が敵の策に嵌ったところを、お救いくださったようだな。礼を申す。借りがひとつできてしまった」

「借りなどと。それより、傷の身に、やはり馬はこたえました。それでも出血せずに、傷は塞《ふさ》がっている。絹糸で縫うというのは、大変な効果があるものです」

陸上の略奪のことに、月王丸は触れようとしなかった。ただ、盃《さかずき》を重ねているだけである。水軍の戦に、領地の恩賞などないのはわかる。略奪という行為を許さざるを得ないのだ、ということもわかる気がする。砂を噛《か》むような思いで、月王丸は陸上の略奪のことを忘れようとしているのかもしれない。

「水軍の戦というより、陸の戦を見せていただいたようです、私は」

「そう思われたか」

「何日も、陣形を組んでむかい合って、という戦ではない気もしました。それが、水軍の戦といえば、そうなのでしょう」

「船と船でぶつかり合うことは、ないわけではないが、少ない。水の上は、いろいろと厄介なこともあるのです」

「船は、どうなりました、月王丸様？」

堀田竜広が、遮るように言った。

「四百艘ばかりを、捕えた。近辺の泊にいたものも含めてだ。われらが使える船は、その中で百艘もあるまい。あとはすべて、焼かせることにする」

「対馬の軍勢は、しばらく動きがとれますまいな」

迎え撃ち、追ってきた船に、兵数は想像より少なかった、と言っていた。あの船はすべて捕え、ほとんどを燃やしてしまうのか。

勧められるまま、頼冬は盃を重ねた。

略奪がはじまって一刻ほど過ぎた時、甲板に次々に荷が運びあげられてきた。略奪してきたものらしい。

「宗家の倉にあった、銀や銭です。私も、略奪をするのですよ、頼冬殿」

「月王丸様は、死んだ兵の親や子にこれを配られます。子に領地を継がせるなどということが、水軍にはできませんので」

補足するように、堀田竜広が言葉を挟《はさ》んだ。

「この戦では、思った以上に死人が出てしまった。二百ほどの兵は、死なせてしまったでしょうね」

「敵は、もっと死んだのではないか、堀田殿」

「負けた方は、死にます。それは負けたからです。負ければ、当然略奪はできず、死んでも報いることはできません。だから水軍の戦は負けることができず、水師も負けないと思う大将に付きます」

「それも、本来のかたちでしょう。戦とは、もともとそういうものだ」

堀田竜広が、かすかに頷いた。酒をほとんど飲もうとしていないことに、頼冬は気づいた。

「今度の戦だけは、竜広は反対していましてね。竜王やほかの武将の前では、おくびにも出さなかったが、私と二人きりの時、かなり激しく反対されたのです」

「いままでの月王丸様の戦とは、まるで違うものだったからです。苦戦はしましたが、勝ててよかったと思っています」

堀田竜広が、盃を呷《あお》った。

「略奪の刻限は、なにがあっても守らせなければなりません。儂はこれから、手勢を率いてその監視に行こうと思います」

「それは、竜王がやる、竜広」

「はあ」

「それより、頼冬殿に、私の今度の戦の意味を語りたいと思う。これから、力を貸していただかねばならぬし。おまえにも、そばで聞いていてもらいたいのだ、竜広」

「それを聞くのは、竜王丸様の方がよろしいのでは？」

「竜王は自ら考える。その考えが間違っていたとしても、私には直す気はない」

「わかりました」

堀田竜広は、上げかかった腰を降ろし、従者に盃を突き出した。飲もう、という気になったらしい。

月王丸は、すぐには話し出そうとはしなかった。南の国のことをいくらか語り、そこに憧《あこが》れを抱いた少年の日のことを、とりとめもなく喋《しゃべ》りはじめた。堀田竜広は、遠くを見るような眼で、盃を重ねている。

3

対馬での戦の報を、今川仲秋《なかあき》は五条の民家の中にある、楠木正儀《くすのきまさのり》の屋敷で受けた。

屋敷に、楠木正儀はいない。波木《なみき》という名の隠遁者《いんとんしゃ》として、淡路島の細川領で病の身を養っている。

いるのは、明石の水師藤江太郎次の娘、寿々《すず》である。

「いつのことだ？」

「二月十四日ということでございます」

「知らせが早すぎる。そう思わぬか、寿々」

二月十六日だった。対馬から、二日で知らせが届いたことになる。

「対馬から隠岐《おき》、若狭《わかさ》と伝わってきて、京に到ったのでございますが、波木様の命により、海上に船を配置いたしておりました」

「船が、対馬から若狭まで二日足らずで走れると申すか」

知らせを運んできたのは商人態《てい》の男だが、忍びであろうと仲秋ははじめから見当をつけていた。

「夜の海に、光を遮るものはございません。船から船へ、光を使って伝えたのでございます。はじめの取り決めがあり、それでようやく伝えられるのです。ですから、戦があり、対馬が蹂躙《じゅうりん》されたという以上のことはわかりませぬ。波木様がお考えになったことでございます」

山の民が、鏡に陽の光を照り返させて、なにかを伝える方法を持っていることは、仲秋も知っていた。それと同じことを、海の上でくり返してやり、若狭まで知らせを届けたということか。

「これから、波木殿にも？」

「はい、この足で淡路島に参ります」

労《ねぎら》いの言葉をかけ、仲秋は腰をあげた。

どうやら、信用していい知らせのようだ。

月王丸が、対馬に攻め寄せ、勝ったということになる。宗だけならそれも不思議はないが、山名、大内の兵一万が対馬にはいる。それでも、月王丸は勝ったのか。

よほどの大軍を擁していたか、よほど巧みな戦略を用いたかだろう。一万三千の兵が守る島を攻めるなら、少なくとも二万の兵力は必要だっただろう。北九州の水軍が、それほど動いた気配はない。

「次は、博多、大宰府《だざいふ》が攻められるのであろうか、寿々？」

「波木様は、そう読んではおられませぬ」

「しかし、対馬だけを襲ったとて、意味はないぞ。九州攻めの前哨戦《ぜんしょうせん》と思うのが当然であろう」

「これ以上大きな戦が起きる前に、別の動きがあるだろうというのが、波木様のお考えでございまする」

「別の動きとは？」

「それは、波木様は心に秘めて語ろうとはなさいませぬ」

寿々と波木は、左京を介して頻繁《ひんぱん》に連絡を取り合っているようだ。左京を雇っていたのは仲秋だったはずだが、いつの間にかそういう仕事をするようになっていた。面白い仕事の方に転んでいくという、忍びとしては致命的な軽さが、左京にはある。

「すぐにも、九州へ帰りたい気分だ。まだ知らせは届かぬが、すでに博多は攻められているかもしれぬ」

「殿は、京に留《とど》まるという決断をされたはずではございませぬか」

確かに、そうだった。仲秋を京に留めておくのが、斯波義将《しばよしまさ》の陰謀だったとしても、それを逆手に取るのも、京にいれば不可能ではないのだ。

「しかし、心が騒ぐな」

「必ず、あのお方の次の動きがある、と波木様は信じておられます。それは九州探題はもとより、細川頼之《よりゆき》様にも累《るい》を及ぼすものではないと」

一度決めたことを、変えようとは思わなかった。ただ、心は騒ぐ。

翌日、幕府政所《まんどころ》に仲秋は出仕したが、斯波義将はまだ対馬の戦のことを知らなかった。将軍家も同様だろう。

「船から船へ光を使ってなす伝達というものは、実に速いのだな。幕府にはなにも知らせは入らず、のどかなものであった」

楠木正儀の屋敷に戻り、直垂《ひたたれ》に着替えながら仲秋は寿々に言った。

寿々が、仲秋の九州行きを止める役目をする。そのために、毎日のように接した。無理押しをしたり、自分を駆り立てたりすることもなく、自然の成行で男と女になるのに、それほどの日数はかからなかった。

癩《らい》を病む身かもしれぬと、寿々は一度だけ強く拒んだが、仲秋はそれを気にしようとは思わなかった。それならば、ともに癩を病んでもいいという気になり、言いもしたのである。なぜ癩を病むかもしれぬと思うようになったのか、その理由も仲秋は訊《き》かなかった。

女性を慈《いつく》しむような気持になったのは、この歳《とし》になってはじめてである。十年近く続いた女とも、これで別れられるかもしれない。

「波木殿からは、なにも？」

「明日あたりは、左京が参るのではないかと思っているのですが」

「対馬からの知らせも、明日には管領《かんれい》殿に届くかもしれぬ」

しかし、門が激しく叩《たた》かれたのは、深更だった。安富直久《やすとみなおひさ》である。至急出仕するようにという、斯波義将からの使いが来たという。直久は、十名ほどの供回りで、すでに出仕の用意は済ませていた。

「細川頼元殿は？」

「もう、屋敷を出られたはずです」

斯波義将にも、対馬からの知らせが届いたようだ。さすがに、早い。

「直久、どこへ行く？」

門を出てから、仲秋は言った。幕府政所とも、斯波義将邸とも、方向が違う。

「室町第へ参ります」

「しかし」

「室町第へ出仕せよ、との使者の口上でございました」

「そうか」

将軍家に、すぐに知らせようというのか。それとも、将軍家にも知らせが入ったのか。

行ってみるしかなかった。

二月の京は冷えこむ。博多の風の冷たさの比ではなかった。

室町第には、篝《かがり》が焚《た》かれていた。訪《おとな》いを入れる前に、待ち構えていた侍に案内され、将軍家の寝所があるらしい棟に通された。

すでに、斯波義将と細川頼元は来ていて、沈痛な表情で控えている。こういう場所に通されるのも、時刻も、異例である。

「遅れました」

仲秋は二人に頭を下げ、下座の茵《しとね》に就いた。

無言で待つしかなかった。室町第に、騒々しい気配はなにもない。

襖《ふすま》が開かれ、義満が姿を現わした。平伏しながら、仲秋は蠟燭《ろうそく》の燃える音を聞いていた。

「対馬が攻められた。聞いているな」

義満の言葉に対して、大きく反応したのは細川頼元だった。斯波義将は、ただ頭を下げただけで、表情は変えなかった。

「負けたという知らせじゃ」

「恐れながら、同じ知らせがそれがしにも届いております。なれど、なにかの間違いであると思いますが」

「ならば、よいがの」

義満は、知らせの内容を疑ってはいないようだった。

「由々《ゆゆ》しきことでございます。対馬への援兵の指揮は、誰が？」

頼元が言った。

「大内家の四千は山中正秀、山名家の六千は一族の満幸《みつゆき》。ともに名だたる武将。たやすく撃ち破られるとは、にわかには信じ難い」

武将の名を聞いて、仲秋は斯波義将の肚《はら》の中が垣間《かいま》見えたような心持ちになった。いままで、両家合わせて一万の援兵としか知らなかったのだ。その二人が、それぞれの軍勢を率いて行ったとするなら、斯波義将の言う通り、たやすく撃ち破られるはずはない。義将は、最強と言ってもいい防備を、対馬に敷いたことになる。二人の武将と並ぶ者として名が出るとしたら、ほかには斯波家の大野武峰しかいないであろう。

義将は、なぜそのように強力な防備を対馬に敷いたのか。

対馬を攻めあぐねた月王丸が、次善の策としてとるのは、九州北岸のどこかを拠点とするということであろう。上松浦党は、月王丸に付く可能性が高い。するとすぐにも、九州探題である兄の了俊が、月王丸と対峙せざるを得ないことになる。了俊の力だけでは、上松浦党を巻きこんだ月王丸に対抗するのは無理であろう。そこで、兄が潰《つぶ》される。もしくは細川頼之が援兵を率いて九州にむかい、細川、今川が多大な犠牲を強《し》いられながら、月王丸と闘うことになる。大友や島津などの九州の守護は、九州探題には加担しない。

　つまり、兄と細川頼之を潰すか、それができなくても消耗《しょうもう》させようとして、義将は対馬に強力な布陣をしたということになる。

「敵の兵力は、どれほどでございますか？」

　実直な頼元だけが、まともに戦況を読もうとしているようだった。

「あの二人が、まこと撃ち破られたとするなら、三万から四万の兵力はあったであろうと思われる」

「そのような」

　言った仲秋に、義満と義将が同時に視線をむけてきた。

「三万とか四万とかいう兵力は、明《みん》からでも援兵を仰がねば無理でございましょう。明が他国に兵を出すことは、まずありますまい。ならば、九州全域、四国、中国の水軍の一部まで含めねば、そういう数にはなりません。九州全域どころか、北九州の水軍にさえ、大きな動きはありませぬぞ」

「まことにそう言えるのか、今川殿は？」

「馬を集め、兵糧《ひょうろう》を集め、船もひとつ所に集結させなければなりません。それを九州探題に内密で行うことなど、まず無理でございます」

「すると、敵の兵力はどれほどだ？」

義満が言った。

「せいぜい、五、六千。月王丸が集められる軍勢は、それぐらいのものでございます」

「五、六千の軍勢に、幕府きっての武将が率いる一万と、領主が率いる三千を合わせた軍勢が、半日も闘わずに破られたと申すか」

「敗報がまことならば、そういうことでございます」

「しかし」

言ったきり、義将は口を噤《つぐ》んだ。

「対馬をとられたら、いつ九州本土を攻められてもおかしくない、ということになるな、仲秋？」

「すぐにも、九州に援兵を。それも、御所様が言われていたごとく、十万に達する大軍を送るべきであろう、とそれがしは考えます」

「十万か。口にしたことが、まことになったか」

「まずは、四国の細川頼之殿にむかっていただくことにいたしませぬか」

義将は、兄了俊と細川頼之を、まとめて月王丸とぶつからせるという策を、まだ捨ててはいないようだった。

「大内、山名は、これ以上の出兵には応じますまい。いまは、水軍も擁する細川頼之殿の出兵を仰ぐしか」

「兄の頼之に出せる兵力は、どれほど無理をしても、一万というところでございます。それに兄は病を得ておりますれば、それがしが名代として九州に赴くことになります」

頼元が言った。出兵を要請された時の答え方は、頼之と談合済みだと思えた。そして背後には、波木の意見もありそうだ。

「頼之が病を得ておると？」

「昨年来よりの風邪をこじらせております。臥《ふ》せるほどではございませぬゆえ、御所様にも管領殿にも申しあげはいたしませんでしたが、戦には耐え難いとそれがしは思っております。それでも、兄は行くと申すでありましょうが」

「四国勢を一万などとは、笑止でございますぞ。中国勢一万が破られたあとです。九州の南朝方も勢いを増すでありましょうし、ここは十万の兵力は必要です。この今川仲秋に、援兵の先鋒《せんぽう》をお申しつけくだされば」

対馬の戦が思惑通りに進まなかったので、自分を京に置いておくという義将の策は、かえって裏目に出はじめている、と仲秋は思った。

「慌《あわ》てるでない、仲秋。夜が明ければ、戦況がどうであったか、という知らせも入るであろう。いま、足利《あしかが》将軍家の命があれば、十万が二十万でも、二日か三日で組織できる。戦況を知ってからでも、遅くはあるまい」

「その時は、御決断を頂戴《ちょうだい》できまするな？」

「よほど、兄のことが心配と見えるな、仲秋は」

義満が、ちょっと笑みを浮かべたが、それはすぐに消えた。

「これで、抱いていた夢がいくらか遠くなったかもしれぬ」

「御所様が抱かれている夢とは、どのようなものでございますか？」

「夢は、ただの夢よ。ただ、征夷《せいい》大将軍というより、武門の棟梁《とうりょう》であるこの足利義満には、実現できる夢であることに、ある時気づいた。いつかは、実現できるものと思っている」

それ以上、義満は語ろうとしなかった。九州の地図を持ってこさせ、守護の動きや南朝方の動きを分析しはじめただけである。

夜が明け、朝餉《あさげ》を終えても、次の知らせは入らなかった。

義満は仮眠をとるために寝所に戻り、三人も室町第の客殿に場所を移した。

「将軍家の夢とは、なんでございましょう、管領殿？」

「さあ、儂にも読めぬな。ただ、どのような夢であろうと、実現する力を将軍家はお持ちであることは、間違いない」

月王丸が帝位を望めば、北朝でも南朝でもない、第三の帝《みかど》が生まれる、と言った義満の言葉を、仲秋は思い出していた。さも、第三の帝を待っている、というような口調だったのだ。第三の帝が立てば、第四の帝も立つかもしれない。そうなれば、もう帝は帝ではなくなる。義満は、もしかするとそうなることを望んでいるのではないのか。その時は、一番上に立つのは、この国で一番力を持っている人物。つまり義満自身ということになる。

しかし、そんなことがあるだろうか。帝の上に誰かが立つなどということが、この国にあってもいいのだろうか。

「対馬が負けたとして、月王丸に付く武士が九州にどれほどいるであろうか、仲秋殿？」

頼元が、さも不安そうに言った。

「上松浦党の半数以上。つまり二千か三千は、まず月王丸に靡《なび》きましょう。九州南軍も、一万にはふくれあがりましょうな。それに九州探題と月王丸が闘うとなれば、島津や大友も月王丸に付くかもしれません」

「それでは、九州のほぼ全土が月王丸に付くことになる。征西府の再来ではないか」

「月王丸がそれを望んでいるかもしれぬとは、それがしは最初から考えておりました。ゆえに援兵の大将は、御所様御自身か、管領殿でなければならないのです。それならば、いやいやでも島津や大友はこちらへ付くでありましょうし」

「なるほどな」

「そのような事態にせぬために、管領殿は選《よ》りすぐった精兵を対馬に送られた。卓見であったと、それがしは思います。それだけの精兵が、月王丸に敗れるとは、誰も考えはいたしますまい」

斯波義将が、露骨にいやな顔をした。

話を切り出すのは頼元で、ひとしきりやり取りが続くと、沈黙というくり返しだった。

次の知らせが入ったのは、午《ひる》近くになってからだった。

想像以上に、ひどい敗戦だった。

死んだ兵は二千にも達し、四百艘《そう》の船が焼かれたり奪われたりし、島のめぼしいところはすべて、ひどい略奪に遭ったのだという。

「略奪？」

義満が言った。誰もが、それは不審に思った。これから拠点にしようという場所で略奪をなすのは、逆効果でしかない。

「略奪というのは、まことだな」

「まことのようでございます」

使者は、わが事のように恐懼《きょうく》し、平伏して言った。

唯一《ゆいいつ》考えられるのは、すぐに次の戦をはじめるために、兵糧や銭を必要としているということである。しかしそれなら、略奪というかたちでなく、押収《おうしゅう》というかたちをとるだろう。

「して、敵の動きは？」

「それは、次の使者をお待ちくださいますよう」

略奪の最中のことまでしか、使者は知らされていないようだった。

三番目の使者が、夕刻近くになってようやく到着した。略奪を終えた敵は、対馬を引き払い、海上に消えたという。その船団が、九州北岸にむかったという気配はない。

「どういうことであろう」

さすがに、斯波義将も首を傾《かし》げた。

対馬など、その気になればいつでも奪《と》れる、ということを月王丸が将軍家や管領に見せた、としか仲秋には考えられなかった。

しかし、なぜそんなことを知らせなければならないのか。これで対馬の防備をさらに固められたら、次に攻める時の犠牲は大きくなるのではないか。

九州の武士たちに対する、力の示威だったのか。それなら、九州の武士との連繫《れんけい》をもっと強くしていたはずだ。これまでの月王丸の動きは、すべて京に、幕府に眼がむいていたと言っていい。斯波義将に対する、あからさまな攻撃はなんだったのか。

月王丸の軍勢が去った対馬には、荒廃と静けさだけがあるという。

「面妖《めんよう》な話じゃ。略奪が目的であったとしても、一万もの援兵がいる時に、わざわざやることもあるまい」

義満も、相手の肚が読めないことに、苛立ちを隠さなかった。一万の援兵を送りながら、略奪に晒《さら》されるまでに敗れたということは、幕府の権威の失墜でもある。義満の、傷ついたことのない自尊心が、これ以上はないというやり方で傷つけられたことは、容易に想像ができた。

十万の援兵の話は、敵の次の動きが読めない以上、しばらく待つしかなかった。それを言い出したのは、義満自身である。

陽が落ちてから、仲秋はようやく帰路についた。

「どこまで見通しているのだ」

馬上で呟《つぶや》いた仲秋の声を、安富直久が聞きつけ馬を寄せてきた。

波木がどこまで月王丸の動きを見通しているのか、仲秋は考えていたのである。

楠木正儀の屋敷に戻った。楠木邸ではなく、おのが屋敷に戻ってきたような気分に、門を潜《くぐ》るたびに仲秋は襲われるようになっていた。

寿々が、出迎える。

「波木様の使いとして、左京が参っております。すでに一刻《いっとき》も待ち続けておりまする」

「左京か」

波木からの使いを、ずっと待ち続けていたような気がする。それでも、左京の顔を見たくない、となんとなく仲秋は思った。

「どういう用件であろう？」

「それが、私には喋ろうといたしませぬ。殿に直接と、波木様にきつく申しつかったようで」

「わかった」

太刀を左手に持ったまま、小さな客殿にむかって仲秋は歩いていった。

4

燈台《とうだい》の明りに照らされて、平伏した左京の義手が茶色に浮きあがって見えた。仲秋は眼を閉じた。人に、あまり嫌悪感《けんおかん》は持ったことがない。生命のない左京の義手が、自分には受け入れられないもののように思えたのである。まるで、この男がいつも語る夢のようだ。

「使者の口上を聞こう」

「仲秋様には、このまま京にお留《とど》まりくださるように、との波木様よりの伝言でございます」

「理由によるな。波木殿は、なぜ儂が京にいなければならぬ、とお考えなのか」

「三月になれば、将軍家は西下されましょう。それに従われるようにと」

三月のはじめに、将軍家は安芸《あき》厳島《いつくしま》に詣《もう》でることになっている。そういう遊行《ゆぎょう》が、このところ年に数度は行われているようだ。遊行だけでなく、諸国に将軍家の勢威を示す目的も当然あるのだろう。大大名が、時に不穏な動きを見せる。しかし反幕というより、幕府内での争いと考えた方がいいだろう。それが拡《ひろ》がれば、やがて反幕に発展し、まだ残る南朝の勢力とも結びつきかねない。この国の戦乱は収まったわけではなく、条件さえ整えばまた全国が争乱の渦《うず》に巻きこまれるおそれはあった。

「しかとお伝えいたしましたぞ、仲秋様」

「儂は波木殿の家人《けにん》ではない。かつては幕府侍所頭人《とうにん》も務めた今川仲秋ぞ。なにゆえ、波木殿の命に従わねばならぬのだ」

「命などとは。これは波木様よりの、お願いでございます」

「ならば、理由も述べるのが筋であろう」

「それがしは、口上をお伝えする使者にすぎませぬゆえ」

「使者ならば、もっとましな者がおろう」

　言っても、左京の表情は変らなかった。

「ただ言葉だけを伝えるために、おまえのような曲者《くせもの》を波木殿が使われるとも思えぬ。おまえの考えを申してみよ。それが、おまえほどの男を使者に立てた波木殿の真意と見た」

　仲秋は、左京の自尊心を傷つけるのではなく、くすぐる方へ話を持っていった。はじめに感じた嫌悪感は、抑えておいた方がよさそうだ。

「それがしごときに、なにが」

「本心でそうは思っておるまい。いつもなにかしら握っている。おまえを忍びではなく、軍師で使いたいと思ったことが、何度かある」

「お戯《たわむ》れを」

「思っただけよ。家中の者はいい顔をするまい。儂の前に忍びとして現われたのが、ちょっと惜しい気がする」

あるかなきかの表情の動きを、左京が見せた。心にもないことを言える。そういう自分が、仲秋はうとましくもあった。これも、京という土地のせいだ。

「それがしは、ただ案じております」

左京が口を開いた。

「対馬における戦は、そちらに幕府の眼を惹《ひ》きつけておくためでございましょう。仲秋様も、九州へ帰ろうとなさっているはず。将軍家も、九州に大軍を送ろうとなさるかもしれません」

「やがては、そうなるであろうな」

「さりながら、月王丸様は、九州を望んではおられまい、と思うのです。九州を望まれるなら、対馬は捨てられますまい。月王丸様の眼は、京にむいております」

「京の、将軍家にか？」

「敵を見定めると、心を惑わすことがないお方でありましょう。竜王丸様の動きも含め、すべてが将軍家にむいていたものと、それがしは思っておりました」

「いま将軍家になにかあれば、幕府は四分五裂ということになる。月王丸殿は、それに乗じて、天下を狙《ねら》っているか」

「そこまでは、わかりません。ただ、足利家の支配を潰すことで、この国はまた大きく動きます。足利を潰すのに、いまの南朝の勢力と結んでも、大した力にはなりません。まったく別の方法で、月王丸様は幕府に打撃を与えられるおつもりでしょう。そうすれば、動くものは動きます」

「どういう方法か、つまり月王丸殿の肚のうちが、そろそろ見えてきそうだということだな。しかしそれと、儂が京に留まることと、どう繋《つな》がってくるのだ？」

「波木様は、将軍家が潰されぬように、どこかで月王丸様を阻《はば》むことを考えておられると思います。楠木一門を率いておられたとはいえ、足利の軍門に降《くだ》られました。また南朝に戻られても、柱石となるにはほど遠く、そして病を得られました。いまお考えになっているのは、前管領細川頼之様のことだけであろうと思います。斯波義将を追い落とし、再び細川頼之様を管領に復帰させる。そのために、月王丸様の動きを利用する。そう考えれば、まず九州が強固であることが障害となります。九州探題の軍勢の指揮を仲秋様がとられれば、将軍家が九州へむかう必要もなくなってきます」

　左京は、いずれ将軍家が九州遠征にむかう、と考えているようだった。それは、あり得ぬことではない。

「なにが起きるかわからぬにしろ、大筋はそういうことか。それでおまえは、どう動くつもりだ、左京？」

「それは？」

「自らの夢を追うか」

左京の夢は、かつての征西府を復活させることであろう。そして、新しい国家に発展させていく。それができるのは、征西将軍宮の子息である月王丸だけということになる。いまの月王丸の動きは、この男の血を騒がせているに違いなかった。

「そこまで読む忍びならば、月王丸殿も使いにくかろうな」

仲秋は、笑みを浮かべて言った。左京が言ったことは、すべて自分がこうあってほしいと考えていたことだろう。つまり、すべてを自分の夢に結びつけようとしている。考えれば、憐《あわ》れな習性である。夢に生きることを、躰《からだ》に叩きこまれているのだろう。

夢が、人を食い殺そうとしている。それが仲秋には見えるようだった。

「去《い》ね、左京。おまえを銭で雇うとはいわぬ。だが、なにかあれば儂のところへ来い。儂は、足利一門であり、おまえはそれを潰す方につこうとしている。しかしのう、京にいてよくわかった。敵が、時には味方であることもある。少なくとも、斯波義将殿に対した時、儂とおまえには、なにか通じるものがあるはずだ」

左京が平伏した。それは忍びのやり方ではなかった。仲秋が眼を閉じている間に、左京は消えた。

唾《つば》を吐きたい気持を抑えて、仲秋は寿々を呼んだ。

「使者として現われ、夢追い人として語り、忍びとして帰っていった。忙しい男よ」

寿々はかすかに頷《うなず》いただけで、仲秋とむき合って座った。

見えてきたものが、仲秋にはあった。左京の話を聞きながら、見えてきたのである。すべてではない。ほんの一部だが、そこから辿《たど》っていけば、ほんとうに見なければならぬものに行き当たる、という気もする。

月王丸が、将軍家の生命《いのち》そのものを狙うということはあるまい。足利を潰す動きとも思えない。別のなにかを見定め、動いているはずだ。それは波木にも、はっきりは見えていないのかもしれない。

三月に入れば、将軍家は安芸厳島まで西下する。その時に、月王丸はまた動きを見せるつもりなのだろう。仲秋も、供奉《ぐぶ》を命じられることは間違いあるまい。

斯波義将は、細川頼之を潰すために動くはずだ。そのために最も効果的な方法は、九州探題である兄を罷免《ひめん》することだろう。細川頼之にとっては、片腕を捥《も》がれるようなものである。将軍家は、それを黙殺するかもしれない。明との交易は、西国の大名だけでなく、将軍家も望んでいることで、そのためには博多を押える必要があるのだ。

ただ、いま博多に新しい九州探題を送ったところで、博多を押えることにはならない。九州の情勢はそれほど単純ではなく、島津や大友などの独立性は、京で考えられているよりずっと強い。それを将軍家が認識しているとしたら、厳島神社への参拝を理由に、大軍を西へ動かし、一気に島津、大友を潰す可能性がある。それと、九州探題を潰そうとする斯波義将との利害は、一致する部分が出てくるはずだ。

「今度のことで、中心になる人物の姿が、見えてきたような気がする。これは儂の勘に過ぎぬのだがな」

「誰でございます？」

寿々が、わずかに身を乗り出してきた。

「来海頼冬、つまり将軍家と同じ祖父を戴《いただ》く、足利頼冬よ」

寿々の表情が、微妙に動いた。意外な名前なのだろう、と仲秋は思った。明石《あかし》に足利頼冬が滞留していた時は、心を寄せていた気配もある。

将軍家は、島津、大友を潰し、自分の意のままになるかたちだけの九州探題を置こうと考える。斯波義将は、九州探題から今川をはずすことで、細川頼之の復活の芽を摘《つ》んでしまう。それに対抗するために、島津、大友が担《かつ》ぐのは、南朝ではあるまい。ここまで南朝の勢力が弱まれば、全国的な蜂起《ほうき》など望むべくもないのだ。しかし、足利頼冬を担ぐとしたら、幕府に反感を持つ大大名を味方につけることは、難しいことではないかもしれない。そこに、さらに月王丸が加わる。月王丸が足利頼冬を担いだとしたら、南朝の勢力も反幕の勢力も、一気に糾合《きゅうごう》できるのではないか。

九州探題の立場は、複雑なものにならざるをえなかった。

「なにゆえ、来海様が？」

「来海殿の気持がどうであろうと、その血は処々で波紋を呼ぼう」

九州探題と足利頼冬と月王丸という、三者の結びつきも考えられないわけではない。いや、斯波義将の圧力に対抗するには、それしかないとも言える。仲秋にとって大事なのは、足利幕府ではなく、今川という家だった。それを守るためには、一門の棟梁《とうりょう》である将軍家と一戦交えても、という覚悟はできている。

「来海頼冬のそばにいてくれぬか、寿々。おまえが、ひと時あの男に思いを寄せたかもしれぬとは、儂も薄々気づいておる。それで頼むのは酷だということも承知の上で、おまえに頼みたい。これは、今川家の命運を左右することになるかもしれぬのだ」

「お断りしとうございます」

「しかし」

寿々の言葉は毅然《きぜん》としていて、仲秋の口をしばし噤《つぐ》ませた。やはり、足利頼冬に思いを寄せ、それを断ち切れずにいるのか。

しかし、足利頼冬との繋がりは、やはり寿々を通してである。左京に、それを任せる気にはなれなかった。左京には、居所だけを探らせればいい。あるいは、すでに知っているかもしれない。自分が動ければと思うが、将軍家西下の供奉となれば、それも無理である。

「たっての、儂の頼みだ。返事はすぐでなくともよい。もう一度考えてみてくれ」

寿々は、暗い顔で頷いただけだ。

寝所に、茵《しとね》はすでに用意してあった。床についてからも、仲秋は月王丸の動きについて考え続けた。対馬を攻めたのは、なんのためだったのか。波木が、最後の命を燃やし尽すように、月王丸の動きに固執するのは、なんのためなのか。

眼《め》醒《ざ》めた時、すでに寿々は起き出していた。

安富直久が迎えに来る。朝餉もそこそこに、仲秋は衣服を改めて出仕した。

月王丸の新しい動きは、なにも伝わってこなかった。斯波義将から、将軍家西下の供奉を命じられただけである。幕府政所に、将軍家の姿もなかった。

「対馬の戦をどう見ているのか、兄に訊いてみるとよい」

顔を合わせた細川頼元が、小声で言った。

「では、頼之様も、厳島の参拝に供奉されますか？」

「儂の兄だけではないぞ。そなたの兄もだ」

「しかし」

「いま、斯波義将殿より申しつけられたところじゃ。参拝だけで、戦などはない。だから風邪をこじらせた兄も、気晴しの遊行の気分で来ればよいとな」

「頼之様の風邪は、またひどくなったと聞いておりますが」

「そのようなことが、斯波義将殿に通用すると思うのか。とにかく、対馬の敗戦を忘れるように、厳島参拝に熱を入れられておる」

斯波義将は、月王丸の戦がなんだったのか、見切ったのだろうか。それとも、見切らないまま、なにかをしようとしているのか。

「将軍家は？」

「今日は、お姿は見えぬ。どうもいやな感じがして、お姿だけでもと、朝からお捜ししたのだが」

「いやな感じと申しますと？」

「なに、兄が管領の職を追われた時に、危惧《きぐ》していたことを、思い出したまでよ」

「将軍家が、昇れるところまで昇ろうという野心をお持ちだ、ということですな」

「そなたも、了俊殿から聞かされておるか」

兄了俊と頼元に、細川頼之はそれを語ったという。頼之は、足利一門を味方につけた斯波義将との政争に敗れて、四国へ戻ったのである。頼之が口にした危惧を、兄も理解したようではなかった。

昇れるところまで、とはどこまでなのか。頼元と別れてからも、仲秋はしばらく考え続けていた。征夷《せいい》大将軍といえば、昇りつめた地位ではないのか。しかもいまの将軍家は、生まれながらにして、その地位の人だった。幼少から青年に達するまで頼之が補佐し、それ以後はすべての号令を自ら発してきたと言ってもいい。頼之と斯波義将の政争も、所詮《しょせん》その下における争いに過ぎない。

ならば、将軍家はどこに昇っていくのか。

帝位、という言葉が、はじめてはっきりと仲秋の頭に浮かんだ。将軍家は、帝位を望んでいるのか。あるいは帝位を廃し、自らが名実ともにこの国の王になろうというのか。

馬鹿《ばか》げたことだ、と仲秋は思った。征夷大将軍であるいまが、すでにこの国の頂点に立っているということではないか。この上、帝位を望むことに、どういう意味があるのか。

しかし、頂点に立つ人間の気持が、自分にわかるわけがない、という気もする。

いずれわかること、と思っているしかなかった。

三日経《た》ち、四日経ったが、将軍家の姿は幕府政所に見えなかった。室町第からの呼び出しもない。せめて、その後の月王丸の動きをと、仲秋は懸命に探ったが、対馬での戦が嘘《うそ》のように、なにひとつ聞えてはこなかった。

寿々がいなくなったのは、五日経った時である。足利頼冬のそばにいてくれと、仲秋は何度か頼んでいた。頼冬の所在がわかったので行ったのか、頼まれるのがいやで消えたのか、判断に苦しんだ。

ひとつだけ確かなことは、寿々がいなくなったことに、考えていたより大きな衝撃があったことである。心に穴があいたような気がした。埒《らち》もない、と何度も自分に言い聞かせたが、まるで若者のように、その心の穴を持て余した。時には、月王丸の動きなどどうでもいいと思えてしまうほどだった。

六日目の夜に、耐えきれず左京に使いを出した。いつでも連絡が取れるように、左京は京にいる配下をひとり、仲秋に教えていたのである。

「来海頼冬殿の居所を探ってくれ」

七日目の夜に現われた左京に、仲秋は言った。直接寿々を捜してくれとは、さすがに言い出せなかった。

左京が闇《やみ》に消えたあと、苦い自嘲《じちょう》だけが仲秋の心に残った。

5

汗が滴《したた》っていた。

いくら木刀を振っても、傷は時折疼《うず》くだけだ。糸を抜いたばかりの時は、ちょっとひきつるような痛みが常にあった。

頼冬は木刀を置き、息を入れた。以前のように、振ることはできる。ただ、息が続かなかった。それも、時とともに回復するだろう。躰が、そう感じている。

木刀を削ったのは、久しぶりのような気がする。対馬の戦のあと、三日ばかり壱岐《いき》に滞留し、平底の輸送船で内海のこの島にやってきたのは十日前だった。津和地《つわじ》という島の名は、上陸する時白丁《はくちょう》に聞かされた。忽那《くつな》水軍の領する島のひとつらしい。島の男たちは、漁をやるというより、船を使った輸送の仕事に携わっているようだ。時には、戦もやるのだろう。船上でも、太刀を背負っている者が多い。

月王丸や竜王丸が、なにをしているかは知らない。壱岐から輸送船に乗ったのは、頼冬と白丁の二人だけである。

月王丸が、なにをやろうとしているかは、聞いた。そのために、自分を利用することも肯《がえ》んじた。頼冬にとってはどうでもいいことで、面白いかもしれないという気がしただけだ。月王丸の申し出を断ったとしても、ほかにやることはなにもなかった。

汗がひきはじめた。内海の島は暖かいが、それでも崖《がけ》の上で当たる風はまだ冬のものだった。再び、木刀を振りはじめる。こうやって、振れるところまで木刀を振るのが、剣の修行になると考えていた。太刀を重いと感じることがなくなる。太刀を持っていることさえ、忘れてしまう。その時に、はじめて自由に太刀を扱える。そのための修行だったはずだが、いまは躰を回復させたいという思いだけだった。

どれほど膂力《りょりょく》を鍛えあげようと、太刀を思う通りには扱えない。太刀を動かすのは、腕や腰ではなく、まったく別のものだということが、わかりはじめたような気がしていた。大野武峰との立合いが、そのきっかけだったのか。

島と島の間に、船が現われた。内海に島は多い。海上の船も、簡単には見つけられない。頼冬は木刀を振り続けた。船の数は五艘に増え、真直ぐにこちらにむかってくる。

「幕府からの船だそうでございます。潮の流れを考えず、風だけに頼って参ります」

気づくと、岩のそばに白丁が立っていた。淡い、水の色のような単衣《ひとえ》である。

「はじまるのか？」

「なんの。先触れでございましょう。はじまれば、内海は大小の船で埋まります」

頼冬はちょっと頷いた。木刀を振る手は休めていない。

「すっかり、回復なさいました、殿は」

「傷を縫うというのが、これほどのものとは思わなかった」

木刀を放《ほう》り出し、頼冬は汗を拭《ぬぐ》った。

「殿は、木剣を振る姿を、人に見られたくはありませんのか？」

「用事か、私に？」

「別に構ったことはない。ただ振っているだけだ」

「私も、ただ眺《なが》めておりました」

船は、津和地の泊に入ってくるようだった。関船だが、平底だろう。月王丸の率いる関船は、底が尖《とが》っていて波を切りやすい。速さが、平底とはまるで違うのだ。

先触れの幕府の船は、泊に入ったがすぐに出ていった。内海のすべての島に、先触れが訪れているのだろうか。高が、厳島に詣《もう》でるだけである。

「将軍の権勢とは、すごいものだ。いや、ことさら権勢を見せつけなければならぬのかな。

厳島へ詣でることも、そのひとつであろう」

「権勢があるから、見せたくなる。そういうものだと、私は思います」

「つまらぬな」

「なにがでございます？」

「おまえのもの言いがだ。媚術《びじゅつ》などと言ったところで、馴染《なじ》んでしまえば、所詮そんなものかな」

「殿が、この島を退屈に感じられる。そうするのも、媚術のひとつでございますよ」

「いいのか、手の内を明かしても」

「最後の最後までは、明かしませぬ」

口に袖《そで》を当てて、白丁が笑った。

島の男たちの動きが変ってきたのは、その夜あたりからだった。どこといってないが、気配が変ったとでも言うのだろうか。頼冬と白丁が与えられている家は、島の長《おさ》の屋敷の中にあるので、微妙な気配の変化もすぐに伝わってきた。

壱岐も含めれば十数日間、白丁と一緒に暮してきた。白丁が、それで身近になったという気はしなかった。最初に会った時と、まったく変らないという気がする。それでもの足りない気分にさせるのも、媚術というものなのか、と頼冬は他人のことのように眺めているだけだった。

屋敷に漂っていた微妙な変化の気配が、はっきりと騒ぎの気配になったのは、夜明けだった。

「島の中に、二人ばかり入っているということでございます。幕府の船が来た時に紛《まぎ》れこんだのでございましょうが」

母屋《おもや》に様子を窺《うかが》いに行った白丁が、戻ってきて言った。

「ほう、この島は怪しまれておるか」

「この島だけに、入っているわけではございますまい。二人というのは、むしろ少なく、幕府の小さな軍勢が、正式に上陸しているところもあるという話です。幕府は、水軍に絶対の信頼は置いておりませぬし」

「内海の島を、すべて押えるというわけにも参るまいにな」

「忽那殿は、人数を出して狩り出すおつもりのようです。すでに、七、八十はお屋敷の前に集まっております」

この島には、竜王丸が来ることになっている。それを、幕府には知られたくないのだろう。ただ、大軍を率いて来るわけではなく、顔でも知られていないかぎり、気づかれるおそれはないはずだ。

空は、すでに明るくなりはじめていた。馬蹄《ばてい》も聞える。この島は、全体が牧場《まきば》にもなっていて、かなりの数の馬がいるのだった。小さな島とはいえ、身を隠す場所はいくらもあり、百名ほどで狩り出すのにはかなりの手間がかかるだろう。

　庭に降り立つと、母屋の方からは殺気立った気配すら伝わってきた。それも気にせず、頼冬は木刀を振りはじめた。毎朝やりはじめたことである。屋敷前に集まっていた者たちは、それぞれに散っていき、やがて屋敷の中は静かになった。庭でも、頼冬の木刀を振る音が聞えるばかりである。

「白丁」

　頼冬は、木刀を縁にたてかけ、直垂《ひたたれ》の袖を通しながら家の中に声をかけた。

「太刀を」

　言いかけたが、縁に出てきた白丁は、すでに太刀を捧《ささ》げ持っていた。

「私ひとりでよい。忽那殿に、また内海の潮の流れの話などを聞こうと思う」

　白丁が頷いた。

　庭を歩いていくと、母屋の縁に忽那重久《しげひさ》が端座していた。四十をいくつか越えたところだろう。鬢《びん》には白いものが混じりはじめた、水師とは思えぬもの静かな武士である。忽那諸島は七島を数え、本家は忽那島にあるが、一族の中では重きをなしているようだ。竜王丸がこの島に来ることにしたのには、さらに別の意味もあるのかもしれない。

「早朝から、お騒がせ申しておりますな、来海殿」

「ひとつ、お許しを頂きに参りました。屋敷内で、太刀を抜かせてはいただけますまいか？」

「ほう、なぜ？」

「屋敷の前の人が散り、静かになると、見えなかったものが見え、触れなかった気配が触れてくるものです」

「なんと」

忽那重久が、腰をあげかけた。頼冬は、横に一歩だけ跳んだ。刃の起こす風。頼冬がいた場所に、黒い装束の男がうずくまっている。空から降ってきたとも忽那重久は思っただろう。太刀を撥《は》ねあげながら立ちあがった黒い影を、頼冬は声もあげず抜き撃ちざまに肩から胸へ斬《き》り降ろした。血を噴きあげただけで、倒れた方も声ひとつあげない。

頼冬は、太刀を持ったまま、二歩横に動いた。屋根から、もうひとりが飛び降りてくる。地に降り立った時は、すでに低い構えをとっていた。

「縛《ばく》につくか、死するか」

頼冬の声に重なるように、鳥の啼声《なきごえ》のような叫びが起きた。頼冬は、軽く一歩踏み出しただけだった。手応《てごた》えもなく、太刀を振った。男の首だけが、背中の方に落ち、ぶらさがった。束《つか》の間《ま》、首のない男の躰は立っていて、それから仰むけに倒れた。

「屋敷の中が、盲点だったということか」

忽那重久が、呻《うめ》くように言った。

「それにしても、見事な太刀捌《さば》きですな」

「集団で闘うことに馴れた者です。五人、十人とまとまって、はじめて力を発揮する。ひとりずつでは、闘うすべさえも知らないようでした」

人を斬った、という感じはなかった。見事な腕に見えたかもしれないが、頼冬にとっては人形を斬るようなものだった。

「そのような剣を、どこで身につけられた？」

「さあ。いつか、身についておりました。私を殺そうとする相手に対しては、強い。しかし、それは強さではないのですよ」

頼冬が言ったことを、忽那重久が理解したとも思えなかった。

「殿、水を」

白丁が、井戸のところから頼冬を呼んだ。多分、白丁でも始末ができる相手だっただろう。斬るまでもなかったが、白丁はなにも言わず、頼冬の太刀に水をかけた。忽那重久が家人を呼び、狩り出しに出た者たちを呼び戻す下知を出している。

「なにか、変りましたか」

頼冬の太刀を袖で拭いながら、白丁が言った。

「人を斬った感じが、そうたやすく変るものではない。つまらぬところで、私に探りを入れたりするな」

「容赦のかけらもない、斬り方でございましたな。見ていて、おそろしくなるほど」

「もともと、そういう人の斬り方をしてきたのだ。人を斬る時は夜叉《やしゃ》であり、そうであることを恥じてもおらぬ。ただ、技や気迫だけではないと、短い間に教えられた」

「抱かれた業念《ごうねん》を、お捨てになれませぬのか？」

「白丁らしくないことを、申すではないか。媚術を駆使して、私が逃げないようにするのが、おまえの役目だと思っていたが」

「月王丸様は、そのようなお方ではございません。去る者を追おうとはなさいますまい。殿に助力を求められたのも、殿がおられたからで、そうでなければ別のことをお考えになられる方です。私を殿にお付けになったのは、私の気持を見抜かれたがゆえと思っておりまする」

女らしさを、白丁は単衣から溢《あふ》れ出させた。それも媚術かもしれず、そうでないのかもしれなかった。要するに、男と女の間は、まことがなにか見定め難いということなのか。頼冬にとっては、面倒なことでしかなかった。

「月王丸殿のお手並みも、そろそろ拝見できそうだな。対馬の戦は、小手調べにすぎなかったとも思えるし」

「将軍家の京出立は、三月四日と決まったそうです」

「どこで、それを？」

「鳥が教えてくれまする。殿が木剣を振っておられる間、私はいつも鳥と話をしておりますゆえに」

白丁が、きれいな歯を見せて笑った。頼冬は太刀を鞘《さや》に収めた。忽那重久は、ふたたび縁で端座していた。違うところは、すぐ下に二つ屍体《したい》が転がっていることだ。

それから島に余所者《よそもの》が入りこんだ気配はなかった。幕府の船もやってこなかった。

島影を縫い、潮の流れに乗り、一艘の関船がやってきたのは、三月三日だった。近づいてくる船を見て、竜王丸だということがすぐに頼冬にはわかった。

忽那重久の迎え方は、完全に臣下のものだった。忽那義範《よしのり》という棟梁が、前征西将軍宮を本島に迎え、三年暮させたという。その後の九州平定にも、忽那水軍は大きな役割を果している。それがまだ、忽那七島には受け継がれているのかもしれない。

「傷はいかがです、頼冬殿？」

竜王丸には、平山忠利が付いていた。船には、四十名ほどの兵がいるだけだ。

「あの医師は、もう駄目《だめ》だろうという怪我《けが》人を、何人も生き返らせています。頼冬殿が、死に瀕《ひん》しておられたわけではありませんが」

「この通り、回復は早かった。いささか驚いていますよ」

「すぐに戦などにお連れしたので、どうだろうと案じていたのですが、それはよかった。対馬の戦の折りには、助けていただいた。そのお礼も申しあげなければなりません」

「助けた、というわけではありません。見えたものを平山殿に伝えただけです」

「手強《てごわ》い敵でした。一歩誤まれば、打ち負かされていたかもしれません。戦とは、いつもそういうものなのでしょうが」

「そしていつも、欲が絡《から》んでいる。月王丸殿が、欲が絡まぬ戦をほんとうになしうるのかどうか、拝見させていただこう」

「父の戦がどういうものかも、この島で考えるつもりです」

なぜ戦をなすかということを、月王丸は竜王丸には語っていなかった。竜王丸が、自分で考えればいいことだ、と言ったのだ。

　竜王丸は、一度忽那重久の屋敷に入ったが、すぐにひとりで岬《みさき》の鼻へ行った。頼冬が、いつも夕刻、木刀を振る場所である。

「あそこで、海にむかい合って考える、と言われましてな。竜王丸様がああいうことをされるのは、はじめてです」

　美作山中で出会って、どれほどの時が過ぎているのか。すでに、竜王丸を斬ろうという気は失《う》せている。それで竜王丸の強さや幼さや一途《いちず》さが、ほんとうに見えてきた、と頼冬は思っていた。そして、いま立合えば勝てる、とも思う。剣の勝負が、技だけではないと思いはじめた時から、自分は強くなったのだろうか。

「将軍家では、こたびの厳島参拝に大号令をかけたようでございます。細川頼之殿が百余艘の船を用意されるとか。西国の大名はみな集まるようで、三百艘は超えましょうな」

「ただの参拝とも思えませぬな」

「権勢を西国に示そうという肚《はら》でしょう。駿河《するが》で富士を見たのが昨年。あれは東国の武士への示威でありましたでしょうし」

その将軍は、自分の従兄《いとこ》なのだ、と頼冬はふと思った。実感は湧《わ》かない。何度も刺客を送られたことを、思い出すだけだ。

「それはそうと、頼冬様と斬り合ったという、大野武峰も復帰しておりますぞ。将軍家がいない京を、警固することになったとか」

「そうですか」

武峰とは、もう一度立合いたかった。結着はついていないのだ。武峰の傷は、どれほどのものだったのか。

「斯波義将が留守居を命じられたのに伴う措置だと、聞き及びました」

平山忠利には、この島でやらなければならないことはないらしい。ただ待つだけなのだろう。

「高麗《こうらい》とは、よいところですか、平山殿？」

「さあ。人によりますな。もっと南の国がよい、と申す者が多いと思います。それがしは好きですが、あの国も乱れております。明国には押えつけられておりますし」

「遠いのですか？」

「対馬から、すぐです。晴れた日には、高麗の山々が対馬から望めます」

「それほどに」

「九州から対馬へ行くよりも、近いのです。頼冬様も、一度来られたらいかがです。近いのに、国が違えばこれほど違うのか、と思われます」

「白丁は、高麗から渡ってきた者の裔《すえ》だ、と申していたことがあります」

　母屋の縁に腰を降ろして喋《しゃべ》る、という恰好《かっこう》だった。白丁が湯を運んでくる。忽那重久は、竜王丸を迎えてからにわかに忙しくなったようだ。家人たちを急《せ》きたてて、なにかを運ばせている。

　暖かい、のどかな日だった。島の高台にある屋敷からは、岬の鼻もよく見えた。竜王丸は、海にむかって座禅を組んでいるようだ。好きにさせようというのだろう。平山忠利は、そちらに注意を払おうともしなかった。

「頼冬様は、周防《すおう》で育たれましたか？」

「そう、いま竜王丸殿がむき合っておられる方角だな」

　大内家の家臣として周防にいたのは、ずっと昔のことだったような気がする。あのころと較《くら》べて、なにを失い、なにを得たのか。ちょっと考えただけで、やめた。意味のないことだ。

「南の国は、暑い。いつも夏なのです。それがしのような者には、こたえますな」

平山忠利の声が、不意に遠くなったような気がした。

逃げていた。ふと頼冬はそう思った。剣の修行などと言いながら、ほんとうは剣に逃げていた。しかし、なにから逃げようとしていたのか。おのが血からか。

「南の国は、それに遠い。船で何日もかかります。竜王丸様は気に入っておられますが。嵐《あらし》の季節になると、海も荒れます。何人もの水師が、嵐で命を失いました」

平山忠利の声は、やはりどこか遠かった。

6

三月四日、兵庫から乗船した。

ついに、足利頼冬には会えぬままだった。供奉の準備に忙殺され、おまけに兄了俊が、九州から呼び戻されたのである。久しぶりに、今川の屋敷は人で賑《にぎわ》ったが、仲秋は了俊が呼び戻されたことが、釈然としなかった。対馬の戦からひと月も経たず、九州探題が任地を空けたのである。その思いは、了俊も同じだったようだ。

四十艘《そう》あまりが兵庫にいて、沖にはさらに百艘を超える船がいるようだった。

御座船《ござぶね》に同乗したのは、細川頼元である。仲秋は、了俊と同じ船に乗った。斯波義将は、将軍家がいない京を守備するという名目で残り、弟の斯波義種《よしたね》が御座船に乗った。

了俊を九州から呼び戻したのは、斯波義将の考えだろう。どういう目論見《もくろみ》があるのか、仲秋には読めなかった。

目指すのは、讃岐《さぬき》、宇多津《うたづ》の泊である。そこでは、細川頼之が将軍家を迎えるはずだった。宇多津まで、この船団であれば二昼夜はかかるだろう。内海で、波こそ荒くないが、潮があり、そして無数の島がある。夜は、どこかに投錨《とうびょう》するしかなかった。

「思いやられますな、この船の数では」

艫《とも》に端座する了俊に、仲秋は声をかけた。了俊は、いつも行儀がいい。歌人としても、すでに名が高い。武辺だけの仲秋とは大違いである。幼いころから、仲秋は気遅れを感じることが多かった。それがさらに、仲秋を武辺に駆り立てたとも言える。

「将軍家の西行じゃ。これぐらいの船は仕方あるまい」

「しかし、遠くにも船団がいる様子。全部合わせると、数百艘になるのではありませんか」

「将軍家は、立派に成長なされた。拝謁《はいえつ》して、私は胸が熱くなったぞ」

この十数年の間、了俊は片手で数えられるほどしか、将軍家には会っていないだろう。それほど、九州の情勢は難しいのである。その九州探題を、厳島参拝のために呼び戻すとは、どうしても得心がいかなかった。それも仲秋が知ったのは、了俊の一行の先触れが到着してからである。斯波義将は、口を拭って仲秋にはなにも言わなかったのだ。

「兄上は、先日の対馬の戦を、どう考えておられるのです？」

苛立《いらだ》ちを抑えて、仲秋は訊いた。

「一万の援兵を送りながら、負けたのですぞ」

「あれには、私も驚いた。ただ、北九州の水軍に、呼応する動きはまったくなかった。不思議なほどにな。対馬だけの戦で終ると、私はその時思った。京にいたおまえにはわからなかっただろうが、博多にいればそう思ったはずだ」

「しかし、九州の水軍は、これからこぞって月王丸に靡《なび》くのではありませんか？」

「月王丸が、九州を攻めようとすれば、確かにそうなる。しかし、その兆候もない」

勝ち戦を放り出すようにして、対馬から兵を引いている。どう考えても、九州を視野に置いていたとは思えない。とすると、援兵を送った幕府そのものに対する、挑戦《ちょうせん》だったということか。しかし、なんのための挑戦なのか。

「一時、確かに九州の水軍は動いた。それはおまえも知っての通りだ。しかしあの動きは、対馬に援兵を呼ぶための動きだったのではないだろうか」

「斯波義将殿に対する攻撃は、確かに執拗《しつよう》でした。対馬への一万の援兵も、斯波殿の指図です。しかし、幕府管領《かんれい》に対する攻撃は、幕府に対する攻撃です。そして九州探題は、幕府の下にあるのですぞ」

「将軍家は、そうお取りになったであろうな。そのための、対馬攻撃であったとさえ思える。しかし、仲秋、私には読めないのだ。月王丸が、なにを望んでいるかということがな」

「九州の覇権《はけん》ではない。領地でもない。あれだけ交易をなしていれば、金品が欲しいわけでもありますまい。いっそ帝位でも望んでくれたら、と将軍家も言われました」

「帝位か」

「まさか、月王丸がそれを望んでいるとは」

「わからぬ。読めぬと申したではないか」

「儂《わし》が心配なのは、管領殿の動きです。自分が攻撃を受けていながら、すべて兄上を潰《つぶ》すことに結びつけようとする。気を許してはおりませんが、どこかで足を掬《すく》われるのではないかと」

了俊が、かすかにほほえんだように見えた。かっとしたが、仲秋はすぐにその感情を抑えた。九州で闘ってこれたのは、自分の武辺があったからではない。了俊の緻密《ちみつ》な策があり、慎重さがあったからだ。

「仲秋、海の上ばかりでなく、陸の方も調べたのか？」

「と申しますと？」

「一万から一万五千の軍勢が、船の動きに合わせて西へむかうはずだ。私は、山陽道の処々に、心利《き》きたる者を置きながら上洛《じょうらく》してきた。いずれ、なにか知らせてくるであろう」

兄の周到さに、仲秋は驚きはしなかった。いつも、こうなのである。その兄が、月王丸の動きをまったく読みきれていない。

「一万を超える幕府の軍勢が西へ動けば、安芸《あき》に到着するころは、五万に達していよう。そこでさらに号令をかければ、十万にもなる。それにこの水軍じゃ」

「九州を？」

「忘れてならぬのは、管領殿の狙いではなく、将軍家のお心の底じゃ。対馬の戦で、ほんとうに傷ついたのは、将軍家のお心ではなかろうか。御幼少の頃より補佐された細川頼之殿から、私は将軍家の御性格をよく聞かされた。英邁《えいまい》で、無謀はなされぬ。先の先まで、見通す眼をお持ちじゃ。ただ、負けるということを御存知《ごぞんじ》ない。頼之殿も、それだけは教えることができなかったと言っておられた」

「すると将軍家は、この機に九州をひとつにしてしまおうと」

「そう考えられても、不思議はあるまい。よいか、仲秋。われらのように、戦で勝ったり負けたりしている、というお方ではないのだ。われらの思いが及ばぬところで、深く傷つかれたのかもしれぬ。そしてそれを、表面にお出しになるお方でもない。深く内に秘めながら、しかしいつかは果断な行動をとられる。父君より、尊氏《たかうじ》公に似ておられるのかもしれぬ」

船は、ほとんど揺れもなく進んでいた。今夜は、淡路島のどこかの湾に投錨することになるだろう。

九州がひとつになるということは、島津や大友や少弐《しょうに》などの守護が、こぞって九州探題に従うということだ。ただ、その時の探題は、今川ではあるまい。今川以外なら、誰でもいいのだ。

まず、大軍をもって守護たちを屈服させ、それから今川を探題からはずす。守護たちの面目も立つだろう。幕府の威令は行き届き、探題はそれを伝えるだけの人間でいい。ならば、この十数年、耐えに耐えて闘い続けてきた、今川の立場はどうなるのか。

「兄上」

「おまえの言いたいことは、わかる。私も、いろいろな思いはある。しかし、時は来るのだ。九州に、今川了俊という探題が必要でなくなる時は、必ず来る。いま、将軍家を動かしているものが、まるで違う動機だったとしても、いずれわれらは九州から追われる。長く九州を見ていて、わかった。九州は高麗と繋《つな》がり、明国と繋がっている。将軍家が、交易のことを見逃されるはずはない、と私は思っている」

「それにしても」

「いま将軍家を動かしているものは、怒りかもしれぬ。われらにはちょっとした傷としか思えぬものに対する、屈辱かもしれぬ。しかし将軍家は、いずれ九州を望まれるぞ」

「望まれなくとも、日本全土は将軍家のものではありませんか」

「帝《みかど》が、おられる」

仲秋は、肺腑《はいふ》を突かれたような気分になった。いままで、靄《もや》がかかったように見えなかったものが、かたちのあるものとして見えた、と思った。しかし、それ以上、なにも見えてこない。

「私は、探題を追われることになれば、それもいいと思っている。細川頼之殿のように、幼少の将軍家を補佐しながら、一門の大名たちに追い落とされた例もある。頼之殿は、領国の経営を愉《たの》しんでおられるようじゃ。私も、遠江《とおとうみ》に戻り、歌でも詠《よ》めばいいのだ。それはそれで、人の生というものよ」

「それではわれらが九州で流した汗血に、なんの意味があったのです」

「意味を求めてはならぬのだ、仲秋。まあいい。この話はやめようではないか。まだ、なにがはじまったというわけではない。私は、久しぶりの船の旅を愉しみたい」

小さく頷《うなず》き、仲秋は口を噤《つぐ》んだ。それでも、頭の中を巡るものを、止めることはできなかった。

九州の守護を、大軍で威圧し、屈服させる。九州に将軍家の威令が行き届けば、対馬あたりの戦は、小競《こぜ》り合いにすぎないということになる。九州に火種があるから、対馬の敗戦も深刻なものになるのだ。

将軍家は、対馬の敗戦を逆手に取り、九州全土の制圧を決心したのか。九州を押えれば、時として中国で不穏な動きを見せる山名や大内に対しても、押えはきくだろう。しかし、ほんとうにそれができるのか。そして、兄了俊は、なぜ呼び戻されたのか。九州の案内ならば、了俊より自分の方が適任と言っていい。

「歳《とし》じゃのう、仲秋も。九州で音に聞えた荒武者も、考えこむことが多くなったか」

笑いながら、了俊が言った。

「兄上がなぜ京に呼び戻されたか、ということについては、やはり考えます」

「そのあたりには、管領殿の策謀の匂《にお》いもするではないか」

淡路島が近づいていた。

「酒を運ばせよ、仲秋。船上で酌《く》み交わす兄弟というのも、絵になりそうじゃ」

船は、淡路島のどこかの湾に入るようだ。仲秋は苦笑し、従者に酒を命じた。

翌朝から、了俊が山陽道に配置してきた者たちが、知らせを寄越しはじめた。艀《はしけ》でやってくるのだ。船に漕《こ》ぎ寄せる艀の数は多く、早咲きの春の花が届けられたり、地元で採れた新鮮な魚介が届けられたりする。そういう艀に紛れていれば、目立ちはしなかった。

軍勢は、やはり西にむかってゆっくりと移動していた。すでに、三万に達しようとしている。それでもまだ、将軍家が本気で九州を押えようとしているのかどうか、読みきれない。山名一族を威圧しようとしていることも、充分に考えられるのだ。

六日の夜、宇多津の泊に入った。

細川頼之が出迎えていて、重立った者はみな、将軍家に従って上陸した。

細川頼之は、将軍家を迎え入れて、ただ嬉《うれ》しそうだった。失脚して京を追われ、ほぼ十年になる。頼之が将軍家を補佐したのは、十歳から二十二歳までの十二年間である。いま将軍家は、三十二歳の壮年だった。

歓迎の宴が続き、頼之も仲秋の船に乗りこんできた。

「了俊殿に、労《ねぎら》いをしたかったのじゃ、将軍家は」

九州探題が京に呼び戻されたことについて見解を求めると、頼之はあっさりとそう言った。

「無理に策謀と結びつけてはならぬぞ、仲秋。どうも、なにかが動きそうな気がする。頭の中に疑心暗鬼しかなければ、肝心のその動きを見落すことにもなりかねぬ」

頼之のもの言いは、いつもながら穏やかで、さとすような響きがあった。

船上には、遊行《ゆぎょう》の華やかさしかないが、山陽道を軍勢は進み続けていた。それでも、目的はわからない。軍備は整っているが、殺気立った雰囲気《ふんいき》ではない、と知らせが入った。祭り気分で参集する者も多く、すでに八万に達しているという。

九日の夕刻、狭い音戸《おんどの》瀬戸《せと》を避け、船団は倉橋島や江田島を迂回《うかい》した。厳島《いつくしま》は、すぐ前方である。

異変が起きたのは、その時だった。

後方から、なにかを打ち鳴らすような音が聞えてきた。

「危急を知らせる鉦《かね》でございます。後方の船がみな、打ち鳴らしているようです」

水師が、報告した。周囲の船は、およそ五十艘というところか。なにかが起きたという気配はないが、鉦の音でほとんどの船が櫓《ろ》を止めていた。

「騒ぐな。騒いではならぬと、みなに伝えよ。それから、御座船に船を寄せよ。いざという時は、乗り移れるようにするのだ」

仲秋が下知を出した。了俊も頼之も、さすがに慌《あわ》ててはいなかった。

御座船を、数艘の船が囲む恰好になった。

将軍家の姿が、甲板に見えた。やはり落ち着いている。矢も飛んでいなければ、喚声もあがっていないのだ。聞えるのは、後方の船の鉦の音だけである。

「細川頼之様、御座船に参られますよう。お召しでございます」

叫びながら漕ぎ寄せてきた艀に、はじめて慌てたような仕草で、頼之が乗り移った。

後方からの艀が、ようやく漕ぎ寄せてきた。注進が入りはじめる。

船団が分断され、百数十艘がどこからか現われた関船に、伊予方面に追われているという。

陽が落ちかけたころ、仲秋も了俊も御座船に呼ばれた。軍議そのものだった。

「とにかく、将軍家はほかの船にお移りくださいますよう。狙われるとしたら、御座船からでございます」

　仲秋が言ったことを、義満は聞いているのかどうかよくわからなかった。了俊も頼之も斯波義種も、眉《まゆ》を寄せてなにも言わない。

　なにもわからぬまま、陽が落ちた。船上で篝《かがり》が焚《た》かれはじめ、海面は赤い色に染った。仲秋は、内海の島の地図を持ってこさせ、しばらく見入った。

「なにが起きたのか、はじめからもう一度説明せよ」

　義満の声は、動じているようではない。

「厳島にむかって、船団は長くのびておりました。それを分断され、この海域に残るのは四、五十艘のみでございます。分断したのがどこの関船かはわかりませぬが、およそ百五十艘ほどでございます」

「それから？」

「それしかわかっておりません。百五十艘の敵のうち百艘ほどは、後続の船を伊予方面に追いやっているようでございます」

「どこかで、なにかが起きているか？」

「いまのところ、一本の矢の飛来もありません。思うに、御所様を狙うというより、ほかの目的があろうかと。そのために、後続を断ったのだと考えます」

喋っているのは、頼之ひとりだった。頼之が言うことを頭で反芻《はんすう》しながら、仲秋は事態をもう一度把握《はあく》し直した。ほかの者も、義満もそうだろう。

さらに注進が続いた。

船団の中には、敵が二、三十艘は紛れこんでいたらしい。それで攪乱《かくらん》され、後続は追い払われてしまったのだ。関船のほかに、艀に近い小舟もかなりの数いるらしい。

仕掛けてきたのが水軍であることは、はっきりしていた。ただ、誰も月王丸の名を口にしない。

「これを、御覧くださいますよう」

島の地図を見て、仲秋はひとつのことに気づいた。この海域は、島に囲まれているのである。ほんの狭いところを封鎖しただけで、湖のように逃げる場所がなくなる。

地図を見た義満が、低い唸《うな》り声をあげた。

「御案じなされませぬよう。閉じこめられたように見えるだけで、囲んでいるほとんどは陸地《くがち》。そこへ立てば、その時がすなわち囲みが破れる時」

地図を覗《のぞ》きこんだ頼之が言った。

「しかし、なんのためだ」

「わかりませぬが、船には錨《いかり》を入れさせます。闇の中では、ぶつかる方が危のうございますゆえ」

「この義満の首を取ろうとする者が、この日本にいるのかの、頼之？」

「おそれながら、これは御所様のお命を狙ったものではございますまい。ならば、攻めようはいくらでもあるはず」

「月王丸、だな」

はじめて、義満が誰もが思っていた名を口にした。

「このまま何事もないなら、夜明けを待て。闇の中で動いても仕方あるまい」

義満は、まだ沈着だった。

仲秋は一度自分の船に戻り、十名ほどを連れてまた艀に乗った。松明《たいまつ》のための枝も、かなり積んだ。

闇の中に漕ぎ出していく。

火があればいい。それも敵の船が燃える火があればいい。それで闇は払われ、見えるものは見えるだろう。

敵の船は、意外に近いようだった。

闇の中に、いきなり光が一条のびてきて、仲秋の躰《からだ》を捉《とら》えた。どう避けようと、それは執拗《しつよう》に追ってくる。

「今川仲秋殿ですね」

竜王丸の声だ。仲秋は、それをはっきりと憶《おぼ》えていた。

「乗っていた船にお戻りください。われらの船を一艘焼かれたら、そちらの船を五艘焼きます。その仕度はできておりますぞ」

「なんのためだ、竜王丸殿。月王丸殿と話はできぬのか？」

「夜明けを待たれることです」

「その時、月王丸殿と会えるのだな？」

「お戻りください、仲秋殿。これ以上は、申しませんぞ」

「ひとつだけだ。将軍家の御座船だと知ってやったことだな」

返事は、矢だった。四人が倒れ、海に落ちた。

「退《ひ》け」

低い声で、仲秋は命じた。それ以上、矢が飛んで来る気配はない。

篝を頼りに、船に戻った。

「軽率じゃ、仲秋」

了俊も戻っていて、甲板に立った仲秋に言った。

「月王丸の船団でございます。それはわかりました」

「埒《らち》もない。見当はついているのだ。確かめる必要などないぞ」

「まったく、その通りでございました」

仲秋は、ちょっと頭を下げた。

「なんのためかは、わからなかったのだな？」

叱《しか》ったものの、やはり了俊も気になるようだ。声をひそめて訊いてきた。

「わかりません。ただ、夜明けを待てと。竜王丸の方でございました。それ以上は、矢が答えです」

「わかった」

「もうひとつ。月王丸の船団も、錨を入れております」

「なるほど。すぐには危険はないということだな。物見を怠らぬようにしていればよかろう」

篝をさらに増やした。

了俊は、甲板の床几《しょうぎ》で腕組みをしている。頼之は、御座船から戻っていないようだ。いま月王丸が攻める気になれば、たやすく将軍家の首はとれる。そうしないのは、目的が違うからだ。

仲秋は、甲板に座りこんで空を見あげた。星が空を埋め尽している。

ふと、寿々のことを思い出した。楠木正儀のことも、思い出した。こういう事態になるのなら、寿々に足利頼冬を会わせる必要はなかった。いや、まだ会ったかどうかわからない。左京でさえ、ついに報告をしてこなかったのだ。

高が女ひとり。呟《つぶや》いてみた。心の底からそう思いこむことは、できそうもない。

太刀を抱え、船縁《ふなべり》に背を凭《もた》せた。かすかな波の音。星。静かだった。静けさがなにを孕《はら》んでいるのかも、わからなかった。

眠っている者はいないだろう。それでも、声ひとつ聞えてこない。仲秋は眼を閉じた。月王丸が夕刻に仕掛けてきたというのは、上陸させたくなかったからなのか。それとも、闇のひと夜は、こちらの意志のなにかを削《そ》ぐためなのか。

「仲秋」

呼ばれて、仲秋は眼を開いた。

「大胆な男よのう」

了俊は、そばに腰を降ろした。

「月王丸でございますか？」

「ここだけの話だが、月王丸と結ぶということを、何度も考えた。攻められて守りきれぬなら、月王丸と結んで、島津、大友を討ってしまおうかとな。このままなら、九州を押えるのにあと十年はかかる。しかし、疲れていた。月王丸と結ぶだけの元気が、どうしても出てこなかった」

「儂も、月王丸と結ぶということは考えましたぞ、兄上。島津、大友を討ってから、幕府をどうするかを考えればよい、とも思いました。しかし月王丸はどうも、結んで得られるようなものを求めているのではない、という気がしてきたのです」

「かもしれぬな」

「それより、楠木正儀殿について、なにか聞かれてはおりませんか？」

「頼之殿が、どうも話をしておられる様子なのだが、なにも言われぬ」

「そうですか」

「夜明けは、まだかのう」

「陽が落ちたばかりですよ、兄上」

「そうだな。いや、もう夜半にはなっておろう」

月は出ていない。星だけである。星でも時刻はわかるが、仲秋は顔をあげなかった。

思ったほど、夜明けは遠くなかった。

かすかに空が白みはじめると、仲秋は甲板に立って海に眼を配った。霧が濃いようだ。御座船の篝さえ、おぼろに見えた。その霧が、次第にはっきりしてきた。

仲秋は、思わず船縁から身を乗り出した。霧の中に、船影が滲《にじ》んでいる。それが見馴《みな》れぬものに思えたのである。それほど遠くはなかった。

陽がいくらか高くなり、霧が消えていった。船影が、はっきりと見えた。七艘の関船だが、やはり見馴れぬ型だった。

中央の関船の船首に、旗が掲げられた。白い旗に、八幡大菩薩《はちまんだいぼさつ》と大書してある。それが月王丸の旗印であることは、九州の水軍と関《かか》わりを持った者なら、誰でも知っていた。

「こんな近くに」

呟きが聞えた。了俊も、船縁に手をついて、七艘の関船に眼をむけていた。

ほかの船でも、横一線に並んだ七艘の関船に気づきはじめたようだ。

旗を掲げた関船だけが、音もなく進みはじめた。櫓も使わず、潮の流れだけを利用しているようだ。旗が近づいてきた。船首に立つ、総髪の男の姿が、はっきりと見えた。

第六章　幻

1

関船《せきぶね》から出た艀《はしけ》が、御座船《ござぶね》との間を二度往復した。息を呑《の》むように、仲秋《なかあき》はそれを見つめているしかなかった。

静かである。艀の櫓《ろ》の音さえ、船上の仲秋に届いた。御座船で、わずかな動きがあるのが感じられた。混乱というほどのものではない。

「お召しぞ、仲秋」

御座船に掲げられた旗を見て、了俊が言った。反射的に、仲秋は艀の用意を命じていた。この船から御座船に行けばいいのは、了俊と仲秋だけである。旗の色の取り決めで、それはわかった。

「敵を眼の前にして、軍議でもあるまいに」

　なぜ呼ばれているのか、仲秋は訝《いぶか》ったが、躰《からだ》は艀に乗っていた。ほかの船からも、二艘《そう》艀が出ている。

「御座船を中心にしたわれら五艘を、いつの間にか二十艘あまりの関船が取り囲んでおりますぞ、兄上。これはやはり、月王丸《つきおうまる》が将軍家の首を取ろうというのではありませんか」

「ならば、このようなことはいたすまい。夜陰に乗じて攻めることすらしなかったのだ」

　月王丸の船だけが、御座船のすぐそばまで出てきていた。霧はすっかり晴れ、朝の光が銀色に海面を輝かせている。

　御座船に乗り移った。

　立烏帽子《たてえぼし》に直衣《のうし》姿で、義満は床几《しょうぎ》に腰を降ろしていた。ほかに参集したのは、斯波《しば》義種と細川頼之《よりゆき》である。義満の両側に、床几が二つずつあった。

「月王丸が、私と話をしたいと言っている。受けてみよう、という気になった。あの男がなにを考えているのか、むかい合って語るのがいいような気がする。そこもとら四名は、月王丸の指名であった」

「恐れながら、御所様はそれを受けられましたか？」

　斯波義種が言った。

「むこうから来るという。たった三名でだ。わが水軍を分断したのは、確かに見事であった。ここで否《いな》やを言うは狭量すぎる」

義満は、落ち着いているようだった。もっとも、感情をあまり表には出さない。対馬《つしま》で幕府軍が敗退した時も、ちょっと表情に曇りが見られただけである。生まれながらの将軍とは、そういうものかもしれなかった。

「船が寄せて参りますな」

細川頼之が指さした。八幡大菩薩《はちまんだいぼさつ》の旗が、すぐそばまで近づいてきている。御座船の兵たちは、いつでも矢を放てる準備をしていた。

船縁《ふなべり》が近づいてきた。鉤棒《かぎぼう》がのばされ、御座船にかかった。三本の鉤棒を持っているのは、胴丸だけの若い兵である。太刀《たち》は背中に負っていた。船上ではその方が動きやすく、仲秋も九州で船に乗る時はいつもそうする。

渡り板がかけられた。仲秋は了俊の隣りの床几に腰を降ろした。最初に姿を現わしたのは、竜王丸だった。直垂《ひたたれ》に侍烏帽子。太刀も佩《は》いていた。竜王丸は御座船の甲板に降り立つと、次に来る者を迎えるように渡り板のそばに立った。

総髪の男。筒袖《つつそで》の絹の衣服が、朝陽の中で鮮やかな赤い光沢を放った。月王丸なのだろう。太刀も佩かず、具足も着けていなかった。穏やかな眼光の底に、圧倒してくるような強さがあった。月王丸に続いて姿を現わしたのは、足利頼冬《あしかがよりふゆ》だった。

三人は、甲板で義満にむき合って床几に腰を降ろした。御座船の兵のすべては、矢に手をかけているだろう。緊張した表情を見せているのは、竜王丸だけだ。

「対馬の戦は見事であった、と誉《ほ》めておこうか」

義満の喋《しゃべ》り方は、穏やかなものだった。

「宗とは確かに小競《こぜ》り合いをいたした。兵の数が多かったようだが、あれは将軍殿の軍勢でござったのか？」

「この国の兵は、すべて私の軍勢だ」

「この国とは？」

「言わずと知れた、日本じゃ」

「つまりは、この国の王であられる、というわけか」

「広きがゆえに、刃向う者がおらぬわけではない。その数はきわめて少ないが」

「将軍殿は、海のむこうにある国の広さを、御存知《ごぞんじ》ないのかな。日本など、たかがひとつの州ほどの広さもないというに」

穏やかな会話だったが、やはりどうしようもない緊張を孕《はら》んでいた。ひとつ破れると、どうなるかも見通せないものを、緊張がしっかりと包みこんでいる。

「私に拝謁《はいえつ》を願い出たのは、水軍の長《おさ》としてか。それとも」

「拝謁を願い出た覚えはござらぬ。たまたま将軍殿の船を見かけたゆえに、声をかけてみただけのこと」

了俊の躰に緊張が走るのを、仲秋は感じた。対等の面談だ、と月王丸は言おうとしているのだろう。いまこの国に、そう言える者はどこを捜してもいない。

「ほう、いかなる用むきで、私は声をかけられたのであろう」

　義満が落ち着いているのが、怒りを押し殺しているからかどうなのか、仲秋にはわからなかった。いつ怒りを露《あらわ》にしても不思議ではなく、その時は矢を射よと命ずるかもしれない。当然、月王丸の側からの反撃もある。いまぶつかり合えば、遠くから囲んでいる関船に押し包まれる。勝てるとは思えなかった。絶対に有利な状況を作って、月王丸はここに乗りこんできている。

「されば、いくつかの提言がありましてな。聞く耳をお持ちかどうか、まずそれからうかがっておこうか」

「耳はある」

「では聞かれよ。私は、明《みん》や高麗《こうらい》や南の島の国々と、長く交易をしてきている。多少だが、日本とも。私の見るところ、日本は交易相手として大きなものを秘めていると思います。しかし、大きな交易に踏み切れぬ障害が、ひとつある」

　月王丸の喋り方は、淡々としていた。表情も変らない。義満の表情がどうかは、仲秋のところからは見えなかった。

「この国が、またいつ戦乱の渦《うず》の中に巻きこまれるかわからぬ、ということです。いまは束《つか》の間《ま》の平穏があるが、私が見ているかぎり脆《もろ》すぎるものですな。それをなんとかしていただきたい、とかねてより将軍殿に伝えたかった。この国の兵を、曲がりなりにもまとめているのが、足利将軍という見方が、海の外では多いのですよ」

名実ともに、足利将軍家がこの国の頂点にいる、と言ってよかった。それを月王丸は、たまたまいま実力が一番上なのだ、と言い放った。義満のそばにいる了俊の緊張は、いやというほど仲秋に伝わってくる。了俊は、義満の怒りを肌《はだ》で感じているのかもしれない。

「この国に、今後大きな戦乱は起きぬ」

「帝《みかど》という存在がござるな。いまは帝が二人おられる。これは海の外から見ていると困ったものじゃ」

「帝が二人おられようと、将軍は天下にこの私ひとりだけだ。そして私が、日本を治めている」

「しかし、戦乱の種は尽きぬ。帝が二人おられれば、将軍が二人いても不思議はござるまい。つまり争いは絶えぬということになる」

「私に言いたいことを、虚心に言ったらどうかな。どうも、回りくどすぎる」

義満は、驚くべき忍耐力を見せていた。月王丸より少し退《さ》がって控えた竜王丸と足利頼冬は、黙ったまま義満を見つめていた。

「無用な野心を捨てられるがよい。帝がいて、将軍がいて、公家《くげ》や大名がいる。この国は、それが一番わかりやすいと思います」

「野心、と申したな」

「野望と申してもよい。将軍がその国の中に対して野望を持つ。これは内乱のもとでありましょうな。ならば、野望を持たぬ将軍に代える方がよい」

　不意に、義満の哄笑《こうしょう》が甲板に響いた。月王丸の表情は動かない。

「足利将軍家を潰《つぶ》すとな。どうやって潰すのか、聞かせて貰《もら》いたいものよ」

「それは、将軍殿がこれから取られようとしているのと、同じ策で」

「私の策？」

「お心当たりはあろう。こんな世で、将軍など何人も作れる。将軍はひとりだけいて、価値があるもの。違いますかな」

「私のほかに、誰が将軍に？」

「これなるは、足利頼冬殿」

　月王丸が、ちょっと首を動かして言った。

「将軍殿とは、同じ祖父《じい》様をお持ちの方じゃ。この方が、帝のひとりに征夷《せいい》大将軍に任じられても、不自然はない。これで将軍家は二つ。さらに、関東あたりにも、征夷大将軍を心の底では望んでおられる方が、見え隠れしていると私は思いますな。四人も五人も将軍がいれば、これは将軍であって将軍ではない」

　今度こそ、と仲秋は思ったが、義満はやはり怒りを露にしなかった。

義満の、別のところを月王丸は衝《つ》いたのかもしれない。義満の反応を見ていると、仲秋にはそう思えはじめてきた。

帝が、四人五人といれば、これはもう帝ではない。仲秋は月王丸の将軍という言葉を、帝に置き替えて考えてみた。実際に、いま帝は二人いるのだ。

「月王丸殿が、ほんとうに私に言いたいことを、言ってみてはくれぬか」

義満の声は低く、押し殺したような響きがあった。

「まず、先の帝と和解されてはいかがか」

先帝後円融《ごえんゆう》上皇は、義満と同年であり、若くして退位したと言ってよかった。義満の機《き》嫌《げん》をとるためという噂《うわさ》まで流れたが、上皇となってからも、何度か義満との間で揉《も》め事を起こしている。

「朝廷に対する、将軍殿の専横が過ぎると申しているのではありません。今の帝は幼く、乱を好む者にとっては、先の帝の存在がある意味を持ってきているでしょうな。たとえば、将軍家追討の院宣が出されるとか」

「院を利用する不心得者が出ると？」

「不心得者に院を利用させる。将軍殿のやり方は、そうでありましょう。もっとも、斯波義将《よしまさ》殿がそれをやっておいでなのであろうが」

船上は静かだった。自分の呼吸が、いやに大きく仲秋には感じられた。

義満と月王丸は、じっと見合っている。

「先の帝を利用したり、第三の帝を擁立したりということが起きれば、もはや朝廷の権威などはなくなる。すると、いやでも将軍殿がこの国の頂となりましょうな」

「第三の帝の擁立など、そのようなことがたやすくなせるとお思いか？」

口を挟《はさ》んだのは、斯波義種だった。兄の義将と違って、鋭さを表面に出したところがあり、風貌《ふうぼう》も瘦《や》せて頰骨《ほおぼね》が目立ち、眼光が険しかった。

「第三の帝など、血迷うたことは申されるな」

「第二の帝を擁立したのは、足利尊氏《たかうじ》であろう。それによって、この国は二人の帝を持つことになった。第三と考える者が出て、なんの不思議があると言われる」

「それで、私になにを言いたいのだ、月王丸殿は？」

義満の声は、相変らず押し殺したように低い。それは不気味にさえ、仲秋には感じられた。了俊が、額に汗を浮かべているのが見える。細川頼之は、静かだった。

「幕命に従わぬ者が、先の帝を担《かつ》ぐ。やがては第三、第四の帝を擁立する。これは天下の大乱じゃ。他を斬《き》り従えたものが勝つであろうが、その間に朝廷も帝もなくなる。新しい、名実ともに頂に立つ国王が生まれる。それは多分、将軍殿であろう。私が、そこに介入しなければの話だが」

義満が、帝そのものになろうとしている。それは、これまで仲秋が何度も疑ったことだった。生まれながらの将軍でありながら、その地位に満足できないということなのか。自分より上の存在が、形式としてあることさえ我慢できない。生まれながらの将軍であるからこそ、そういう思いを抱いてしまうのか。

　義満が帝そのものになってしまう、ということの意味が、仲秋にはよく摑《つか》めなかった。将軍家もなくなり、国王家というものができ、そこで政事《まつりごと》がなされ、兵力のすべてもそこに集まるということなのか。

「このところ、将軍殿は先例もなにも無視して、朝廷に口を挟んでおられる。満仁《みつひと》王に親王宣下が行われたことなども、そうであろう。亀山《かめやま》帝の曾孫たる満仁王に将軍殿のお力で親王宣下が行われるのなら、私も自ら親王を名乗ってもよいという気がする。このように、少しずつ朝廷は切り崩されている。将軍殿が国王への道を、すでに歩きはじめられた、と思うしかない」

「月王丸殿は、朝廷を守りたい、と言われるのだな？」

「それは将軍殿の取られようじゃ。見方によれば、将軍家を守るという言い方もできる」

　海は、相変らず静かだった。ただ風がいくらか出てきているようだ。仲秋にはあまり感じられないが、月王丸の総髪が時々乱れていた。

　御座船を取り巻く船は、敵も味方もまったく動きを見せていない。月王丸の船が接舷《せつげん》しているだけだ。なにが起きているかわからない船が、ほとんどなのだろう。

「私には、朝廷は潰せぬか」

義満が呟《つぶや》いた。了俊の躰が、針にでも刺されたような動きを示した。意外なことを聞く、という気が仲秋にはしなかった。義満が長く抱いていた野望は、やはり自らが帝位に就くことではなかったのか。いやそれはいまの帝位などではなく、天皇もすべて廃した、この国の新しい国王となることではないのか。

義満と斯波義将の動きをすべて考え合わせてみれば、そうとしか思えなくなってくる。いま、幕命に表向きは従っているものの、最も不穏な動きをしているのは、中国の山名一族である。それが一族間の争いになるのか、一族が合従《がっしょう》しての反幕の動きになるのか。反幕の動きになれば、山名一族は新しい帝を擁立するのではないのか。

山名一族がいかに巨大とはいえ、義満に潰すことはできるであろう。まともなぶつかり合いではなく、一族間の争いを誘うに違いない。それが義満と斯波義将の、大大名に対するやり方だった。それに伴う大小の叛乱《はんらん》も、押える手だては考えているだろう。

それが終った時、義満は次に潰す対象を朝廷とするのか。そのために、山名一族を中心とする叛乱の中で、第三、第四の帝を擁立させ、帝の地位を曖昧《あいまい》なものにしてしまうのではないのか。

しかしそこに、将軍たる血を主張する人間が現われたら。

「第二、第三の将軍と言ったな、月王丸殿？」

「どこぞの大大名とでも組めばよいのです。今の将軍殿より、ずっと強い存在になる」

「私より、強いと？」

「高麗や明の富を、つまり私を後楯《うしろだて》にいたしますからな。銭の力がどれほどのものか、将軍殿はよくおわかりであろう。尽きることのない銭と、将軍殿は闘わねばならなくなる。第二、第三と言ったが、第二の将軍だけで充分ですな」

　月王丸の髪が、かすかに風に靡《なび》いた。

　義満が、大きく息をつくのが聞えた。それに怒りが混じっているのかどうか、仲秋には判断できなかった。

「この国が真の意味で鎮《しず》まれば、高麗や明は将軍殿を交易の相手として選ぶでしょうな。彼の地で暴れる日本の水軍がいて、それは倭寇《わこう》などと呼ばれているが、略奪は交易を阻害するだけだ。私としても、それはやめさせたい。だから、日本が戦乱の中にあってはならぬのです」

「交易で、私を釣ろうというのか？」

「それは、将軍殿のお心次第」

　言った月王丸が、義満の背後の二《ふた》つ引両《びきりょう》の旗に眼をやった。

　月王丸が腰をあげるまでに、かなりの時があったような気がした。義満は、もうひと言も発しようとしない。

「足利頼冬殿のお気持を、お聞かせいただきたい」

仲秋は言っていた。腰をあげかけた頼冬が、ちょっと笑みを洩《も》らした。

「来海《くるみ》頼冬で生きたいと思いました。しかし、その生き方を許して貰えそうもない。ならば、おのが血がどういうものか、確かめてみるのも悪くない。いまは、そう思っていますよ。おのが血が、この国を滅ぼすような血であるのかどうかと」

「月王丸殿に、利用されてもよい、と考えておられるのですか？」

「利用したくば、されるがよい。そう思っています。それで終れば、そういう命だったのでしょう」

もう一度、頼冬は暗い笑みを浮かべ、腰をあげた。月王丸が、渡り板を踏んで船に戻っていく。鉤棒をはずされた船は、数挺《ちょう》の櫓の音だけをさせて、静かに離れていった。

御座船のまわりに、味方の船が集まりはじめた時、月王丸の関船はもう島かげに見えなくなっていた。

義満は、しばらくなにも言葉を発しなかった。控えている四名も、海に眼をむけ、身動《みじろ》ぎさえしようとしなかった。

「船を進めよ」

ようやく、義満が言った。

「参拝をせねばならぬ」

細川頼之が、義満に続いて腰をあげた。

2

厳島《いつくしま》神社参拝には、大内義弘《よしひろ》も駈《か》けつけてきていた。それでも夜になって、義満の宿舎に残されたのは、細川頼之だけだった。

錨《いかり》を入れた船に戻ると、仲秋は直衣と立烏帽子を、直垂と侍烏帽子に替え、船尾の甲板でくつろいだ。了俊もすぐに着替えて出てきた。従者に酒を持たせている。

「いろいろと、読めてきたな、仲秋」

従者を退《さが》らせ、自分で酒を注《つ》ぎながら了俊が言った。

「月王丸の肚《はら》の内でございますか」

「それと、御所様のお考えが」

風のない、静かな夜だ。陸には、篝《かがり》がいくつか見えた。

義満は、これからどうするとは、ひと言も言わなかった。機嫌よく、大内義弘を引見《いんけん》し、供奉《ぐぶ》した武将たちとの宴に臨んだのである。最後に細川頼之を残したことだけが、いつもと違うと思えた。

「御所様は、いつのころからか、ああいう夢を心に抱かれたのだな」

了俊が言うのは、この国の王になるという夢だろう、と仲秋は考えた。義満にとっては、唯一《ゆいいつ》抱きうる夢だった、ということなのかもしれない。国内の叛乱を叩き潰すことなど、生まれながらの将軍である義満にとっては、すべて下をむいてやることに過ぎなかったはずだ。それで充分ではないか、と仲秋は思う。この国の戦は減り、南朝の勢力も衰退してきている。

しかし義満は、上をむかずにはいられなかったのかもしれない。そして上をむいた時、見えたのは天だけでなく、自分より上とされている存在も見えてしまったのだ。もとよりそれは実力ではなく、形式に似たものに過ぎなかったはずだが、義満に野望を抱かせる唯一のものでもあったのだ。

ふり返れば、朝廷に対し義満はかなり厳しく対してきた。それまで朝廷が持っていた権限も少しずつ取りあげ、公家が義満に尻尾《しっぽ》を振るという状態になっていたのだ。いくら帝に眼をかけられようと、義満に嫌《きら》われれば、その公家はおよそ出世などは望めないのである。

先の帝との確執も深まった。同年であり、両方に競い合うという気持があったのかもしれない。それでも実力の相違はいかんともし難く、先の帝は若くして退位した。遁世《とんせい》したという噂まで出たほどである。

その先の帝を、反幕勢力が本気で担《かつ》ぐというのか。もしそうならば、斯波義将の画策によるものかもしれない。義満が朝廷に自己主張をはじめたのは、斯波義将が管領《かんれい》に就いてからである。

先の帝も反幕勢力も、斯波義将にうまく乗せられている、と言っていいだろう。やがて新しい帝も擁立されかねない。その時は、帝であって帝ではない、という理屈も通り、帝そのものがこの国から消えていく。

「御所様は、やはり国の王たらんとする望みを抱いておられるのでしょうか？」

「そうとしか思えまい。将軍にまで、昇りつめたお方ではないのだ。生まれながらの将軍であられたお方の望みなど、われらには到底わかりはしまいが。その望みを、誰よりも早く摑み、それに添うような動きをしたのが、斯波義将殿であろう。細川頼之殿の解任も、それで納得がいく」

「われらは、どうすればよいのです？」

「わからぬ。島津や大友をどうやって押えこむか、というようなこととは、そもそも話が違うような気がするだけだ」

「管領殿は、御所様の夢を実現させようとされるでしょうな」

「それに、月王丸が横槍《よこやり》を入れてきた。横槍を入れられて、われらははじめて御所様の夢に気づいたと言っていいであろう」

「細川頼之殿も？」

「あのお方は、そういうことを考えられはしまい。管領であられたころに考えておられたのは、ただひとつのことだけであった」

「将軍家の威信を高めることですな」

仲秋は、了俊に酒を注ぎ、自分の碗《わん》にも注いだ。三月の海の上はまだ冷える。

「月王丸が言ったことの意味は、なんだったのでしょうか。将軍家が、帝に代る国王の地位を望むなら、それに対抗すると言ったようですが」

「平和を望む、とも言った」

「どちらが、本心でしょう？」

「これまでの月王丸の動きを見てきて、おまえはどう思うのだ？」

「斯波義将殿を、執拗《しつよう》に叩こうとしてきました。ずっと斯波義将と月王丸の暗闘が続き、それが表面に出たのが対馬の戦であった、と思います」

「わからぬのう」

了俊は、酒の碗を傾けながら言った。

空は星で満ちている。波の音は小さく、風もほとんどない。その静けさが、大きな危険を孕んでいるようにさえ、仲秋には感じられた。

「わからぬが、月王丸がなにを言ったか、御所様だけにはおわかりだったような気がする」

「それがしもです」

「明日には、なにか下知《げじ》を下されよう。それを待つしかないな」

仲秋は頷《うなず》いた。了俊が風邪をひくのを心配でもしているのか、従者たちの姿が見えた。

「休みませぬか、兄上」

「そうよのう」

了俊は、腰をあげる気配を見せなかった。仲秋は手を打ち、従者に新しい酒を命じた。

「征西将軍宮の息子か」

「それが、ひっかかりますか、やはり。なぜ菊池武朝《たけとも》や、現征西将軍宮ではなく、足利頼冬なのでしょう。南朝とは、接触した気配すらありません。御所様に対しては、足利頼冬の存在の方が、効果があると計算したからでしょうか？」

「わからぬことだらけだな」

船上の篝が小さくなり、従者が新しい薪《まき》を足した。

翌朝、夜明けとともに、御座船から迎えの艀が来た。

御座船に乗り移った時、仲秋は息を呑んだ。義満が、具足姿だったのである。武将たちは、直垂のままだ。斯波義将の姿を見つけて、仲秋は二度驚いた。

「軍議である」

細川頼之が言った。昨夜どういう話が交わされたのか、と仲秋は思った。そしてなぜ、斯波義将がここにいるのか。

軍議に加わった武将は、ほかに斯波義種、畠山基国《はたけやまもとくに》、山名満幸《みつゆき》、大内義弘である。細川頼之と斯波義将がむき合って腰を降ろしているのは、いかにも異様だったが、それを素ぶりに見せる者はいない。

「月王丸を討つ」

義満が低く言った。具足が触れ合ってかすかな音をたてる。きのうは、やはり怒りを抑えていたのか。会見を強要されたのである。それだけでも、義満にとっては経験のない屈辱だっただろう。あそこで怒りにまかせて動くことはなく、改めてこうやって軍議を開いている。芯《しん》に、粘り強いところがあるのかもしれない。

「いかに月王丸と言えど、幕府水軍の総勢を前にすれば、敵ではない。それに、管領殿が二万の軍勢で、陸路を来られた。この軍勢は、九州に入られた御所様を警固する軍勢である」

細川頼之が言い、斯波義将が軽く頷いた。

厳島参拝に、もともと九州まで足をのばす計画が含まれていたとは、はじめて聞かされたことだった。九州探題の了俊を京に呼び寄せながらも、なにも言わなかったのは、義満と斯波義将の間でなにか目論《もくろ》まれていたからではないのか、と仲秋は疑った。

「今川殿が京に上られ、御所様を推戴《すいたい》して九州に入る。それで島津、大友など、去就のはっきりしない守護も、いくらか扱いやすくなろう。九州は、御所様のお心のままに動くようにならねばならぬ。もうその時期じゃ」

もしかすると、中国一帯に大勢力を張る山名一族を視野に入れているのかもしれない、と仲秋は思った。山名一族がまとまって反幕に傾けば、長門《ながと》、周防《すおう》の大内義弘も引きこまれるかもしれない。日本の半分が、反幕に回ると言っていい状態になる。四国には細川一族がいるので、九州の兵がどう動くかが問題になる。

義満は、それぐらい先のことは、充分に考える人物だろう。しかし、それならばなぜ、九州探題が呼び戻されたのか。この機会に、博多を直接手中にしてしまおうと考えているのではないのか。

細かいことを、気にする時ではなかった。戦はすぐにでもはじまりかねない。

「申しあげます」

仲秋が口を開くより先に、了俊が言っていた。

「それがしと弟の仲秋は、即刻九州にお帰しください。一万の兵を集め、御所様をお迎えいたします」

「目先の戦はどうするのだ、今川殿？」

「内海は、大きな袋のようなもの。九州に一万の兵力があれば、月王丸の背後を脅《おびや》かすのは必定。月王丸も戦を諦《あきら》めるやもしれません」

「月王丸を討つ、というのが御所様の決定ぞ。むこうが諦めようと関係なく、討つ」

「管領殿は、月王丸を討った場合の、玄界灘《げんかいなだ》の乱れまで、考えておられますか。高麗や明などで倭寇と呼ばれて略奪をなす者がいますが、月王丸がいればこそ、この程度で済んでいるのです。月王丸を討てば、乱れに乱れることは眼に見えております。高麗、明と事を構えることになりますぞ」

「そういう時のために、九州探題が置かれているのではないのか、今川殿」

「九州にはいまだ、現征西将軍宮を戴《いただ》く菊池武朝をはじめとして、かなりの南朝方がおります。おまけに、島津、大友は両端を持して動かず、九州の平穏を保つので九州探題は手一杯でございます。ゆえに、対馬へは管領殿の独断で、一万もの精兵を送られたのではありませんのか。結果は、あの通りでござったが」

「いまは、対馬の話はしておらぬ」

「相手は、同じでござろう」

了俊は譲ろうとしなかった。九州探題を無視した対馬への援兵については、肚に据《す》えかねているところが了俊にはあるのかもしれない。それでも、こういう激しさを見せることはめずらしかった。

「了俊」

義満が言ったので、座はしんとなった。

「月王丸は、将軍である私を潰す、と言ったのだ。まるで小大名でも叩き潰すようにな。

まことそれほどの力があるのかどうか、私は見てみたい」

「月王丸の言葉の真意は、そこにあるとは思えませんでした。この国の平和を願う、といったことだったような気がいたします」

「それでも、私を潰すと言った。一度は不意を衝かれたが、ここには五万の大軍がある。その気になれば、十万でも二十万でも私は集められるが、まあ五万は妥当なところであろう。月王丸を撃ち破ったあと、九州の地も踏んでみたい。そう思っているのだ」

「ならば、それがしと仲秋を、九州にお戻しください。御所様が九州の地を踏まれる時、九州探題としてお迎えしとうございます」

「この国は平和じゃ。どこにも戦はなく、あってはならぬ。平和なるがゆえに、そこもとが私を九州に案内して行く。そう考えることはできぬのか」

　義満にそう言われると、了俊もさすがに反撥《はんぱつ》はできないようだった。

「水軍は、御所様直々に指揮される。随伴する地上の軍勢は、この斯波義将が率いる。月王丸の軍勢は、どれほど多くても二百艘。およそ一万の兵力。それを陸地に追いこみ、地上の軍勢と挟撃《きょうげき》する」

　妥当な策だ、と仲秋は思った。ただ、相手が月王丸でなければである。義満も斯波義将も、五万という数を恃《たの》みすぎているのではないのか。対馬での敗戦が、兵数が足りなかったためとしか考えていないのか。しかし、反論はできなかった。五万は五万なのである。

水軍の戦に馴《な》れた者が、軍議に呼ばれた。船をどう動かしていくか。それが潮の流れと風のむきで、細かく検討された。さすが、と思わせるものがある。月王丸の水軍は、外海の戦には馴れているが、内海の戦は知らないとも、その者は言い放った。

軍議が終ると、八艘の船が横一線に並び、鉤棒と渡り板で舷側《げんそく》を繋《つな》いだ。本陣となるもので、兵の配置が多少変えられた。ほかの船は、矢避けの楯《たて》で櫓床《ろどこ》を覆《おお》いはじめている。

「管領殿が来られたのは、深夜であった。戦を進言されたのも、管領殿だ。御所様も、管領殿の言葉で、すぐに決断なされた」

仲秋たちのいる船にやってきて、細川頼之が言った。仲秋は、雑兵《ぞうひょう》用の胴丸だけを着けて、太刀を背負った。

陸上からも、確かに兵は随伴することになっていた。しかし、了俊が山陽道に配置してきた者たちの知らせでは、一万ほどだった。もう一万を率い、留守居の大将である斯波義将がひそかに西下してきたことになる。やはり、戦の心積りはあったということだろう。月王丸の水軍が内海で待ち受けていると、摑んでいたと考えた方がいいかもしれない。

「陸の軍勢には、大野武峰《たけみね》もおるようだ」

「ほう。それでは斯波義将麾下《きか》の精鋭が揃《そろ》っているということですな。管領殿は、はじめから戦をなさるおつもりだったのでしょうか？」

「島津、大友と、管領殿は悪くない。いまのところ直接の利害はないでな。この機に、あわよくば九州をと考えているかもしれんの。ただ九州は、了俊殿をはずせるほど情勢は甘くない。あの男のことだ、そのあたりは調べあげておろう。将軍家の九州への示威がうまくいけば、それだけでもよいと思っているだろう。対馬の戦で失った面目を、少しでも回復しておこうというところではないか」

「頼之様は、月王丸をどう思われました？」

「どうとは？」

「この国に、戦乱を起こす気なのでしょうか？」

「そうではない、と思っておろう、仲秋は。御所様の夢を、打ち砕くためにやってきた、と私も思っている。御所様は、ある夢を抱かれた。あのお方が、将軍としてはじめて抱かれた夢、と言っていいであろう。私はそれに気づきながら、気づかぬふりをしてきた」

「帝を廃し、自らが国王になるという夢ですな」

「軽々しく言うのではない、仲秋。夢は、ただ夢じゃ。ただその夢に、斯波義将は取り入った。そして私が管領の職を解かれた」

「しかしそれは」

「二年、三年でと急がれたなら、この国はもっと大きな混乱に落ちただろう。私も、それを避けるために、斯波義将とは争わなかった。しかし英邁《えいまい》なお方よ。おのが夢がどれほど困難なものか、よく知っておられた。二、三年で混乱が起きた時に、斯波義将を糾弾しようと思ったのは、大きな誤算であった。あれから、もう十年はかけられておる。そして、確実に夢に近づかれた。御自身でも、そう思われておられよう。昨年、左大臣を辞されたことでも、それがわかる」

「そこに月王丸が現われたわけですな」

「皮肉にも、私が抱いた夢を、御所様に突きつけるという恰好《かっこう》でな」

「頼之様が抱かれた夢？」

頼之は、仲秋を見てかすかに笑った。言うべきことではない。頼之がそう伝えてきたような気がした。

さらに訊《き》こうとした時、了俊が出てきた。まだ、どこか腹を立てているような表情をしている。頼之は、その了俊を宥《なだ》めるためにやってきたらしい。

仲秋は、戦仕度の騒々しさからはずれ、船首の方へ行った。

「波木《なみき》様が、亡《な》くなられました。三日前でございます」

雑兵姿の左京だった。

「寿々《すず》様からの書状でございます」

仲秋は頷いて受け取った。寿々は波木のもとにいたのかと、胸を撫《な》でおろすような気分に包まれたが、左京には気づかれたくなかった。

「なにが、起きているのでございますか？」

「おまえにも、それが探れぬのか」

「戦だということはわかります。月王丸様との戦だとは」

「もう、忍びの出る幕ではなくなった。月王丸を守りたければ、斯波義将の首を取るしかあるまいな」

「幕府と月王丸様が」

「もう、去《い》ね。そろそろ船が出る」

仲秋は左京から眼をそらし、海上の無数の船に見入った。およそ四百艘。いや、もっと多いかもしれない。

了俊が、そばへ来た。左京の姿は、いつの間にか消えていた。

「楠《くすの》木《き》正儀《まさのり》殿が、亡くなられたそうです」

了俊は、束の間仲秋を見つめ、かすかに頷いた。仲秋は、寿々の書状を開いた。楠木正儀が、夢を抱いたまま死んだ、と認《したた》めてあった。後半の文面は、自分がなぜ癩《らい》に怯《おび》えているかということと、それを許せるならば、淡路島の波木邸で待つから、というものだ。

「足利頼冬であったか」

「なに？」

「いや、私事でございます。それより、楠木正儀殿の夢とは、なんだったのでございましょう、兄上」

了俊は、海に眼をやったまま、しばらくなにも言わなかった。かすかだが、風が吹きはじめている。東風《こち》だった。追い風を受けて進むことになるので、海戦ではどう考えても月王丸よりこちらが有利だろう。

「頼之殿が抱かれた夢でもある。仲秋、楠木正儀殿が、楠木一族の変節者と誹《そし》られながら、なにゆえ南朝方を離れ、足利に降《くだ》られたと思う？」

「細川頼之様との、心の繋がりでございますかな。頼之様が管領を解任されると、また南朝に戻られた。二人で、同じ夢を抱かれた、とは容易に想像できます」

「南北の朝廷の、合一の夢であったのだろう、と私は思っている。何十年にもわたり、何代にもわたり、この国は戦乱の中にあった。それは朝廷が二つあったからだ。それをひとつにすることから、この国の平和は始まる。そう考え、南軍の柱石であった楠木正儀殿は、あえて変節者の誹りを受ける道を選ばれたのであろう。合一は、幕府と力を合わせぬかぎり不可能だからな。そして頼之殿も、それを受け入れられた」

「頼之様解任の時に、その夢は潰《つい》えたということですね。それでも、楠木正儀殿が病を得られると、頼之様は淡路島で庇護《ひご》された」

「十年後に、夢がかたちを持って現われたのではなかろうか。それが、月王丸だった」

「では、兄上は、月王丸も南北の朝廷の合一のために現われたとお考えか？」

「いま、南朝は弱い。幕府がその気になってかかれば、潰すこともできる。しかし、それでは合一にはならぬ。どんなことがあっても、朝廷を潰したという前例を作ってはならぬ。いまの幕府ならば、南朝方を説いて合一に持っていくことができる」

「それを管領殿が邪魔をされる。戦がはじまるのも、そのためでござるな」

「仲秋よ。人は他人の夢など認めたくはない。しかし、管領殿もまた、お二人と同じところから出発されたのかもしれん」

「つまり、朝廷が二つあることが、この国の戦乱の元凶である、というところですな。ひとつにまとめるか、なくしてしまうか、というところで、頼之様と管領殿は分れ道を歩くことになった」

「正義のありようはひとつでも、それにむかう道はさまざまある。人というのは、難しいものよ」

「兄上は、どう思っておられます。この国に、帝という存在は必要なのでしょうか？」

「わからぬ」

「五十年にも及ぶこの国の戦乱を断つために、いま二つの力が引き合っているのですか。朝廷をひとつにしようという力と、帝をなくしてしまおうという力と」

「そういうことに、なるのであろう」

　船頭が、帆を上げる準備をはじめていた。すでに鉤棒も渡り板もはずされ、兵たちは櫓床に就いていた。先頭の船団は、動きはじめているようだ。

どうでもいい、という思いが、不意に仲秋を襲ってきた。朝廷がひとつになろうがなくなろうが、帝が国王に代ろうが、自分にはどうでもいいことだ。

淡路島の波木屋敷に、すぐにでもむかいたくなった。そういう自分の心の動きを、不思議とも思わなかった。寿々と会って、穏やかな日々の中で暮すのも、悪くはない。

「仲秋。おまえでも、気に染まぬ戦にむかう時は、女子への思いの中に逃げこんだりするものなのか」

了俊の声は穏やかだった。帆が上げられ、風を孕《はら》んでふくらんだ。船は、ゆっくりと進みはじめている。

「九州へ下向して、二十年になろうとしています。戦に倦《う》んでいるのかもしれません」

「生来の戦好き。そう言って九州へ下向する私に付いてきた。侍所頭人《とうにん》として、私は京に残しておきたかったのにな」

「そんなことを、申しましたか」

「弟が生来の戦好きなどとは、思ってはおらぬ。おまえにも、ずいぶんと無理をさせてきたものだと思ってな。菊池武光《たけみつ》の急逝《きゅうせい》がなければ、われらは負けていた。そう思えば、私自身は、九州探題の地位などなにほどのものかと諦めきれるのだが」

了俊はすでに、九州探題を解任される覚悟をしているのかもしれない。確かに、斯波義将が管領を続けていれば、いずれその日が来るだろう。

ふだんならば、こんなことを言う兄を、強くたしなめるのが自分の仕事だった、と仲秋は思った。しかし、そういう言葉は出てこない。

「月王丸は、どちらで合一したいと考えているのでしょう。当然、南でしょうな」

仲秋は話題を変えた。船団の速度は徐々に速くなり、すでに押し走りをはじめている。

「どちらでもいいのだろう、と私は思う。前征西将軍宮は、充分な力を持ちながら、南朝のために上洛《じょうらく》軍を出そうとはしなかった。出せば、もっとひどい戦乱になることを、知っておられたのであろう。なにか別の、われらが思いつきもせぬことを、考えておられたような気がする。月王丸は、あのお方の息子だ」

「ならば、朝廷がひとつになり、帝が唯一人となればよいと」

「もともと、そうであった。この五十年の戦乱が収まるには、もとの姿に戻せばよいと考えているのだろう。私も、そう思う」

「戻せますか？」

「だから、この戦じゃ。この戦で、御所様の気持を変えるつもりなのじゃ」

「なぜ、月王丸が。日本を捨てているようなものではございませんか」

「前征西将軍宮の呪縛《じゅばく》を、やはり受けているのではあるまいか。間近に見て、夢とか理想とかいうものではない、と私は思った」

仲秋は、前征西将軍宮との闘いに必死だった。どういう人物か、考える余裕すらもなかった。ほんとうに闘っていい相手なのかどうか、了俊は一時本気で考えていたふしがある。それでも闘わざるを得なかった。負ければ死、という切迫した状況にあったのだ。

「われらがこれから闘う相手は、前征西将軍宮の亡霊ですか？」

「亡霊ではない。人は誰でも、そういう呪縛を受ける。私は、幕府から派遣された九州探題という呪縛から、いまも逃れられてはおらぬ。御所様でさえ、天下人《てんかびと》という呪縛を受けておられよう。それゆえ、形式として将軍を任ずる帝の存在が、どこかで納得できずにおられるのであろう」

「生きることは、すなわち呪縛の中ですか。むなしいものですな」

「どうだ、女子の呪縛からは逃れられたか、仲秋？」

言って、了俊が笑った。

風は弱いが、東風は変っていない。櫓の音が海面を圧していた。

「楠木正儀殿が亡くなられたことを、頼之様にお知らせした方がよろしゅうございますか？」

「いまは戦ぞ、仲秋」

了俊が言った。

晴れていて、陽の光が眩《まぶ》しかった。

3

ぶつかり合いは、夕刻近くになって、いきなりはじまった。

敵、という連絡が入った時、すでに相手の船は見えていたのである。帆柱の最上部に、色のついた旗を掲げることで、船と船との連絡を取ることになっていたが、その連絡より敵の方が速いという感じがするほどだった。

三十艘《そう》ほどが、ひと塊になって突っこんでくる。帆はあげず、櫓だけを使っていた。

「御座船に寄せろ。船を楯にするのだ」

攪乱《かくらん》と見て、仲秋は低く命じた。

三十艘は、挑《いど》みかかってくるわけではなく、ひたすら走っているだけだ。迎え撃とうとすると、巧みにかわし、それでも船団は散らしていない。一艘がぶつかり、動けなくなったところを五艘ほどで取り囲んだ。斬り合いにはならなかった。渡り板をかけて斬りこんだ時、敵兵は闘わずして海に飛びこんだのである。御座船を囲んだ五十艘ほどから、喊声《かんせい》があがった。

遊行《ゆぎょう》の船列ではない。戦に備えて、いくつかに密集して進んでいるのである。簡単に攪乱されるわけはなかった。

ただ、ひたすら船団の中を走り抜けていった、三十艘の敵は気になった。走り抜け、そこで反転すると、敵も追い風を受けることになる。

「速いな」

呟くように、了俊が言った。

「外海用で、船底のかたちが違う関船です。平底ではなく、尖《とが》らせてあるのでよく波を切ります」

「しかし、一本の矢も飛んでは来ぬな」

「月王丸としては、なんとしてもわれらが背後に船を回したいのでしょう。それで追い風を受けられることになりますから。しかし、たった三十艘では」

背後に回られる。あるいは、島かげに潜んでいた敵が背後から襲いかかってくる。それに対する備えはあった。殿《しんがり》に、かなり強力な百艘ほどを配置してある。背後から襲ったとしても、たやすく破れはしない。

船団全体の動きが、いくらか遅くなったのを、仲秋は感じた。多少乱れた密集の隊形を、立て直しているのかもしれない。

また、敵が現われた。二十艘ほどが、やはり同じようにひた走っている。二艘を止めたが、敵兵は海に飛びこんで闘おうとはしなかった。

「追いきれぬな、あれでは。櫓の使い方も巧みだ」

「これで、五十艘ほどが背後に回ったかもしれません。しかし、こちらはそれほど攪乱もされておりませんな」

「しかし、易々《やすやす》と船団の中を突破されるようではな」

了俊は、難しい表情で腕を組んでいた。

船団の動きは、さらに緩くなったようだ。風も熄《や》み、力なく帆が垂れている。帆を巻きはじめる船もいた。

船団の速度がなぜ落ちたのか、ようやく仲秋にもわかってきた。傾いた味方の船が、進路を遮《さえぎ》っているのだ。それも三艘や四艘ではなかった。点々と、数十艘の船が散らばっている。傾いているものだけではなく、完全に転覆しているものもある。

なぜそうなっているのか、すぐにはわからなかった。

「またか」

了俊が言った。およそ三十艘ほどの船が、突っこんできている。縦一線になった船が、獲物《えもの》を見つけたけもののように、先頭の船から次々に味方の船にぶつかってくる。ただ、ひた走る時よりずっと遅かった。

船の舳先《へさき》の水際《みずぎわ》のところから、角のようなものが突き出しているのを、仲秋は認めた。ひと抱えほどの丸太が二本。先端が、槍の穂先のように削られている。舷側に木組みをして丸太を支えているようだが、頭を下げた牛が突進してくる姿に似ていた。

ぶつかると、木組みごと丸太をはずし、速やかに離脱している。見違えるように、船脚は軽くなっていた。

味方の船の横腹に、丸太が二本突き刺さっている。それが、船の動きを止めてしまうようだ。すぐに転覆するほどではないが、丸太の扱いは厄介《やっかい》だろう。いくら漕《こ》ごうと、丸太が水を受けて、思う方向に進ませない。丸太を抜いてしまうと、浸水が激しくなる。

「あんなやり方があるのか」

了俊が呟いた。

いくら矢を射かけたところで、櫓床はしっかりと楯で覆われている。反撃すらしてこない。せいぜい、離脱が遅れた船を取り囲んで斬りこむぐらいだ。斬りこまれると、敵兵は速やかに船を捨てている。

「火矢だ。突っこんでくる船に、火矢を浴びせよ」

仲秋は叫んだ。

甲板で、篝《かがり》用の薪が燃やされた。仲秋は海に眼を据えた。ようやく、かっと熱いものが全身を駈け回りはじめている。戦はこれからだった。

陽が落ちはじめ、陸地《くがち》の山際の空が赤く染っていた。息を詰めるようにして待ったが、突っこんでくる敵の姿はなかった。

御座船から、停船の指示が出た。

本陣を組む十数艘の船だけが、鉤棒《かぎぼう》と渡り板で繋がれた。外海ではこんなこともできないだろう、と仲秋はふと思った。月王丸は、内海の水師たちよりずっと厳しい条件の中で、戦を続けてきているのだ。

繋がれた十数艘を囲むように、船が密集しはじめる。御座船の帆柱には、軍議を知らせる旗があがっていた。

「地上の合戦なら、魚鱗《ぎょりん》の陣というところですな」

密集した船を見ながら、仲秋は了俊に言った。海上でも、同じ兵法が通用するのかどうか。突っこんでくる敵に対しては、確かに効果はありそうだ。

軍議には、十四名の武将が集まった。斯波義将の姿はない。

「仲秋の進言通り、前列の船には火矢の備えをさせた」

義満が言った。具足姿は変えていない。疲れたようでもなかった。まだ緒戦、という気があるのだろう。

「離脱を許しさえしなければ、ぶつかってくるあの敵の攻撃は怕《こわ》くない」

義満は、弱気にもなっていなかった。

「失った船は、およそ四十艘。ほかに二十艘ほどが、あの攻撃を受けておりますが、穴を塞《ふさ》いでなんとか立ち直り、戦列に復帰しております」

ひとりが報告した。海に落ちた者は拾いあげているので、兵の損耗《そんもう》はほとんどない。しかし、斬り合うこともなく、四十艘の船を失ったのだ。

「この陣形を崩さず、夜明けとともにゆっくりと進む。突っこんで来る敵は、囮《おとり》の船にむかわせ、火矢を浴びせるのだ。囮の船には、兵は十名で充分であろう。一度攻撃を受けた船を使えばよい」

「御意《ぎょい》」

「敵に前後を挟《はさ》まれた恰好だが、見方によれば分断したとも言える。とにかくこの陣形を崩さず、城が移動するように進むのだ。大きく動く敵の方に、必ず隙《すき》が出よう」

実戦をさほど知らないにしては、義満の策に大きな欠点はなかった。いくらか守りに傾いた感じがあるだけだ。

「御所様、上陸して陣を布《し》くというわけには参りませぬか？」

仲秋は口を開いた。戦の時は、上下を考えず、まず思ったことを口にするようにしていた。了俊に対して、ずっとそうしてきたのだ。

「ならぬ。私は海の上で挑戦《ちょうせん》されたようなものだ。陸の戦に持ちこむのは、逃げるのと同じじゃ。その考えは、捨てよ」

義満の決意は、容易に揺らぎそうもなかった。

「ならばこの仲秋に、夜襲をお許しくださいませぬか？」

「なにをたわけたことを。夜襲など、小軍が大軍に立ちむかう時にやることですぞ、今川仲秋殿」

斯波義種だった。

「意表を衝《つ》く。これはもの事を動かします」

仲秋は斯波義種にとり合わず、義満にむかってだけ言った。

「それがしは、月王丸が再び丸太の攻撃を仕掛けてくることは、ないような気がいたします。ただ、どういう方法でくるのかは、わかりません。それこそ、意表を衝いた方法でくるでありましょう。こちらから先に意表を衝けば、あるいは相手の方法が見えるかもしれませぬ。そうやって先手を取る以外に、海上の戦では百戦練磨の月王丸を凌《しの》げませぬ」

「わが水軍にも、海上の戦に長《た》けた者はおろう」

「勝負になりません。対馬、そしてこの戦、どれをとっても、ただ月王丸にいいようにされているだけです。夜襲をお許しください。たとえ失敗しても、勝敗に関わることはありません。この仲秋が死ねばいいこと」

義満が横をむいた。

仲秋の献策を無視するように、ほかの意見が三つばかり出された。どれも数を恃んだものばかりだ。

「仲秋、夜襲はどうやる？」

考えごとをしていたらしい義満が、横をむいたまま言った。

「敵も、篝を焚《た》いているでしょう。夜明け前の霧に紛《まぎ》れて、十挺櫓《ちょうろ》の小型の関船五艘ほどで、火をかけるのがよい、と思います」

「やってみよ。死なずに戻れ」

それ以上、義満はなにも言わなかった。

船に戻ると、仲秋はすぐに脚の速い小型の関船を集めた。十挺の櫓を漕ぐ兵も、各船の船頭に推させた。

すべての船で篝が焚かれ、海面は赤く、血でも流れたように見えた。篝の光の届かない闇《やみ》は、いっそう深い。

準備が整った時は、夜明けはかなり近くなっていた。きのうと同じように、濃い霧が流れている。

「行け」

仲秋は下知を出した。

仲秋の船を先頭に、五艘が篝の光の中から闇へ出て行く。急がなかった。櫓の音は、できるだけ抑えたい。

半刻《はんとき》も進まないうちに、篝がいくつか見えてきた。少なすぎる。しかし、敵はいるはずだ。闇の中に、圧倒してくるような気配が漂っている。篝を、最小限に少なくしているのだろう。

近づいてきた。船の軋《きし》るかすかな音が、闇の中で重なり合っている。仲秋は、機と見て、船の中央に置いた油の容器に火をつけた。ほかの船も、それに従った。空にむけて、一本火矢を射る。それが落下してくる時、船影を淡く照らし出した。

「射よ」

構えていた兵たちに、声をかけた。光の条が、闇の中を何本も疾《はし》った。それは、絶えることなく次々に続いていく。三艘の船の炎が大きくなり、周囲ははっきりと見てとれるようになった。少なくとも、数十艘はいそうだ。さらに五艘から火があがった。炎は大きく、ばちばちと弾ける音がした。

船から、兵が三人飛び降りるのが見えた。ほかの船も、同じような人数だ。それを不審に思った瞬間、仲秋は全身に粟《あわ》を生じるのを感じた。

なにかいる。燃える船のむこう側の、霧が流れる海面のさらにむこう側。

船が、次々に火を出している。海面に飛びこむ兵は、やはり三、四人だ。

船の型はまちまちで、傷《いた》んでいるものもある。対馬で捕獲された船ではないのか。それならば、この先頭の船団は。

仲秋の躰《からだ》を、少しずつ恐怖が包みはじめた。炎と霧のむこう側に、確かになにかがいる。それがなにかわかっていながら、まだ見えはしなかった。

火矢は、次々と放たれている。

「射続けろ」

恐怖を抑えこむように、仲秋は叫んだ。いままで、負け戦でさえ感じたことのない恐怖だ。恐怖にとり憑《つ》かれた自分に、仲秋は狼狽《ろうばい》しかかっていた。

霧の中。なにかが現われた。旗。八幡大菩薩《はちまんだいぼさつ》の旗。

「返せ」

乾いた声で、仲秋は命じた。

「力のかぎり、御座船まで漕ぐのだ」

船が小さく回り、方向を変えると進みはじめた。返せ、と叫んだが、ほかの四艘には聞えなかったようだ。まだ、火矢を放ち続けている。

霧の中の船団が、炎が照らし出す海面に次々に現われてきた。八幡大菩薩の旗の下に、人影が小さくひとつ見える。赤い人影だった。炎に照らされているから、とは見えなかった。血に染っているようだ。

「漕げ。力を抜くな」

闇の中を、船は突っ走っていた。炎を突き破るようにして、月王丸の船団が進んできた。

「漕げ、もっとだ」

火矢を放っていた味方の四艘は、敵の船にぶつかったのか、あっという間に海面に呑《の》みこまれたようだ。仲秋は太刀を鞘《さや》ごと摑《つか》み、鐺《こじり》で底板を叩《たた》いていた。櫓は、それに合わせる。兵たちの喘《あえ》ぎが大きくなった。到底、無理な速さだが、御座船に行き着けさえすればいい。櫓の軋り。波を切る音。

兵のひとりが、叫びをあげた。立ちあがって喚《わめ》きはじめる。素速く、仲秋はその兵を海に斬って落とした。その兵が握っていた櫓を、仲秋自身が握った。

いかに月王丸の船が速かろうと、これだけの勢いで漕ぐ小船より速いわけはない。そう思い続けた。呻《うめ》きをあげながらも、兵たちは漕ぎ続けている。

ぼっと、闇の中が明るくなっているのが見えた。篝。間違いないだろう。

「近いぞ。漕げ。腕が折れるまで漕ぎ続けよ。篝はそこに見える」

ひとりが、うずくまったまま動かなくなった。それが見てとれる明るさになっている。

「今川仲秋、罷《まか》り通る。御座船への注進じゃ」

誰何《すいか》された。

声のかぎり、叫んだ。

御座船。見えてきた。十数艘が繋ぎ合わされ、海上の構築物のように見える。

「今川仲秋、御所様への注進じゃ」

叫んだ。小船の舳先が、音をたてて御座船にぶつかっていた。漕いでいた兵が、三人血を吐いてうずくまった。船上から降ろされてきた縄《なわ》の綱に、仲秋はとりついた。そのまま引きあげられていく。

「月王丸、全軍で本陣を急襲の構えと見ました。すぐそこに、迫っております」

「ばかな」

誰の声かはわからなかった。

「頼む、船を出してくれ。ほかには眼をくれず、一直線にここを襲ってくるぞ」

「鉦《かね》を打て。兵を櫓床に就かせろ。防府《ほうふ》の泊《とまり》までひた走れ」

義満の声。今度は、はっきりとわかった。

「仲秋、たとえ一艘になろうと、防府まで行くぞ。これでよいな」

頷《うなず》き、それから仲秋は立ちあがろうとして、意識を失った。

第七章　海のけもの

1

まだ暗いうちに、船は岸に近づいた。

黒い巨大な塊が覆《おお》い被《かぶ》さるように寄ってきたことで、頼冬《よりふゆ》はそれと知った。海際《うみぎわ》の崖《がけ》らしい。竜王丸が下船を命じる声が、闇《やみ》の中に低く響いた。

船が着けられる岩がいくつかあるらしく、兵たちは渡り板を伝って身軽に岩場に降りていった。足の先で渡り板を探るようにして降りた頼冬の動きは、いかにも心もとなかった。水師は、かなり夜眼《よめ》も利くらしい。

崖の下に集まったのは、およそ一千ほどだ。竜王丸が小声で平山忠利に下知《げじ》を与え、それによって兵たちはすでに動きはじめている。松明《たいまつ》が、二つだけ見えた。それは崖を這《は》い登っていく。

「ほかの船は？」

月王丸《つきおうまる》の本隊から離脱したのは、およそ五十艘《そう》だった。岩場につけたのは、二十艘ほどとしか思えない。

「別の場所から、もっと楽に上陸します。頼冬殿には、最も険しい場所から上陸していただくことになった。地形に詳しい者が案内に立っておりますので、御心配なく」

竜王丸は笑ったようだが、闇に紛《まぎ》れてよくわからなかった。心配したのではなく、どういう策なのか、と頼冬は考えてみただけだった。

将軍家を擁する船団は、内海を埋め尽したように見えた。それを攪乱《かくらん》した手際《てぎわ》は、鮮やかというしかなかった。月王丸の船団は縦横に動き回り、いつの間にか数十艘の船とともに、将軍の御座船《ござぶね》を厳島《いつくしま》の海域に押しこめたのである。そのまま攻めに入れば、将軍の首を取ることも難しくはない、とさえ思えた。しかし月王丸はすべての船に停船を命じ、混乱を膠着《こうちゃく》させ、将軍家との会見を申し入れたのである。

会見には、竜王丸と頼冬だけが伴われた。

はじめて見る従兄《いとこ》だった。征夷《せいい》大将軍という威厳を失わないまま、率直に語っているように思えた。ただ、一度も頼冬の方を見ようとはしなかった。自分の役割が、頼冬にはわかっていた。足利尊氏《あしかがたかうじ》の血を引く者として、ただその場にいればよかったのである。それが足利義満のなにかに触れているということは、視線の動きひとつではっきりと感じられた。

足利義満は、山名一族の叛乱《はんらん》を想定しているはずだ。月王丸は頼冬に、その血を利用することを依頼した時に、そう語った。

大規模な叛乱に持っていくためには、山名一族に後円融《ごえんゆう》院を擁立させる。さらに、もうひとつの天皇家の推戴《すいたい》に続け、日本において三つの天皇家を並び立たせる。朝廷が三つということになれば、これはもはや朝廷ではない。三つの朝廷を足利義満自身が斬《き》り従え、天皇家というものをなくしてしまう。その後に来るのは、足利義満をただひとりの王とした国である。それを、斯波《しば》義将《よしまさ》とともになそうとしている。

この五十年にもわたる争乱が、ひとえに南北二つの天皇家があったためである、という考えは自分も変らない。ただ足利義満は天皇家をなくして自らが王になろうと考え、自分は親王の血を受けたがゆえに、天皇家をひとつにしたいと願っている。なにかを思い出すような口調で、月王丸は頼冬にそう語ったのだった。どちらが正義かはわからぬが、自分が思った正義を貫くしかない、とも月王丸は言った。対馬《つしま》の戦が終ったばかりの、船上でだった。

正義がどちらにあるかなど、頼冬にはどうでもいいことだった。自分の血を、月王丸がどう利用するか。それを見たくて、月王丸の申し出を受けたようなものだった。想像を超えた利用の仕方ではない、と頼冬は思った。ただ、すでに日本を捨てているとしか思えない月王丸が、なぜ戦までしようとしているのかは、頼冬にはわからなかった。

「崖を登る径《みち》には、縄《なわ》が張ってあります。それを摑《つか》んでいれば、自然に上まで登れます」

闇の中で、低い竜王丸の声は、妙に大人びたものに聞えた。頷《うなず》き、頼冬は径を登りはじめた。陸上にいる幕府の軍勢はおよそ二万で、管領《かんれい》の斯波義将が直々に指揮をしているという。どういう策で、その大軍にむかうつもりなのか、頼冬は他人事《ひとごと》のように考えていた。

会見のあとの船戦《ふないくさ》は、月王丸が圧倒していた。幾重にも御座船を囲んで進んでくる幕府の船団を、わずかな関船《せきぶね》で三度にわたって突っ切り、四、五十艘の船を沈めたのである。船戦は、敵の船を沈めることだ、と月王丸は考えているようだった。竜王丸の船も、敵を突っ切る第二陣に入っていた。第三陣が突っ切ってきたところで、竜王丸は五十艘の関船を率いて、船団から離脱したのである。陸上の軍勢にむかうためだということが、頼冬にも読めた。

月王丸の次の船戦を見てみたいという気もあったが、海の上で月王丸が敗れることはなさそうだった。内海の水軍を中心にした幕府の船団とは、まるで動きが違うのだ。騎馬と徒《かち》のぶつかり合いのようにさえ見えた。

崖を登りきると、そのまま山の中に進んでいった。一刻《いっとき》ほど歩いたところで、夜が明けてきた。晴れた日だ。

「ここから、馬で進みます。幕府軍は、いまはひとつですが、やがて二つに分断されるはず。将軍の従弟《いとこ》にあたられる頼冬殿が、太刀《たち》を抜かれることはありませんぞ」

「抜きたい時には、相手が誰であろうと、太刀は抜きます。私のことは、お気にかけずにいただこう」

「そうですか」

こんな山中で、馬をどうやって手に入れるのか、と頼冬は考えていた。その疑問が解けたのは、近江《おうみ》山中の山の民をまとめる、嶽勝《だけまさる》が姿を現わした時だった。山の民は、全国に繋《つな》がりを持っているのかもしれない。一千頭の馬が用意されていたが、近江から運んできたものとは思えなかった。

「将軍の御座船は、防府《ほうふ》の泊《とまり》に逃げこんでおります。ほかには関船が六艘のみです」

頼冬に一礼し、嶽勝は竜王丸に報告した。

「討ち取る気になれば、いつでも討ち取れる。月王丸様は、いやというほど将軍にそれを感じさせながら、魚でも追うように、御座船を防府に追いこまれました」

「あとは、陸の戦だけか」

「将軍は、生きた心地がしなかったでありましょう。おそらくは、守りに入るだろうと思います。それを、二千五百の軍勢で突き崩せますか？」

「見ているがいい、嶽勝。われらは海上の戦だけをしてきたわけではない。明《みん》の奥深くに入り、原野で騎馬同士を闘わせもしてきたのだ」

将軍を防府に追いこんだとすれば、多分夜襲だろう。いまのところ、月王丸は相手の意表を衝《つ》き続けている。しかし、陸戦となればわけが違ってくる。斯波義将に、海から陸へ誘いこまれた、とは言えないか。すべての勝負は、海の上で決すべきだ、と頼冬は思った。

「陸の上で負けぬかぎり、将軍はまことの負けと認めますまい」

頼冬の気持を見透したように、竜王丸が言った。

長く連なって、一千騎が山の中を動きはじめた。防府の近くであることに、しばらく走って頼冬は気づいた。大内家家臣来海《くるみ》頼冬として、周防《すおう》、長門《ながと》は幼いころから走り回っていたのだ。

「この山を越えると、防府は眼と鼻の先でござるぞ、竜王丸殿」

「頼冬殿は、大内家で育たれたのでしたね。大内義弘は、船団の中に入っています。物見の知らせでは、それ以外の大内家の軍勢はまったく動いていません。まず、頼冬殿のお力をお借りしなければならぬことは、ないと思います。幕府軍は、五千が防府に到着しているのみ。本隊はいま、急いで防府にむかっているところでしょう」

竜王丸が笑った。戦の前の緊張は、あまり感じられない。それでも、山中の行軍はかなりの速さだった。

原野が見渡せる斜面まで降りた時、竜王丸は停止を命じた。一千の兵が、林の中に身を隠す恰好《かっこう》になった。朝の光を受けて輝いている海面も、遠くに見える。防府の泊にむかっている船は、まだ少ないようだ。

竜王丸のもとに、注進がいくつか入った。竜王丸はしゃがみこみ、地面に小枝の先でなにか描きながら、嶽勝となにか密議をこらしていた。

平山忠利が、頼冬のそばに来た。初老に近づいたこの武士が、どこの家中にいたのか訊《き》いたことはない。前征西将軍宮が高麗《こうらい》に渡ったのなら、その時随伴した菊池家中の武士かもしれない。

「竜王丸殿は、一万五千の敵の本隊とぶつかるおつもりかな、平山殿？」

「一万五千が、ひとつにまとまって疾駆してくるとは考えられません。物見の知らせによると、先鋒《せんぽう》はおよそ三千騎で、徒は付いておりません」

「なるほど。しかし、激しい騎馬戦になるでしょうね。西へ一里で、防府です。そちらの五千は、動かぬと見ておられるのかな？」

「動きましょう。頼冬様も、相手を斬らざるを得ないことになります。それを厭《いと》われるなら、この場を動かれませぬよう。頼冬様のお心のままに、と命じられております」

どちらとも答えず、頼冬はただ頷いた。

注進が入り、竜王丸が乗馬を命じた。馬蹄《ばてい》の響きが近づいてくる。かなりの軍勢であることは、地鳴りのような馬蹄の響きが示していた。

「頼冬殿、来られるか？」

「参りましょう。流されるように生きてきた身、私が戦にどう巻きこまれようと、お気遣《きづか》いなく」

「わかりました。平山忠利、部将を集めよ。申し渡しておくことがある」

部将は十名で、それぞれが百騎ずつ率いている。その中の四名は、明らかに高麗人だった。その四名には、高麗の言葉で下知が出された。原野に四列の道があり、それを踏みはずしてはならない、ということだった。四列の道は、薄《すすき》が立ててあり、緑が増えはじめた原野の中では目立つはずだ、とも言う。

「水師の戦は、陸で長引かせてはならぬ。一戦に全力を注げ。全身全霊で、敵を斬れ。倒れた者は、自ら命を断て。それが水師の戦ぞ。よし、行け、敵は間近だ」

斜面の林の中から、鯨波《とき》があがった。

百騎ずつ、ひと塊になって原野に飛び出していく。敵の三千騎は、地を揺がすような勢いで突っ走ってきていて、千騎もひと揉《も》みに潰《つぶ》されそうだった。

竜王丸が陣を布《し》き、迎え撃つ構えをとった。鶴翼《かくよく》に似ているが、ずっと厚みがある。敵が迫ってきた。竜王丸が右手を挙げた。右翼が、いきなり崩れたように後退をはじめた。土煙の中から、次々に敵の騎馬が姿を現わしてくる。竜王丸の左手。左翼が後退していく。残っているのは、中央の四百ほどだ。竜王丸が太刀を抜き放ち、雄叫《おたけ》びをあげた。四百が突っこんでいく。敵とぶつかった。突出していた四、五騎を、竜王丸の太刀が斬り落としていく。頼冬も、挑《いど》みかかってきた二騎を斬って落とした。

勢いに任せた敵の動きが、それで束《つか》の間《ま》止まった。しかし三千騎である。量で押してくる力が、すぐに加わってきた。

法螺《ほら》が鳴った。竜王丸を中心とした百騎が殿《しんがり》という恰好で、後退していく。押されるまま退《さ》がり、やがては疾駆するかたちになった。味方は、もうかなり前方を走っていた。どういう策なのか、頼冬は見きわめようとしていた。追ってくる敵は、一度ぶつかり合って前進を止めたせいで、ひとつにかたまっている。それだけ、殿の負担は大きかった。

薄。一列に突き立てられている。敵が、次々に消えるのを、ふり返った頼冬は見た。原野に、大きな穴が掘られ、その上に薄く土と草が被せてあったようだ。後ろからの圧力で、穴の縁に踏み止まろうとした者も、押されて落ちている。七、八百は落ちただろう。運よく薄の間を駈《か》け抜けてきた三百ほどを、一千の騎馬隊が囲むようにした。不意に、地から湧《わ》き出したように、千五百の徒が飛び出し、穴に落ちた敵を槍《やり》で攻撃しはじめる。敵は混乱していた。二千五百が、総攻めに入った。勝負は、短い間だった。敗走したのはせいぜい五、六百騎で、馬を捨てて逃げた兵が五百。残りは、容赦なく斬られ、突き立てられた。太刀を捨てた兵も、人形のように槍で突き倒されている。酸鼻《さんび》をきわめる光景だった。馬上の兵も徒も、返り血で赤く染っている。

「兵をまとめよ、忠利。一里を駈け抜ける。遅れる者には構うな」

騎馬が集まってきた。敵が残していった旗が掲げられる。潰滅《かいめつ》させた三千の騎馬隊になりすまして、防府の泊を襲おうというのか。

竜王丸が、先頭で駈けはじめた。自然に、百ずつの隊伍《たいご》が整っている。徒も付いてきていた。一度血に酔った兵たちは、さらに新しい血を求めるけもののようだ。

一里を、あっという間に駈け抜けた。

竜王丸は、泊を背にして布陣した敵の中に、並足で堂々と乗りこんでいった。本陣の二《ふた》つ引両《ひきりょう》の旗。陣幕。数名の武士が駈け寄ってくる。

竜王丸が右手を挙げた。一斉《いっせい》に騎馬が動きはじめた。暴れる二千五百を懐《ふところ》に抱えこんだ敵の陣は、またたく間に内側から崩れはじめた。

「殺せ。泊の水を血で染めてやれ」

竜王丸が叫んでいた。頼冬は、槍をむけてきた三人の徒を斬り倒し、組みついてきた騎馬武者を投げ飛ばした。奇襲というより、ほとんど味方の寝返りに遭《あ》ったような敵の狼狽《ろうばい》はひどく、騎馬で立ちむかってくる者の数は少なかった。本陣の旗が大きく動揺している。泊の関船が動きはじめているのを、頼冬は眼の端で捉《とら》えた。

騎馬の一隊が、本陣の陣幕に突っこんだ。陣幕が次々に落ちた。なにかに引き寄せられるように、頼冬は本陣に馬首をむけた。群がってくる敵兵を薙《な》ぎ倒していく。

三百ほどが、ひと塊になっていた。そのさらにむこう。眼が合った。二、三十の武士に囲まれ、泊の方へ後退していく足利義満。襲いかかってきた騎馬武者を、頼冬は一刀で両断し、馬腹を蹴《け》った。義満の眼が、なにかを語りかけてくる。頼冬も、語りかけていた。なぜ、来海頼冬のままでいさせてくれなかったのか。なぜ、執拗《しつよう》に刺客を送ってきたのか。なぜ同じ血を、それほど怖《おそ》れなければならないのか。視線はぶつかり合ったまま離れず、馬は遮《さえぎ》る兵を薙ぎ倒して進んだ。

「足利頼冬、見参。義満殿、出で給《たま》え」

義満の眼が見開かれた。制止を振り払ってむかってこようとする。それをさらに数名が、抱えるようにして制止していた。騎馬の二名を斬り倒した。もう一騎、立ち塞《ふさ》がってくる。ぶつかり合った。太刀の起こす風が、頼冬の顔を打った。容易な相手ではない。馬首をめぐらせた相手の兜《かぶと》の下から、はっきりと顔が見えた。今川仲秋《なかあき》。そう思った時、仲秋はすぐそばまで迫っていた。太刀と太刀がぶつかり合い、火花が散った。義満は、艀《はしけ》に乗ろうとしていた。仲秋の太刀。かわし、薙ぐように浴びせた太刀を、仲秋は小太刀で撥《は》ね返してきた。義満を乗せた艀が、岸を離れていく。

法螺が吹かれていた。

「頼冬殿、引き揚げだ」

仲秋との間に割って入ってきたのは、竜王丸だった。義満の艀が関船にむかうのを確かめて、仲秋も退いていく。

「ここで時は費せぬ。新手が来る前に、引き揚げますぞ」

頼冬は、ふっと自分を取り戻した。馬首をめぐらし、竜王丸と並んで駈けはじめた。

夥《おびただ》しい屍体《したい》だった。首を取ろうともせず、容赦なく殺していく。ただ、殺す。それが月王丸や竜王丸の戦だということは、屍体の数を見ればよくわかった。

「あとは、海上で父上がなんとかなさるであろう。将軍の首を取るのが目的ではありません」

ようやく兵が集まり、隊伍が整ってきた時、竜王丸が言った。行軍は速い。遅れる兵が出はじめていたが、竜王丸は意に介していなかった。

注進が入った。二千ほどの兵が、遮二無二《しゃにむに》突き進んでくるという。次の注進で、それが本隊の殿にいた軍勢だとわかった。

「大将は、誰だ？」

「斯波義教《よしのり》かと思われます」

竜王丸が、頼冬の方に眼をむけた。斯波義将ならばいざ知らず、義教にそのような果敢な行為ができるのか。

「これは」

「恐らくは、大野武峰《たけみね》でしょう。山まで逃げきれぬな。一度ぶつかってから、山へ走りこもう。頼冬殿、大野武峰にこだわってはなりませんぞ」

「私のことは、気にかけられるな」

竜王丸はかすかに頷き、徒を前に出した。その間に騎馬隊を二つに分け、一隊を右翼から迂回《うかい》させた。兵たちの動きはいい。

土煙とともに現われた軍勢を、まず徒が止めた。そこに五百の騎馬隊が突っこんでいく。軍勢の先頭で、大野武峰が血刀を振っていた。竜王丸だけを目指しているようだ。右翼から迂回した五百騎が、中入れのかたちで突っこんだ。それでも、敵は揺がなかった。ただ、数騎が、背をむけて駈け出している。逃げていくのが、斯波義教だと、頼冬にはすぐにわかった。十騎ばかりが追いすがる。大野武峰がそれに気づき、馬首を回そうとした。武峰の舌打ちが聞えてきそうだった。

追いすがられた斯波義教が、太刀を浴びる前に落馬した。立ちあがった斯波義教の首が、宙に飛ぶのが見えた。

「斯波義教殿を討ち取ったぞ」

平山忠利の音声《おんじょう》が谺《こだま》した。明らかに、敵の足並みが乱れはじめた。

「退くな。この大野武峰があるかぎり、戦に負けはせぬ。若殿の弔い合戦ぞ。怯《ひる》まず、われに続け。退くは死ぞ。怯むな」

武峰の叱咤《しった》で、崩れかかっていた敵は立ち直った。武峰を先頭にした騎馬隊が、ひと塊になり、一直線に竜王丸にむかってくる。それを遮ろうとした兵が、次々に斬り倒される。

押されはじめていた。先頭に立つ武峰の阿修羅《あしゅら》のような形相《ぎょうそう》が、見る間に近づいてきた。

「山にお駈けください、竜王丸様。兵は疲れております。殿をこの忠利がつとめまするゆえに」

　迂回していた平山忠利が、駈け戻ってきて言った。

「退けるかっ、ここで」

「斯波義教は討ち取りました。竜王丸様さえ山に辿《たど》り着けば、この戦は大勝利でござる」

「私も、平山殿と殿を引き受けよう。行かれよ、竜王丸殿。大野武峰にこだわるなと言われたのは、竜王丸殿ですよ」

　頼冬は、馬を寄せて穏やかに言った。

「それにこの戦、すでに目的は果しているのではありませんか」

　竜王丸は、束の間大野武峰にすさまじい眼をむけ、それから馬首を回した。

「助かりました、頼冬様。ここで時を費して、敵の本隊が到着すれば、われらは全滅するしかありませんでした」

　平山忠利は、二百ほどの騎馬をまとめた。

　大野武峰の追撃は、激烈なものだった。次々に騎馬が倒されていく。平山忠利は、騎馬隊で押しては、また退くことをくり返したが、退くたびに兵の数は減っていた。

「頼冬様、すでに山は近こうございます。山にお入りください」

四十騎ほどが残るのみになった時、平山忠利が言った。肩と顔に太刀を受け、全身が血まみれになっている。

「それはできぬ。平山殿、山までともに駈けてみようではないか」

「それは、賭《か》けでござる。頼冬様を、死なせるわけには参りませぬ」

「いいのだ。おのが運とやらを、賭けてみたい。それで生き残れたら、生き続けてもいいという気になるかもしれぬ」

「しかし」

「私は、殿軍とともにいる。残った兵に下知を出されよ。殿軍が、殿軍として山まで駈けるのだ。すでに竜王丸殿は、山深く入られておろう。ここは、賭けてみようではないか」

平山忠利の表情に、束の間、迷いが走った。

「月王丸殿の戦が、どうなるのか見届けたいとは思わぬのか？」

「わかり申した」

大野武峰の方が押してきた。平山忠利が、頭上で大きく太刀を振った。頼冬は、襲いかかってきた敵兵を二名斬り倒し、平山忠利と並んで駈けはじめた。

2

山に入っても、大野武峰の追撃は続いた。

一度は振り切ったが、武峰は執拗で、山に入った時は十六騎に減っていた。

「それがしは、ここで大野武峰を食い止めましょう。すでに山に入り申した。賭けは頼冬様の勝ちでございます」

「敵は、まだ追ってきます」

平山忠利は、すでに馬に乗れる状態ではなくなっていた。追撃の気配は、すぐ下にまで迫っている。

「頼冬様」

「大野武峰とは、もう一度会わねばならぬと思っていた」

「なぜ、そのように死にむかわれます？」

「業《ごう》のようなものであろうよ」

武峰を先頭にした軍勢が、木立の中から飛び出してきた。およそ四十騎。

「ここが、私の死に場所かな、忠利殿」

「お駈けくだされい」

呻《うめ》きに近い声だった。

大野武峰が、じっとこちらに眼を注いだまま、近づいてくる。なにかが爆《は》ぜるような音が耳を衝いた。武峰と頼冬の間に、大木が二本倒れかかってきていた。

武峰が、頭上を仰ぐ。

「それ以上は、進めませぬぞ、大野武峰殿」

嶽勝の声だった。姿は見えない。

「これより先は、山の民の領分でござる。進まれても、頭上より何本もの大木が倒れて参りましょう。地には罠《わな》があります。半里も進まれぬ間に、全滅させることができます」

大野武峰が馬を降りた。木が倒れかかってきたら、避けようがないと考えたのだろう。武峰の顔からは、阿修羅のような表情は消えている。

「その声、聞き憶《おぼ》えがある」

「いつぞや、御池嶽《おいけだけ》山中にて」

「あの折りは、若殿が一緒であった。その若殿も、討たれた。この大野武峰ひとり、おめおめと帰るわけにもいかぬ。ここで、腹を切らせてくれぬか？」

「お望みとあらば。大木に敷かれて死ぬるより、それが御武家らしゅうござる」

頼冬は、馬を降り、武峰の方へ歩み寄った。あれほどの激しい戦だったにも拘《かかわ》らず、浅《あさ》傷《で》をいくつかしか受けていない。

「武峰殿。われらはどうやら、結着をつけざるを得ない星のようでござるな」

「足利頼冬様。それがしに、結着をつける機をお与えくださると言われますか？」

「そのような宿運であろう、お互いに」

「なにゆえ。頼冬様は、すでに勝たれているのでございますぞ」

「われらの間に倒れた、この大木を境にしてか。私は、そのようなことで武峰殿との勝敗を決したくはない」

　武峰の表情が、不意に和んだものになった。

「よろしゅうございます。足利頼冬様にお相手をしていただくとは、武峰にとって望外の喜びでございます」

　武峰が、具足をとった。頼冬も、胴丸をはずした。平山忠利がなにか言おうとしたが、頼冬はただ首を振ってみせた。

「傷は癒《い》えられましたのか、頼冬様？」

「私は癒えた。そこもとも、癒えたようだな」

「はい。頼冬様の太刀捌《さば》きは、傷をひどくいたしませんでした」

　武峰の方が、倒れた大木を乗り越えてきた。全身に傷を負っているが、深傷はないようだ。頼冬を真直ぐに見て、武峰は一礼し、笑みを浮かべた。

「なぜ、斯波義教殿を伴ったのだ、武峰殿。ああなることは、わかっていたであろう？」

「主君の命《めい》でございました。斯波義将は、この戦になにかを賭けたのでございます。それがしなどにはわからぬ、なにか大きなものを。ゆえに、若殿にも先頭に立って貰《もら》いたかったのでありましょう」

「なるほどな。拒みきれなかったか」

「若殿も、大将の器を問われていたのでございます」

それが、敵に背をむけて逃げた。情無いという思いを、武峰は抑えているのだろう。表情には、諦《あきら》めに似たものさえあった。

「それがしが勝とうが負けようが、ほかの者にはここから退かせます」

「古風な一騎討になったものだ。それもまた一興か」

「手加減はいたしませぬぞ、たとえ足利頼冬様であろうと」

頷き、頼冬は太刀を構えた。頼冬の上段に対し、武峰は正眼に構えている。さすがに隙《すき》はなく、全身から静かな気迫が漂い出していた。構えたまま、お互いに動かなかった。

武峰の眼が、さまざまなことを頼冬に語りかけてきた。闘うことのむなしさ。それでも闘うのが、武士だということ。しかしお互いに、なぜ二度も立ち合うことになったのか。

頼冬は、上段のまま、心気を武峰の剣尖《けんさき》に集めようとした。構えからは、頼冬が捨身で、武峰は受けである。しかし、捨身も受けもなかった。気力や技とは別のなにかが、剣の動きを支配するだろう。技ではない剣の境地に、頼冬は踏みこんでいるような気がした。

武峰が、肩で息をした。一度だけだったが、武峰を包みこんだ気配が、微妙に揺れ動くのを、頼冬は感じた。

それからまた、固着したまま長い対峙《たいじ》になった。武峰の顎《あご》のさきから、二滴三滴と汗がしたたった。視界がかすんだ。眼に、汗が流れこんできたようだ。そう思っただけで、頼冬はそれ以上気にかけなかった。視界はかすんだが、武峰の剣尖はよく見えている。見えすぎるほど、見えている。

武峰の眼の光が、不意に変った。よせ、と頼冬は言おうと思ったが、言葉は出てこなかった。眼に、死に魅惑されたような色がよぎったのである。

それでも、武峰はしばらく踏みとどまっていた。

気合もなかった。お互いにどう動いたのかさえ、頼冬にはわからなかった。

立っている位置だけが、入れ替った。

武峰の片手が、腕から離れていた。離れたまま、それは太刀の柄《つか》を握りしめている。頼冬も、顔にひと太刀受けたようだ。

「負けでございますな、それがしの」

武峰は、勝負にこだわろうとはしなかった。左手だけで太刀を支えているが、剣尖に殺気はなかった。

「別人のようでございました。この前、立ち合った頼冬様とは」

「途中で、なにかを諦めたな、武峰殿」

「諦めたのではございませぬ。悟ったのでございます」

上段に構えた太刀を、頼冬は降ろした。武峰の手首からは、血が滴《したた》り続け、それはもう足もとを赤く染めるほどになっている。

「そのままでは、腹は切れまい、武峰殿。私が、その首を刎《は》ねよう」

「お願いできまするか。大野武峰、意味のある死を、見つけることができます。それがしだけの、意味でございますが」

言って武峰は太刀を降ろし、座りこんだ。頼冬にむかって一礼する。

素速く、頼冬は太刀を一閃《いっせん》させた。

武峰の首が落ちた。頼冬は太刀を鞘《さや》に収め、武峰の首を抱きあげた。開いている眼を、閉じてやった。かすかに笑っているような表情になった。

「斯波義将殿に、武峰殿の首を届けられよ。まことの武士が、見事に果てたとな」

立ち並んだ武士の中で、ひとりが一礼して近づいてきた。

それで終りだった。

頼冬は、嶽勝に導かれるまま、山深く入っていった。平山忠利は、両脇《りょうわき》を二人に支えられている。すでに馬も使えぬ山中だった。

谷に隠された場所に、小さな館《やかた》があった。そこで、平山忠利の傷の手当てをすることにした。山の民が、なにかの時に使う館らしい。薬草の備えがあった。

「どうかな、平山殿は？」

「薬草が効きましょう。動かさぬ方がいいのですが、平山殿はそれを肯《がえ》んじられますまいし、板に載せて運ぶことにいたします」

どこへ行くべきなのか、嶽勝は知っているようだった。それがどこか、頼冬は訊こうとも思わなかった。

「われら山の民は、戦はせぬと決めております」

「しかし嶽勝殿。斯波義将の先鋒軍を穴に落とした、あの穴は山の民によるものではないのか。とても、二日や三日の仕事とは思えぬ。軍馬や兵糧《ひょうろう》の調達、山まで追ってこようとする幕府軍の阻止。これは戦であろう」

「ですから、今度ばかりは、戦をしてしまいました。護良《もりよし》親王が北条幕府討伐の令旨《りょうじ》を出された時、われらの祖父や父は、かなりの危険を予想しながらも、戦に出る道を選びました。武士の世ではない、新しい世が作れると思ったからでございます」

「確かに一度は、そうなりかかったようだな」

「しかし、すぐに潰《つい》えました。そして、武士の世が戻って参りました。その時から、戦はなさず、と決めたのでございます。古《いにしえ》より、山の民は朝廷の恩顧を受け、戦となれば武士と闘うしかありません。それは、この国の混乱を大きくするだけでありましょう。ひっそりと山の営みを続けるだけでよい、と思い定めたのでございます。吉野、賀名生《あのう》と、ひそかに朝廷に仕えて参りましたが、このところ京の朝廷に仕えるべきだと主張する者どもも出て参りました。朝廷が二つあるということは、山の民にも不都合なことでございまして、それをひとつにしようという月王丸様のお心に従って戦をなすのは、われら自身のためでもありました」

「わかるような気もする、それは」

館の一室で、外は深い木立だった。どこかで、鶯《うぐいす》が鳴いている。数刻前までの戦が、嘘《うそ》のような静けさだった。

「月王丸殿は、将軍の御座船を防府の泊に追いこみ、陸上を西下する軍勢をあそこで迎え撃つと、闘う前から考えておられたのか？」

「月王丸様がお考えになったのは、防府の泊へ追いこむところまでで、それから先は、二千五百の兵を上陸させるというだけで、戦のやり方は、われらにお任せなさいました。われらが練りに練り、竜王丸様のお考えも取り入れたものが、本日の戦でございます。ほとんど、思った通りに運びました。海上から船で本隊を牽制《けんせい》しておりましたので、最後の戦だけは予想外のものでございました。さすが、幕府にその人ありと知られた大野武峰、海上からの牽制を囮《おとり》と見抜いて、果敢に軍勢を進めて参りました」

「斯波義教を大将に立てなければならなかったのが、武峰殿の不運であったな」

「まことに。あのような武将がいればこそ、足利の幕府は強固なのでありましょう」

平山忠利の手当てをしていた者が、報告に来た。血は止まったという。平山忠利はすぐにでも発《た》ちたいと言っているようだが、ひと晩休ませた方がいいだろう、ということになった。動けぬ時は死を、という水師の掟《おきて》に従おうとしているようだが、ここは戦場ではなかった。

「私の傷の手当てもあるゆえ、出立は明朝と平山殿にお伝えしてくれ」

頼冬の傷は、大したものではなかった。血も完全に止まっている。

嶽勝が、頼冬をじっと見つめてきた。

「烏帽子《えぼし》も付けず、山中でひっそりと暮すがゆえに、われらの存在も許されてきました。これからは、次第に難しくなりましょう」

「どうであろうか」

「行き場のない者が集まって、山の民として何代にもわたって暮して参りました。朝廷に仕えているという思いだけが、ひそやかな誇りでありました」

「朝廷は、ひとつになるであろう。南も北もなく、あるべき姿の朝廷になるはずだ。月王丸殿が、なんのためにそうされたかは知らぬが、はじめに考えておられたことを、見事に貫かれたという気はする」

「さりながら、武士の世は続きます。いつまでも、続くでありましょうな」

「仕方があるまい。武士が力を持ったのだ」

「頼冬様にも、行き場はございません。足利義満が将軍であるかぎり、いや武士の世が続くかぎり、行き場はございません」

「どういう意味かな？」

「われらは、上に立つ人を必要としております。中国、畿内《きない》だけで、山の民はおよそ十五万。その上に立つ人が必要なのです」

「まさか、私にそれをやれとは」

「血をお持ちじゃ、頼冬様は。上に立たれる血をお持ちです」

「私の血は、足利の血だ、勝殿」

「しかし、武士の世で、行き場のない血でもあります」

「それを、あまり深く考えたことはない。もともと、人の上に立つ柄《がら》でもないのだ」

「それがしは、ずっと頼冬様を見て参りました。血ゆえの暗い業念さえお捨てになれば、立派にわれらが上にお立ちになれます」

「聞かなかったことにしよう、勝殿。山の民には、そなたのような人物がおるではないか」

　頼冬は笑い、手を振った。

「本来なら、月王丸様、竜王丸様がお立ちになってもよい。だが、二人とも外の世界を求めておられます。海の民は外にむかい、山の民は内にむかいます。頼冬様は、外にむかわれたいと思われますか？」

「わからぬ。私自身の生き方を、まだ決めてはおらぬ。決めるような生き方も、してはこなかった」

嶽勝が、暗くなった空を仰いだ。

夕餉《ゆうげ》のあと、あてがわれた寝所で、頼冬はひとり横たわった。

考えることは、なにもなかった。月王丸の戦を見るつもりで、おのが血を利用することを肯んじたが、残っているのは索漠《さくばく》としたむなしさに似たものだけだ。戦に加わりもしたが、死ぬこともなかった。

どう生きればいいのか、ということもすでに頭に浮かばなくなっている。剣の道をきわめるということが、技をきわめるということでないことも、よくわかった。

ただ、流れるだけか。そういう思いがある。流れて生きるのも、悪いことではない気がする。しかし、なにかが足りないのだ。足りないということだけが、はっきりとわかる。戦場で義満とむかい合った時、思いもせず足利頼冬と名乗り、本気で斬《き》りかかった。おのが血に、やはりこだわりと恨みを抱いているのか。それでも、義満に斬りかかった時の気持は、すでに遠いものになりつつある。

どこかで血をふっ切ることが、自分にとっては大事なことなのか。それができれば、どう生きるかということも見えてくるのか。

人の気配を感じたのは、深夜だった。

外である。害意は感じられないが、明確にこちらに伝えようという気配を出している。左京か、と思い、不愉快さが全身を包んでくるのを頼冬は感じた。

「出てこい」

茵《しとね》に身を起こし、頼冬は言った。

外の気配が濃くなり、板戸が開いた。

小柄《こがら》な老人がうずくまっているのが、月の光の中に見えた。見憶《みおぼ》えがある。老人は、布の袋を、かすかな音をたてて縁《へり》に置いた。

「岩首ではないか」

「それは、薬草だ。煎《せん》じて飲めば、傷は早く癒える。儂《わし》だけのやり方で、いろいろなものが混ぜてある。人には、それぞれ違う躰《からだ》というものがあるからな。血を止めるのはこれ、とかいまの者は決めてしまいたがる。儂は、おまえの躰を知っているからな。一緒に兎《うさぎ》を食ろうたし、山の小屋で一緒に寝起きもした」

「ありがたいな。わざわざ、私のために作ってくれたのか」

岩首の背がもっこりと動いた。けものが立ちあがったように見えた。

「鬼若は、死んだのじゃな？」

「ああ、死んだ」

どんなふうに死んだのか、語るべきなのかどうか頼冬はちょっと迷った。

「そうか。それで手間が省けたわい」

言った岩首の肩が、眼に見えて落ちた。

「斯波義教という武将に斬られた。その争いに巻きこんだのは、私でもある。私のために斬られた、と言われても仕方がない」

「あれは、儂が殺さねばならなかった。水銀を持ち出して売ろうと考えておったのでな。掟を破れば、一族の者が殺さねばならぬ」

「掟のことは私にはわからぬが、見奈は殺さなくてもよいのであろう？」

「生きているのか？」

　月の光を受けて、岩首の眼が白く輝いた。

「生きている」

「そうか。だがいずれ死ぬだろうよ。山の暮ししか知らぬ者は、山を降りたところですぐに死ぬ。馬鹿《ばか》なやつよ」

「そうでもない。見奈は、白丁《はくちょう》と呼ばれる女とともにいる。時には高麗に、時には南の国に、そして時にはこの国へ。そういう生活をしながら、たくましく生きていくであろう。白丁という女が、そうであるらしい」

「高麗とは、海の外のことか？」

「そうだ。私も行ったことはない。海の外には、思いもかけぬものが多くあるらしい。国も人もだ」

「死ぬだろうよ」

「死なぬな。いずれ祖父《じい》さまに会いに、山に戻ってくるかもしれぬ」

岩首が、鼻で笑ったようだった。それから、じっとなにか考えこんだ。

「薬草を飲むのを、忘れるでないぞ」

言って、岩首が立ち去ろうとした。

「煎じるのであったな。見奈に頼むことにしよう。馴《な》れているであろうからな」

岩首の動きが止まった。

「なにか、伝えることがあれば、伝えておいてもよいぞ」

毛皮をまとった岩首の背は、本物のけもののように見える。岩首は、じっとしたましばらく動かなかった。

「帰りたくば、山がある」

「そう伝えればいいのだな」

岩首が、闇《やみ》の中に消えた。

板戸を閉め、頼冬は茵に横たわった。

帰るべき山がある。見奈にさえ、帰るべき場所がある。それに較《くら》べて自分は、とは考えなかった。帰るべき場所も、いまはまだ捜すべき時ではない。

3

讃岐《さぬき》、宇多津《うたづ》まで、漕《こ》ぎに漕いだ。御座船は、六十挺櫓《ちょうろ》である。その櫓の一挺も止まることはなかった。

漕ぎながら死んでいく兵が、二人三人と出た。水師の進言で、重いものはすべて捨て、死んだ兵も同じように扱われた。

兵が足りなくなり、仲秋も櫓床《ろどこ》に就いた。

それほどにしても、八幡大《はちまんだい》菩薩《ぼさつ》の旗を掲げた月王丸の船は、軽々と付いてきた。まるで随伴してくる船のようでさえあった。月王丸の船一艘《そう》のみの時もあれば、島かげから二十艘三十艘と出てくることもあり、時には二百艘ほどに取り囲まれさえした。

御座船になんとか付いてくる味方の船は、せいぜい二十艘である。月王丸の船がただ一艘となった時も、こちらから仕掛けようとは誰も言い出さなかった。どう仕掛けようと、船脚はあちらの方がはるかに速い。

義満は、甲板の床几《しょうぎ》に腰を降ろしたまま、じっと月王丸の旗を見ていた。

幸い月が明るかった。浅瀬に詳しい船頭の指揮で、夜も漕ぎ続けた。

防府の泊へ入り、陸上の軍勢の先遣隊五千も到着し、ようやく落ち着いた気分になった時だった。急を聞いて、三千の軍勢もひた駈《が》けに駈けてくるという。これで、なにがあろうと迎え撃てる、と誰もが思った。陸上の戦に月王丸を引きこめば、勝つのも難しくない。たとえ海戦であろうと、防府を基点にして船団を整えれば、充分にもう一度闘えるはずだった。

三千の援兵が駈けつけてきた。誰もがそう思った。陣中に入ってきた三千が、いきなり敵になった。本陣の前に、敵が出現したのである。状況がどうなっているのか探るなどということはできず、義満を御座船に移すだけで精一杯だった。

京へ。義満は御座船に乗ると、低い声でそう言ったのである。敗れた者の口惜しさを、仲秋ははじめて義満の表情の中に見た。

斯波義将の一万数千の軍勢が山陽道にいるにしろ、山名一族の動静が義満の気にかかったのだろう。一族の長老の山名時義《ときよし》の病が篤《あつ》かった。時義が死ねば、山名一族がどう動くかわからなかったのである。それに、斯波義将の一万数千も無事ではないかもしれぬ、と義満は思ったのかもしれない。

とにかく、昼夜を徹して、東へ走ることになった。宇多津を選んだのは、かなりの数の細川頼之《よりゆき》の軍勢がいたからであった。そこから、淡路島、摂津と進めば、海路は最小限で済む。

月王丸の船団は、嘲弄《ちょうろう》するように御座船の周囲を走り回ったが、攻め寄せてくる気配はなかった。その気になれば、いつでも御座船を沈められる。それを、義満に教え続けていただけだ。

義満の屈辱が、どれほどのものなのか、仲秋には想像がつかなかった。

宇多津に上陸し、細川の兵三千ほどで本陣を固めた。各地に伝令が飛ばされ、丸亀《まるがめ》や高松にいた細川軍も、宇多津に呼び寄せられた。

それで、ようやく七千ほどの軍勢が整った。

「京へ、三万の援兵の派遣をお命じいただけますか」

ようやくひと息つけるという状態になった時、細川頼之が言った。義満は終始落ち着いていて、ほとんど表情も変えなかった。

「援兵はいらぬ」

「されど、敵の数がよくわかりませぬ」

「月王丸は、私を討つ気になれば、いつでも討てたはずだ。討たなかった。それは討つ気がないということではないか」

「御所様、ここはやはり、万全の構えをとるべきでありましょう」

「兵が多いだけで、万全なのか、頼之？」

「それは、多ければ多いほど」

「ならば、私はなぜ敗れた。内海を逃げ惑い、陸にあがれば追い立てられ、なぜ落武者さながらにこの地にいるのだ？」

「落武者などと、御所様」

「月王丸は、私になにかを教えようとした。私が、この国で一番強いわけではない。それを教えようとしたのかもしれぬ。そして、海のむこうには、もっと強い者がいるとな」

義満のもの言いは静かだった。

「速やかに京に戻られ、月王丸討伐の大軍を出されますよう」

斯波義種だった。

そのころ、次第に陸上の戦の様子もわかりはじめてきた。二万の軍勢が、三千足らずの軍勢に、惨憺《さんたん》たる敗北を喫した。本隊がぶつかっていないという言い訳が通用しないほどの、ひどい負けようだった。

斯波義教と、幕府随一と言われた武将、大野武峰が討死していることは、仲秋を驚かせて余りあった。

「負けじゃのう、頼之。完膚《かんぷ》なきほどに、私は負けた。生涯《しょうがい》はじめての負けが、これほどの負けとは、むしろ諦めがついてよかろう。遊行《ゆぎょう》の軍勢が敗れたのではないぞ。戦備えも怠りなかった。それで敗れたのだ」

心なしか、義満はいつもよりよく喋《しゃべ》っていた。

「今度《こたび》の戦では、誰にも責めは負わせぬ。誰がどうしようと、負けるものは負けたであろう。いまは、それを嚙《か》みしめるだけだ」

斯波義種が、息を吐くのが仲秋にははっきりとわかった。兄の義将が責めを負う。義種の頭の中にあったのは、その怖《おそ》れだけだろう。

宇多津には、三日滞留した。

その三日の間、義満は本陣に定められた館の奥にいて、参集してくる武将に会う以外、ほとんど外に出ようとはしなかった。

斯波義将が山陽道から駈けつけてきたが、二人で密談したという気配もない。義将は憔悴《しょうすい》し、打ちのめされた気分をなんとか取り直そうとしているのが、はたからでもよくわかるほどだった。

兵の数は増え、四万に達していた。内海に展開する船上の兵も入れれば、六万を超えるだろう。

一万が先触れで淡路島、摂津、京と進み、三万が警固して京へ戻る。道中は、その土地の守護がすべての手配をする。毎日開かれる評定では、くり返しそういうことが話されるだけだった。

兄の了俊が召し出されたのは、明朝は出立という日の夜だった。

深更まで、了俊は宿舎に戻らなかった。仲秋は、内海に放った手の者から、月王丸の動きを摑《つか》もうとしていた。いまのところ、いかなる動きもない。ただ、内海には船隠しに適当な小島が、無数と言っていいほどある。月王丸が、今後まったく動かないとも言いきれなかった。

もうひとつ気になるのは、竜王丸や足利頼冬が指揮していた、陸上の軍勢の行方である。内海の船に戻った、ということはなさそうだった。山に消えたとしか思えないのである。とすればやはり、月王丸は山の民と結びついているのか。

仲秋が、了俊に随伴して九州に下向した時、まず厄介《やっかい》だと思えたのが、征西府と強く結びついた山の民の存在だった。山の民が、直接戦に出てくることはない。ただ、兵站《へいたん》はお手のものだった。後方の攪乱《かくらん》もやれば、山中の案内もやる。強く団結していて切り崩しにくく、さらに厄介なのは、武士というものの支配を、根底では認めていないということだった。菊池武光《たけみつ》の病死により征西府が瓦解《がかい》することがなければ、山の民に対抗することが、仲秋の大きな仕事になっていたかもしれない。

征西府の瓦解以後、山の民が反幕勢力と結びついたということはなかった。しかし、月王丸は、征西将軍宮だった人の息子である。もう一度山の民が出てきたとしても、大きな不思議はない。

そして、足利頼冬である。

防府の泊で、本陣に突入してきた軍勢の先頭に、足利頼冬はいた。しかも、音声高く、義満に勝負を挑《いど》んできたのである。頼冬は、月王丸と手を結んだのか。剣の上手として、ほかにはなんの関心もないと見えた頼冬だが、心の底にある熱いものを覆《おお》い隠していることは、仲秋もなんとなく感じていた。その熱さが迸《ほとばし》り出た時、頼冬の思いは自分を邪魔者としか扱わない幕府と、いや義満自身と闘うことに傾いていってしまうのか。

　了俊が戻った気配があり、仲秋は腰をあげて居室を訪《おとな》った。

　了俊は、腕を組んで瞑目《めいもく》していた。こういう兄の姿は、めずらしい。どんな苦境に立った時も、それを歌に詠《よ》んでしまうような、現実離れをしたところがあるのだ。

「御所様は、ほかに誰をお召しでございました？」

「私だけだ」

「ひとり？」

　眼を閉じたまま、了俊が言った。

「さよう。私ひとりであった。この三日、御所様は熟慮を重ねられたようだ」

「そうですか」

「仲秋はよくやった、というお言葉はあった」

「そんなことより、御所様はなにを考えておられたのです？」

「まず、おのが夢を捨てるべきかどうか」

「天皇家を潰《つぶ》し、自らが新しき王になるということでございますな」

「それを捨てられれば、当然ながらいろいろなものが変ってこよう。それを、ひとつひとつ考えておられたようだ」

了俊は手を打って従者を呼び、酒の仕度を命じた。深夜に酒を飲むのも、了俊にはめずらしいことだった。

「で、お考えはまとまったのでございますか？」

「まとまっていた」

それ以上言わず、了俊は酒を待つ気配だった。従者が酒を運んでくる。了俊は自ら酒を注《つ》ぎ、二度碗《わん》を重ねた。仲秋も、碗をとった。了俊が、仲秋の碗に酒を注いだ。それも、やはりめずらしいことだった。酒は、仲秋の方がずっと強い。兄弟で飲む時は、いつも手《て》酌《じゃく》だった。それを、了俊が呆《あき》れたような眼で眺《なが》めていたものだった。

「明国と、交易をなさりたいそうだ」

なにかを思い出すような口調で、了俊は言った。

「しかし交易と申しましても、いまの明国は対等の交易には応じますまい」

「どのようなかたちでも、よいそうだ。交易さえできればよい、と申された。そしてある条件を満たせば、月王丸がその交易の仲介に立てるかどうか、すぐに私に確かめるよう御下命があった」

ある条件とは、南北の朝廷の合一であろう、と仲秋は思った。それがすなわち、義満にとっては、王への夢を捨てるということになるのか。

「条件を満たせるのは、三年後」

「なにゆえ、三年なのでしょう」

「山名時義殿が死に、山名一族に争いが起きる。それを鎮《しず》める。御所様は、一族同士の争いにして、一族同士の戦をさせようとお考えであった。それから」

了俊はしばらく口を噤《つぐ》んだ。

仲秋は、碗の酒を呷《あお》った。次に言われることは、すでにわかっているという気がする。水軍の討伐をはじめる、というのではないか。反幕勢力の水軍がどれほどのものか、義満は今度の戦でいやというほど知ったはずだ。とすると、肥前松浦党を抱える九州探題の仕事は、これまで以上に重いものになる。了俊の頭を、多分それが悩ましているのであろう。

「それからな、仲秋。二年後に、細川頼之殿を京に召し出し、山名の叛乱《はんらん》を鎮定させると言われた。一年をかけて、斯波義将殿と細川頼之殿を、少しずつ入れ替えていくと。つまり頼之殿が三年目には管領《かんれい》に復帰され、斯波義将殿は領国に逼塞《ひっそく》なされることになる」

「それは」

自分たちにとっては、朗報と言っていい。これまで九州探題は、斯波義将の眼に見えぬ妨害に苦しめられてきたのだ。

「三年間でそうなるであろうということを、月王丸に伝えてもよい、と言われた。必ず、そうされるおつもりなのであろう」

急激に人を入れ替えれば、その反動も大きい。幕府の頂点に立つ管領となれば、なおさらである。年齢にしては、老練な政治手腕と言っていい。

「南北の朝廷が合一されたら、少しずつ明国との交渉をはじめ、十年後に交易の利があがればよい、と考えられているな。これは、しかとは申されなかったが。その程度の時があれば、月王丸も話に乗りやすかろう」

「しかし、そんな先のことまで、御所様はほんとうに考えておいでなのでしょうか？」

「もっと先まで、考えられているような気が、私はした。なにがどうとは言えぬが」

了俊が、また酒を呷った。

「明国との交易の目処《めど》がつけば、われらは不要じゃな、仲秋」

「なんと」

「もっと扱いやすい九州探題を任命されるであろう。考えてもみよ。山名一族が力を失えば、島津や大友がいくら九州で逆らってみたところで、高が知れている。御所様は、私の解任の端緒を、私につけてこいと申されておるのじゃ」

「それは、兄上の考えすぎではありませんのか」

「間違ってはおるまいよ。もともと、南北の朝廷の合一に動いたのは、頼之殿と楠木正《くすのきまさ》儀《のり》殿であった。合一させる意志を持たれなかったがゆえに、斯波義将殿を管領とされた。それで、楠木正儀殿も、諦めて南朝に戻られたのじゃ。頼之殿の管領再任は、南北の朝廷の合一で終ると考えた方がよい」

「では、その後は？」

「別なかたちで、また夢を追われるであろう。朝廷の力をひとつずつ奪い、有名無実化させた上で、御所様が帝《みかど》になられるか、王になられるか。とにかく、頭上にあるものを取り払っておしまいになるであろう」

「それを、月王丸が承知いたしますか？」

「どうも、月王丸の狙《ねら》いは、二つある朝廷をひとつにする、というだけのことのようだ。唯一《ゆいいつ》の朝廷が、その後どういう道を辿《たど》ろうと、それは朝廷の、いや帝の運。月王丸はそう考えているに違いない、と言っておられた」

「しかし」

「われらには及びもつかぬ、化物じゃな。私が月王丸に伝えることがうまく運べば、私はやがて解任される。うまく運ばなければ、その場で解任であろう」

了俊が、力なく笑みを浮かべた。

「うまく運ぶ。朝廷はひとつになり、頼之殿は長年の夢を果して、管領を辞されよう。御所様はしかし、その先の先まで読んでおられるようじゃ」

「宇多津滞留の、わずか三日の間に、負けを負けでなくされたということですか」

「勝たぬまでも、負けではないな。御所様のまわりにいる者は、所詮《しょせん》、御所様の道具でしかない。管領も然《しか》りじゃ」

　仲秋は息をついた。

　話が大きすぎる。そこまでいくと、自分には無縁のことだという気がしてくる。仲秋がふと思い浮かべたのは、淡路島にいるという寿々《すず》のことだった。それは、あまりに小さすぎることなのか。それこそ、人間らしいとは言えないのか。

「解任まで、探題の職責を全《まっと》うするしかあるまいな、仲秋。私は、あのお方には太刀打ちできぬ。いや、誰も太刀打ちできはしまい。あの月王丸だけじゃ」

　月王丸はなぜこんなことを、と言おうとして仲秋はやめた。

「もう休むがよい、仲秋。明日、おまえは御所様の馬廻り役を命じられよう。管領殿は、面白くないであろうがな」

　頷《うなず》き、一礼して仲秋は腰をあげた。馬廻りで京に戻るのなら、寿々に会うことはできそうもない。仲秋が考えたのは、それだけだった。

　居室へ戻った時、仲秋は人の気配を感じた。

「左京か」

「激しい戦でございましたな。将軍家は、犬のように追われたようで」

「嗤《わら》っているのか？」

「いえ、そのような。ただ、戦の勝敗は厳しいものでございましょう。どのように陣容を整えて京へ戻られたところで、威信の回復はできますまい」

「それで？」

「九州探題は、月王丸様と結ぶべきだと、仲秋様はお考えではございませんでしたか。いまが千載一遇の機会ではありませぬか」

月王丸と結ぼう、などと考えたことも確かにあった。すべては、自分の浅い思慮から出たものに過ぎない。

ここで左京を斬《き》っておくべきだろうか、と仲秋は束《つか》の間《ま》考えた。自分が、足利頼冬に月王丸への仲介を依頼した時、この男はその場に立合ったのだ。

斬っても、太刀の錆《さび》にもなるまい。そう思い直した。夢という化物に、食い殺されかけた憐《あわ》れな男に過ぎない。

「南北の朝廷が、ひとつになるかもしれぬな、左京」

「まことでございますか？」

「帝がいて、将軍がいて、それはともにひとりずつ。あたり前の姿に戻るだけのことだが」

「帝にはどなたが。そして将軍には？」

「わからぬのか。朝廷には南も北もなくなる。帝には、それなりの方がお就きになるであろう。将軍は、いままでもこれからも、ずっと足利将軍じゃ」

「そんな。ならば月王丸様の戦は、なんだったのでございますか？」

「なんだったのであろうな」

「月王丸様は、お勝ちになりました」

「ならば、月王丸殿の仕事をいたせ、左京。惜しいのう。それだけの技を持ちながら、夢に振り回されて、本心を見失うとは。月王丸殿も、おまえを使われはしまい」

「いつか、月王丸様が、新しい国を作ろうとされる時には、必ずや」

「よせ」

　仲秋は、静かな口調で言った。

「技を売って生きるのが、忍びであろう。自分がそれ以上のものだとは思わぬことだ。もう二度と、儂の前には現われるな。現われれば、斬って捨てるぞ」

「ひとつだけ、お訊《き》きしとうございます。楠木正儀様は、南朝のため、身を挺《てい》して幕府の切り崩しをなさろうとされました。いま月王丸様が」

「よせと言うのがわからぬか、左京。南だ、北だと言っている間は、おまえにも働きどころはあったであろう。これからは、そうもいかなくなる。明日の自分をどうするか、それだけを考えよ」

「それがしは、夢を捨てませぬ」

　左京の顔を見、仲秋はちょっとだけほほえんだ。左京の語る夢が、滑稽《こっけい》なものにしか思えなかった。

仲秋は、左京の前に銭の袋を抛《ほう》った。

「ひとつだけ、仕事をやろう。これが最後の仕事だ。寿々殿に、迎えに行くと伝えてくれ。淡路島を通るが、その時に寄ることはできぬ。いずれ必ず迎えに行くと。そしておまえは、儂の前には二度と現われるな」

仲秋は左京に背をむけた。

兄がいつ九州探題を解任されてもいい、という気分に仲秋はなった。その時は、領地に戻り、静かに暮せばいいのだ。兄にも、歌の道がある。そういう暮しも悪くないかもしれない。

ふりむいた時、左京の姿は消えていた。

4

四日かけて、出雲《いずも》の宇《う》龍《りゅう》という小さな泊へやってきた。

平山忠利を休ませながら、山中を歩いてきたのだ。嶽勝が案内を付けてくれたので、迷う気遣いはなかった。

宇龍には、漁をする小舟が何艘《なんそう》かあるだけだった。ここで、何日か待つことになるだろう、と嶽勝には言われていた。

いつも作る木刀を、頼冬は作らなかった。太刀を振ることさえ、しようとはしなかった。無駄《むだ》だと思ったわけではない。毎日、岬《みさき》の鼻へは出かけて行った。そして腰を降ろした。禅を組むなどという気は、もとよりない。ただ、海を見ているだけである。

　宇龍に入って三日目に、平山忠利は茵《しとね》の上に起きあがれるようになった。

「月王丸殿は、またどこかで戦かな、平山殿？」

「いえ、もう戦はなさっておりますまい。一度だけ、我儘《わがまま》な戦を許してくれ。そう言われておりました。対馬から内海と続きましたが、もう終りでございましょう」

「そうなのかな」

「集められるだけの軍勢を集めました。それで終りでございます」

「兵はみな、戦に馴れていたという気がする。いつも戦をやっていたと」

「これまでは、なにかを守るための、あるいはなにかを奪うための戦でございました。今度の戦だけは、なにも守らず、なにも奪いませんでした」

「そんなに、戦は多かったのか？」

「高麗が、変ろうとしております。そういう時は、戦も必要でございます。ここ数年で、高麗は変り、新しい王国ができるでありましょうな。月王丸様にとっては、平穏な国ができるのは、いいことなのです」

　岩首がくれた薬草を、頼冬と平山忠利は毎日煎じて飲んでいた。確かに傷には効くようで、どこも膿《う》むこともなく塞《ふさ》がった。

「月王丸様が、関船より輸送船を多くお持ちであると、頼冬様は御存知《ごぞんじ》ですか？」

「いや」

「物を、国から国へ運ぶ。その船を守るために、関船が必要なだけなのですよ。それは、われらは厳しい戦をいたします。倒れた者は、味方でもとどめを刺すというような戦を。襲われたら、襲い返しもいたします。受けた傷の数倍を、いつも返すのです。そうしてこそ、海賊も月王丸様の船を襲わなくなります」

「日本の水軍は？」

「何度か、大きな戦をいたしました。対馬の戦でおわかりでしょうが、まず船からして違います。戦にならない場合がほとんどでした」

「とにかく、平山殿の傷もかなりよくなってきた。いつまでも、こんなところで待たされたくはありませんな」

　月王丸の戦ぶりの話を、いくら聞いたところで仕方がなかった。頼冬は話題を変えたが、宇龍がいやだと感じているわけではなかった。表面に見せぬまでも、平山忠利は苛立《いらだ》っている。それを代弁してみただけである。

　館《やかた》の主《あるじ》は、三人の漁夫を使い、魚介を採っていた。日干しにした魚介を俵に詰め、売り捌《さば》くのである。都では高く売れるらしく、買い集める商人の姿を、一度見た。商人は、都の華やかな品物を荷車で運んできていて、それを売ることもしていた。品物はそうやって、宇龍という小さな村までもやってくるのだ。

岬の鼻にいると、沖を行く船がよく見えた。九州と若狭《わかさ》を往来する船だと、漁夫のひとりが教えてくれた。

人が嫌《きら》いではないのかもしれない、と頼冬は時々思った。人嫌いのようにして暮しはじめたのは、何年ほど前からだったのか。自らに、人嫌いなのだと言い聞かせたこともあった。

それでも、人の営みが見えるところに、何日も滞留するのを好んでいた、という気がする。刺客さえ現われなければ、もっと長く、そこで人の営みを眺めて暮しただろう。あるいは、営みそのものの中に、入っていったかもしれない。

義満は、また刺客を自分に送ってくるだろうか。もし送られたとしても、心を黒い怒りが満たすことは、もうないような気がした。戦場で、義満と会った。その時、自分は足利頼冬と名乗りをあげ、太刀を振りかざして突っこんだのだ。あの時、おのが血に潜むなにかを、見たような気がした。それは、義満のなにかを、見たことになるかもしれない、といまは思う。

しかし、刺客は現われそうもない。肌《はだ》が、そう感じている。刺客に対して鋭くなっていた肌が、いつの間にか鈍くなったのか。それならば、刺客が現われた時には、斬られるに違いない。そういう死に方もあるのだ、といまは思える。

「おまえ様は、どこでそんな傷を受けられたんじゃ？」

岬をよく通りかかる漁夫が、頼冬と並んで腰を降ろした。戦があったことなど、知りはしないのだ。南北の朝廷をめぐる全国的な争乱も、いまは局地的なものでしかない。

「斬り合いをした」

「武士同士というのは、太刀を持っておるからのう」

「おまえたちは、殺し合いはしないのか？」

「するな、時々。だが、海の上ではやらぬ。海と闘う方が先じゃ」

「そんなものか」

「武士には、海がない。地に立ってばかりおるから、すべて自分の力に頼ろうとして太刀を抜く。それが大きくなったら、戦じゃ」

頼冬と、それほど年齢は変らないと思えた。赤く潮灼《しおや》けし、声は大きいが気はよさそうだ。漁をすることしかなかった漁夫でさえ、戦の本質がなにかを知っている。いや、漁しか知らないからこそ、無意識に本質を見てしまうのではないのか。

「顔の傷というのは、目立つものじゃのう。はじめは、近づくのが恐ろしかったわ。毎日ここに座っておるので、復讐《ふくしゅう》することでも考えて、鬼になっているのかと思った。俺《おれ》にはそう見えたわい。何遍も後ろを通っていると、そうではないこともわかってくる」

「いまは、どう思っている？」

「この先、どうしていいかもわからず、途方に暮れているんじゃろう」

頼冬は苦笑した。漁夫の言ったことが、間違いとは言いきれない。

傷は、心の惨《みじ》めさがそのまま出てきたものだと思えば、かえって親しみが湧《わ》くほどだ。来海家の子として育てられていた二十数年間は、自分の内側にある暗さを覗《のぞ》くことなど、ほとんどなかった。暗いものが心から消えなくなったのは、この数年なのである。

「やることがなければ、漁夫になればよい。鮑《あわび》などを採ると、それで生計《たつき》が立つ。あとは好きに暮せばよいのだ。海は、どこへも行かぬ」

「なるほどな。武士よりも気が楽だ」

「百姓衆は、年貢を取られる。俺も取られるが、少なくて済む。稲は見えてしまうが、海の中のものは見えまい。年貢を多く取られそうな時は、海に置いておけばよいんじゃ」

漁夫はそれから、海の潜り方、魚の釣り方を説明し、ひと月もやれば誰でもできるという言葉を残して、腰をあげた。

岬の鼻で、背後から声をかけられたのは、宇龍へ来て五日目の夕方だった。

「また、木刀を振っておいでかと思っておりました。岬におられると聞きましたので」

「あれは、もうやめようと思う」

「なぜ？」

白丁は、淡い色の単衣《ひとえ》で、武家というより、商家の娘という身なりだった。

「あんなことで、強くはなれぬ。躰《からだ》が衰えた時に、それを回復するためにやればいいことだ」

「殿は、充分に強うございますものなあ。弱いから、剣が強くなられたのです」

「弱いとは、なにが？」

「なにかはわかりませぬ。人の心の中で、崩れていくものはそれぞれ違いますので」

「わからぬな」

「わかることもございますまい」

白丁は、遠くを見るような眼を、海のむこうにむけていた。陽の光の中で、顎《あご》からのどにかけての肌が、白く透きとおったように見えた。久しぶりに、頼冬は情欲に似たものを感じた。それは、昔感じた、健康な情欲に近いような気がする。

「私たちを迎えに来たのか、おまえは？」

「いいえ。私も見奈も、ここで船に乗るように言われております。それまで、見奈には平山様のお世話をさせます」

「そうか、おまえたちも一緒か」

「変られましたな、殿は。どこがということはございませんが、お姿がぼんやりしております。男か女子かもわからぬほどに」

顔の傷のことなど、白丁は気にしていないようだった。途方に暮れている、と通りすがりの漁夫にまで言われる。そういうところが、白丁には変ったと見えるのだろうか。

「もの足りぬか？」

「もの足りませぬ。私は、いつ見ても男としか思えぬ殿方が好きでございます」

「私が嫌いになれば、離れていけばよい。別に止めはせぬ」

「そういうところだけが、お変りになってはおられぬ。自分を苦しめていたものを、殿は捨ててしまわれましたな」

「捨てはせぬ。それで苦しめなくなった。それだけのことよ」

春の日差しは暖かく、晴れた日には海上にも陽炎《かげろう》が立つようだった。

「いまは、おまえの躰に執着があるぐらいだ。それも、強いものではない」

「いずれ、殿はまた変られます」

「かもしれぬな。変ることはあるまいと思った自分が、いま変ろうとしているのがわかる。また変ることもあろう」

白い歯を見せて、白丁が笑った。

「参りましょう」

「どこへ？」

「近くの小屋なりと。どこでも構いませぬ。いま殿は、私の躰に執着があると申されましたぞ。そういう時は、思うままに私を抱かれることです」

「なるほど。確かに男の欲望というのは、そういうものだ。相手が女に限らずともな」

頼冬は腰をあげた。

そういう生活が、さらに何日か続いた。

陽炎の彼方《かなた》に、船影が五つ見えた。

「どうやら、迎えのようでございます」
二、三日前から、外を歩けるようになっている平山忠利が言った。
「思ったより、遅うございました。いろいろあったのでございましょう」

「いろいろとは？」

「竜王丸様も、ようやく大人になられましたのでな。月王丸様に代る仕事も、多いはず」

周防山中で、頼冬と平山忠利を殿《しんがり》に残したまま、竜王丸はどこかへ消えたきりだった。二人の消息については、知らせが入っていたのだろう。白丁も見奈も、ここへやってきたのだ。

近づいてくる船影を、頼冬はぼんやりと眺めていた。自分にとって、なにか新しいものが近づいてきた。そう思えないこともなかった。

五艘の中央に、白い旗を立てている関船がいた。陽炎の中でゆらめき、それは旗ではない別のものに見えた。

「月王丸殿も来られたか。あれは、八幡大菩薩《はちまんだいぼさつ》の旗だ」

「そのようでございますな」

　船上の人の動きも、見きわめられるようになった。

　旗を掲げた船から艀《はしけ》に乗り移ってきたのは、月王丸ではなく竜王丸だった。

「殿軍を引き受けていただいた、お礼を申さねばなりますまい。それにしても、よく生き延びられました、頼冬殿。大野武峰の追撃は、ことのほか厳しかったようなのに」

「命に、縁があったようです。武峰殿の方に、縁がなかった」

「迎えが遅れて、申しわけありませんでした。九州探題と、いろいろと交渉事がありましてな。それを片付けていたのです」

「ほう、探題と」

「義満の意を受けて、探題は参りました。むこう三年の間に、管領が斯波義将から細川頼之に交代し、南北の朝廷が合一される。それに合わせて、義満と明との交易を父が仲介していきます。三年以後は、交易相手が義満であろうが朝廷であろうが、たとえ一商人であろうが、われらは関知しません。この国の交易の出入口がひとつであればよい。それは、明が求めていることですから」

「将軍は、実を取ったというわけですな」

「父も、旗を捨てることができましたよ」

「捨てたのですか、八幡大菩薩の旗を？」

「捨てました。戦が終ったと判断した時、襤褸《ぼろ》のように、捨てましたよ。旗はただの旗だ、と父はよく申しておりましたが、そう言わなければならないほど、あの旗に、つまりこの国に呪縛《じゅばく》されていたのです。祖父《じい》さまが、この国の朝廷をひとつにしたい、という思いを抱いて死んでいかれた。それが、祖父さまだけの思いであったと、割り切ることができなかったのでしょう。つまり、それが血というものなのですね。その血を断ち切るために、父には今度の戦が必要だったのです」

　自分の血を断ち切るためには、なにが必要なのか、と頼冬はふと考えた。

「父が捨てた旗を、私が拾いました。いまは、あれが私の旗です」

「それで、月王丸殿は？」

「とうに、高麗に戻っております。探題との交渉なども、私に任せて。父はもう、日本人でもありません。高麗、明、南の国々を跨《また》ぐ広大な海域で、交易をするひとりの男です。いまは、変ろうとしている高麗に、強く惹《ひ》かれているようです。高麗に新しい王国ができれば、いまのような乱れもなくなり、交易の規模を大きくできます」

　竜王丸は、艀を待たせた恰好《かっこう》で立っていた。

「頼冬殿を、どこへなりとお送りいたしますぞ。高麗でも構いません。父がやる交易を、私は手伝おうとは思っておりませんが、高麗にはなすべきことはいくらもあります」

「竜王丸殿は？」

「あの旗です」

竜王丸が、沖の関船で降ろされないまま翻《ひるがえ》っている旗に眼をやった。

「私は、あの旗を掲げて、戦をしたい。ひそかに交易をなす者が、この国にも、ほかの国にもおります。できるだけ利益をあげるために、常に高価なものを積み、精強な何艘もの関船で守らせています。それを襲い、物を奪います。その方が、のんびりと交易をなすより、はるかに財になります。自分が、父よりも財を蓄えられるかどうか。それを試してみたいと思っているのです」

「で、月王丸殿はなんと？」

「時が変る。その変る時だけを見失わなければ、なにをやってもよいと。父より財を蓄え、南の国の王となる、と申しましたら笑っていました」

「竜王丸殿の戦に、私も加えてはいただけぬか？」

ふっと口を衝《つ》いて出た言葉だった。

竜王丸が、頼冬に眼をむけた。笑っていた竜王丸の眼に、束の間、刺すような鋭さがよぎった。頼冬は、それを軽く受け流した。

「どうも、この国で私の行き場はなさそうなのです。ほかの者が許しても、私の血が許しそうもない。自分で自分の血を断ち切る。それをしなければなりません」

「海賊ですよ、私のやろうとしていることは。あの旗を、正義の旗だなどとは思ってもいません。父の旗ではないのです。私は、多分父よりも、もっと暴れ回るでしょう。それも遠く、南の国よりさらに遠くの海まで行って」

「なおさら、加えていただきたいものだ」

「本心で言われているのか？」

「なにをやればいいのか、と思っていたところです。なにをやれば、自分の血を断ち切れるのかと。大義などというものには、もともと関心はありません。命を粗末にする。そういう生き方が身につきましてな」

「われらの戦を、頼冬殿は御存知であろう。殺して、殺し尽す戦をやるのです」

頼冬は頷《うなず》いた。

竜王丸が、不意に声をあげて笑った。どこか荒々しい、粗暴な笑いだった。それが、頼冬にはむしろ好ましかった。

「これはよい。足利頼冬殿が私の水軍に加わるとは。本心で申されているなら、私は歓迎いたしましょう」

海の上で、海のけもののように生きる。なにか、成行とは別のものに、ここまで導かれてきた、という気もする。

「ならば、白丁も見奈も、南の国の館に連れていきましょう。南の国に、あのように肌の白い女子はおりません」

　竜王丸は、大声で出立の命を下した。

　新しい、なにかがはじまる。それは、はじまればいいのだ。数多くの、人の命を断つだろう。それを重ねることで、自分のまことの姿が見えてくるかもしれない。

「白丁も見奈も、喜んで南の国へ行くと申しておりますぞ、頼冬殿。寒い時は南の国、暑くなれば、日本や高麗。そういう生活をさせてやればよい」

　自分の心の中で、けものが頭をもたげはじめているのを、頼冬は感じた。かつて、刺客との闘いの中で、無理に眼醒《めざ》めさせていたけものとは、別のものである。それこそが、おのが内なるけものだ、という気がした。

「世話をかけたの」

　頼冬は、見送りに出てきた館の主に声をかけた。

「そう、敵は敵、味方は味方。敵は殺し、味方は大事にする。これからはそうしなければなりません」

　竜王丸が言った。平山忠利は憂鬱《ゆううつ》そうな顔をしている。暑い国が好きではない、と言っていたことを、頼冬は思い出した。

　暑いとは、どれほどの暑さなのか。躰だけでなく、心まで灼き尽すような暑さが、ほんとうにあるのか。

頼冬は、旗を見た。それはまだ、暖かい光の中で、ゆらめき、かすかな音をたてているだけだった。

参考文献（順不同）

『倭寇史考』呼子丈太朗、新人物往来社、一九七一年

『日本の海賊』長沼賢海、至文堂、一九五五年

『中世日朝貿易の研究』田村洋幸、三和書房、一九六七年

『中世日朝関係と対馬』長　節子、吉川弘文館、一九八七年

『よみがえる中世　１　東アジアの国際都市　博多』川添昭二編、平凡社、一九八八年

『足利義満』臼井信義、吉川弘文館、一九八九年

『今川了俊』川添昭二、吉川弘文館、一九八八年

『細川頼之』小川　信、吉川弘文館、一九八九年

『倭寇』田中健夫、教育社、一九八二年

『室町の王権』今谷　明、中央公論社、一九九〇年

『日本の歴史　９　南北朝の動乱』佐藤進一、中央公論社、一九七四年

『絵巻物による日本常民生活絵引』澁澤敬三他編、平凡社、一九八四年

一九九一年　新潮社刊
一九九五年　新潮文庫

中公文庫

陽炎《かげろう》の旗《はた》
――続《ぞく》・武王《ぶおう》の門《もん》

2024年3月25日　初版発行

著　者　北《きた》方《かた》　謙《けん》三《ぞう》

発行者　安部　順一

発行所　中央公論新社
〒100-8152　東京都千代田区大手町1-7-1
電話　販売 03-5299-1730　編集 03-5299-1890
URL https://www.chuko.co.jp/

ＤＴＰ　平面惑星
印　刷　大日本印刷
製　本　大日本印刷

Published by CHUOKORON-SHINSHA, INC.
Printed in Japan　ISBN978-4-12-207493-4 C1193